Iris Wolff
Halber Stein

Iris Wolff

Halber Stein

Roman

OTTO MÜLLER VERLAG

2. Auflage

www.omvs.at

ISBN 978-3-7013-1197-2

Satz: Media Design: Rizner.at
Druck und Bindung: Druckerei Theiss GmbH, A-9431 St. Stefan
Umschlagbild aus: Cy Twombly, Drawings

Meinen Eltern
und Großeltern

Prolog

Jede Geschichte hat ihren Anfang in der Geschichte,
die ihr vorangeht.

„Was denkst du, gibt es Orte, die uns in die Vergangenheit blicken lassen und uns gleichzeitig die Zukunft zeigen?“

Blinzelnd, gegen das Sonnenlicht sah ich, dass Julian ein Buch in der Hand hielt. Ein schmales, hellgraues Bändchen mit zerschlissenem Einband und geprägten Lettern. Meine Großmutter Agneta hatte es ihm geschenkt, als er ihr geholfen hatte, den Mais in der Scheune zu stapeln. Golden lagen die Kolben aneinander gereiht, als der Sommer anfing, sich mit seiner ganzen Kraft gegen den beginnenden Herbst zu stemmen.

Heuwägen durchbrachen die Stille, die sich über die Mittagszeit auf die Felder geschlichen hatte. Wir saßen unter einer der Kastanien, die den Weg zum Dorf säumten. Hinter unserem Rücken lagen die letzten Häuser Michelsbergs, der Kirchturm ragte aus dem Dächer- und Ziegelmeer hervor, berührte mit seiner Spitze den Burgberg und die Basilika. Die Sonne wanderte in hohem Bogen über die Ausläufer der Südkarpaten, über die Kornfelder und das aufgetürmte Stroh. Sensen und Sicheln blitzten auf. Das letzte Heu wurde gemäht und jenes geerntet, das in den vergangenen Wochen auf den Feldern getrocknet war.

Das Blätterdach des Baumes warf wandernde Schatten auf Julians Buch. Ich sah auf seine Hände, die über den Buchrücken strichen, als gelte es, die zeitlichen

Spuren zu glätten. Er war mir auf eine Weise vertraut, die sich über alle Zeit hinwegsetzte, die seit unserer Kindheit vergangen war. In seiner Nähe war mir die Trauer und Einsamkeit der letzten Tage fern – wäre da nicht die Scham gewesen, dass ich dies alles hatte vergessen wollen.

„Es gibt solche Orte", beantwortete ich seine Frage und griff nach dem Bändchen. Ich überflog das Inhaltsverzeichnis und entdeckte, dass ich es kannte. Mein Vater hatte es mir vor langer Zeit mit den Worten gegeben, dass ihn die kurzen Episoden an seine Kindheit in diesem Landstrich erinnerten. An die eisenbeschlagenen Türen der Kirchenburgen und die weiß gekalkten Bäume der Dorfstraßen. An die runden Hoftore der Bauernhäuser und ihre schattigen, steingepflasterten Höfe. An die Verstecke im Heuschober und die Geheimnisse der dämmrigen Aufböden.

Als ich Julian meine Gedanken mitteilte, machte er ein nachdenkliches Gesicht.

„Dann werden die Geschichten zu deiner eigenen Geschichte?"

„Ist das nicht immer so bei guten Büchern?"

Er nickte, doch seine Augen sahen grüblerisch, fast ein wenig spöttisch aus.

„Warum bist du dann erst jetzt zurück gekommen?"

Ich beschirmte die Augen und sah auf die Felder. Wie gelbes, kurz geschorenes Fell überzogen die Ähren das Land. Dazwischen einzelne Baumreihen, die diese blassen Quadrate zerteilten. Die Hügel am Horizont waren kaum mehr als blaue, glashelle Schatten. Ein Klingeln und Rufen bündelte sich zu einem ansteigenden Akkord. Die Arbeiter begannen, vor der Mittagshitze auf den Feldern zu fliehen.

Julian hatte bemerkt, dass mich seine Frage getroffen hatte, stand auf und reichte mir die Hand: „Komm, gehen wir zurück."

Ich klopfte mir das Gras von den Kleidern und folgte ihm auf dem breiten Schotterweg, der in ausladendem Bogen zum Dorf führte. Außerhalb der Schattendächer der Kastanien war es drückend heiß. Die Luft am Horizont vibrierte. Mir machte die Hitze nichts aus. Im Gegenteil, ich fühlte mich geborgen in ihren weichen Armen. Was mich verwirrte, war Julians Frage, war die Schönheit der Landschaft, die vertrauten und gleichzeitig fremden Gerüche und Geräusche. Übervoll beladene Heuwägen rollten an uns vorbei. Strohhalme bedeckten die Straße mit einem hellen Flaum. Gesprächsfetzen der rumänischen und deutschen Feldarbeiter drangen zu mir. Melodische Silben zweier ungleicher Sprachen und mit ihnen das Gefühl, einen längst vergangenen Traum erneut zu träumen. War es möglich, dass ich noch Anfang der Woche in Deutschland gewesen war? Dort waren die Tage bereits kürzer, und am Morgen verbarg kühler Nebel die Straßenläufe. Hier war der Vormittag von trockenem Dunst geprägt gewesen, der sich über den Wiesen verteilte, bis er sich zu Mittag aufzulösen begann. Er wich einer Hitze, die sich wie eine Fieberglut übers Land senkte. Das Blau der Berge verblasste und wurde erst am Abend wieder dunkler. Allein die Nacht brachte ein Vorgefühl des Herbstes, ein frischer Wind hatte an den Hoftoren gerüttelt und die Kälte der Berge über das transsilvanische Hügelland gestreut. Wie erstarrte Wolken lag der Schnee des letzten Winters auf den Karpaten. Unten in den Tälern aber wohnte der Sommer. Ein später, schwüler Sommer, der voll war von einem fremden, welken Duft. Nüsse und aufgeplatzte Kastanien säumten die Wege, und in den Gärten lagen Zwetschken auf dem ersten Laub. Quitten leuchteten hellgelb und violett die Herbstzeitlosen auf den Weiden. Die letzten Tage des Septembers umfingen Flussläufe und Bäche, Wiesen und Äcker und die buckligen, waldigen Hügel.

Vor uns schlängelte sich der Silberbach entlang der breiten, ungeteerten Hauptstraße. Strommasten spannten sich wie Spinnennetze über die Straßen. Auf den Schornsteinen nisteten Störche. Die Häuser mit ihren gähnenden Torbögen und zugeklappten Fensterläden wirkten schläfrig. Hühner liefen über die Straße und verschwanden zwischen den losen Brettern eines Zauns. Ein Heuwagen fuhr so dicht an uns vorbei, dass Julian mich zur Seite zog. Ich sah Holzräder, denen ein paar Speichen fehlten, und schwarze Stiefel unter einem Rock. Auf dem Kutschbock saß eine alte Frau, die Zügel locker in der Hand. Eine Haube verbarg ihre Haare und gab über dem Nacken zwei geflochtene Zöpfe frei. Unsere Blicke begegneten sich, und für einen Moment schien es, als würde der Pferdewagen anhalten. Ihr Gesichtsausdruck schwankte zwischen Neugier und Erkennen. Ich blieb stehen und sah ihr nach, bis der Wagen hinter den Linden verschwand.

Als wir auf der Höhe des Pfarrhauses waren, sprach ich Julian nochmals auf das Buch an.

„Vielleicht hat jeder Mensch solche Erinnerungsorte."

„Was meinst du mit Erinnerungsort?"

Er sprach das Wort ganz langsam und mit einer Melodie, als könnte es in der Mitte zerbrechen.

„Ein Bruchstück aus der Vergangenheit, an das man sich oft erinnert. Einen prägenden Ort, der einen nicht loslässt“, auch wenn man ihn hinter sich lassen will, fügte ich in Gedanken hinzu.

„Ich habe mich gewundert, dass Agneta es mir geschenkt hat. Schau, es hat eine Widmung.“

Als er die erste Seite aufschlug, entdeckte ich einen silbernen Aufkleber, den ich übersehen hatte: Überreicht vom Institut für Auslandsbeziehungen. Darunter ein Datum und in sorgfältiger Schreibschrift: ‚Agneta Maria in Liebe von A.‘.

Ich berührte nachdenklich die dunkelblaue Tinte. Wer konnte meiner Großmutter vor vierzig Jahren ein Buch aus Deutschland überreicht, und mit dieser Widmung versehen haben?

„Gab Agneta dir oft Bücher?“

„Ja, hast du dir ihre Bibliothek im Roten Zimmer angesehen?“

Ich nickte.

„Agneta wusste um meinen Lesehunger. Zur Hermannstädter Bibliothek komme ich nicht oft, und ich habe keine Lust, die Bücher, die ich zusammengetragen habe, zum dritten Mal zu lesen.“

Er sagte das ohne Bitterkeit, und doch empfand ich eine Mischung aus Mitleid und Unbehagen.

„Ich kann dir meine Bücher geben, ich habe fünf …“, ich stockte, „drei Bücher mit.“

Ich hatte fünf Bücher dabei, doch die zwei, die ich verschwieg, gehörten zu der Sorte Buch, die man nur ungern mit anderen Menschen teilt. Manche Bücher sind schon nach einmaligem Lesen unbrauchbar für ein zweites Leseerlebnis. Wenn man mit Bleistift Sätze unterstreicht, wenn man Worte mit Ornamenten verziert, ganze Passagen herausstellt, die einem einprägsam, wichtig und schön erscheinen. Wenn die Zettel,

Stichworte und Randbemerkungen zu einem heimlichen Register herangewachsen sind und eine eigene, ganz andere Geschichte erzählen. Sie verraten, welche Themen uns beschäftigen, welche Fragen wir uns stellen, und sind wie eigene Ansichten und Gedanken, die jemand anders eindrücklicher und treffender formuliert hat. – Diese persönlichen, offenbarenden Lesespuren mochte ich Julian noch nicht zeigen.

Ein kleines Lächeln, das ich nicht einordnen konnte, zog sich um seinen Mund, als er erwiderte, dass er meine Bücher gerne haben würde.

Zwei Männer überholten uns, Julian wechselte einige Worte auf Rumänisch mit ihnen. Sie lachten, und ich spürte eine leichte Ungeduld, da ich ihrem Gespräch nicht folgen konnte. Betont gleichgültig stieß ich mit der Schuhspitze ein paar Steinchen über die Straße. Als die Männer sich verabschiedet hatten, setzten auch wir unseren Weg fort. Der letzte Heuwagen näherte sich. Die Torbögen hatten alles verschluckt. Menschen, Pferdewägen und Heu. Stimmengewirr, Hufgeklapper und den Geruch des Strohs. Die Kirchturmglocken schlugen zwölf Mal.

„Wollen wir heute Nachmittag zusammen zur Basilika hinauf gehen?"

Ich nickte erfreut. Über dem Dorf, vor das massive Gebirge der Südkarpaten, schmiegte sich die kleinere Hügelkette des Zibinsgebirges mit dem kreisrunden Burgberg. Die Kirchenburg mit ihrer Wehrmauer und der sandsteinfarbenen Basilika sah aus wie ein kleines Wunder. Julian nannte die Uhrzeit, zu der wir uns vor dem Gemeindewirtshaus treffen würden, und küsste mich zum Abschied auf die Wange.

„Julian?"

Er drehte sich noch einmal um.

„Wie hast du mich gestern Abend eigentlich erkannt?“

„Von den Familienfotos im Blauen Zimmer.“

„Die sind schon alt“, antwortete ich verlegen.

„Ich hätte dich auch so erkannt. Du hast dieselben Augen wie Agneta.“

Zeichen

In den frühen Morgenstunden waren wir am Tag zuvor angekommen. Der Wagen preschte über löchrigen Asphalt, durch den Wald brach aufflackernd das Morgenlicht, und tief verschleiert tauchten auf einer Hügelkuppe die ersten Kirschbaumfelder Michelsbergs auf. Hinten, noch in blaugraue Pastelltöne gehüllt, lagen die Ausläufer der Südkarpaten, die Gipfel schneebedeckt.

Der Schlüssel zu Agnetas Haus war für uns beim Pfarrer hinterlegt. Ich wartete im Wagen. Nach wenigen Minuten trat Vater aus dem Tor. Ich kurbelte die Fensterscheibe weiter herunter und hielt das Gesicht in den Wind. Schaukelnd überquerten wir eine Brücke. Ein schnatternder, gemächlicher Gänsezug versperrte uns den Weg. Hunde kläfften hinter Hofmauern und rannten unserem Wagen hinterher. Mit einem Ruck blieben wir schließlich stehen.

Vaters Hände zitterten leicht, als er das Hoftor öffnete. Wir betraten das Haus, als würden wir eine geheime Schwelle überwinden. Wir gingen behutsam über den Korridor, sahen aus den Fenstern zum Hinterhof, zu den Rebstöcken und dem Kirschbaum. In der Hauptwohnung war es stickig. Unschlüssig blieb ich stehen, bis mir die Topografie der Zimmer wieder gegenwärtig war. Vater ging, ohne ein Wort, nach rechts ins Blaue Zimmer. Ich betrat die Küche, öffnete ein Fenster, spürte, wie ein frischer Luftzug durchs Haus ging, und lehnte mich hinaus. Weit hinter den letzten Häusern, wenige Kilometer entfernt in einem Hermannstädter Bestattungsinstitut, war sie. Als am

Montag eine Nachbarin gekommen war, um ihr Milch und Eier zu bringen, hatte sie Agneta tot in ihrem Bett gefunden. Das Haus indessen schien auf sie zu warten, war noch so, wie sie es hinterlassen hatte. Es ruhte in der Erinnerung ihrer letzten Tage.

Ein Blumenstrauß stand entblättert auf dem Küchentisch. Verloren ragten die Stängel aus dem bräunlichen, abgestandenen Wasser der Vase auf. Die Blütenköpfe lagen welk über das Tischtuch verstreut. Im Hausflur, nachlässig abgestreift, ausgediente Hausschuhe. Durch die angelehnte Tür sah ich ins Rote Zimmer mit seiner Bibliothek. Die Vorhänge waren zugezogen, die bestickten Kissen akkurat auf dem Sofa drapiert. Es sah aufgeräumt aus. Anders das Blaue Zimmer.

Ich blieb zögernd an der Türschwelle stehen. Vater sah kaum hoch. Er legte Kleidung zusammen, zog das Tischtuch glatt, und rückte die Familienbilder auf der Kommode gerade. Er sammelte Papiere ein, sortierte Umschläge und Briefe, konzentriert und gewissenhaft, als wäre diese Arbeit unaufschiebbar, als gelte es, Ordnung zu schaffen für ihre Rückkehr. Ein Stapel Zeitschriften fiel ihm aus der Hand. Er fluchte leise.

Befangen betrat ich das größte und herrschaftlichste Zimmer des Hauses. Die Schubladen des Schranks waren offen, die Stühle des Tisches zur Seite gerückt. Eine aufgeschlagene Zeitung lag auf dem Vorsprung des Kachelofens, daneben Stricknadeln und hellblaue Wolle. Auf dem Nachttisch entdeckte ich einen siebenbürgischen Hauskalender. Aus den Septemberseiten lugte eine getrocknete Taglilie heraus.

Ich sah alles ganz genau, die gepolsterten Rauten des Morgenmantels auf dem Bett, die schroffe und zugleich glänzende Struktur des aufgewickelten Knäuels.

Die Wachsflecken neben dem Kerzenständer, den Teerand einer zur Hälfte ausgetrunkenen Tasse, den festen Stoff der Vorhänge – und doch blieb alles zusammenhanglos und fremd. Ich konnte meine Scheu nicht überwinden. Nichts lag mir ferner, als die Sachen meiner Großmutter zu berühren.

Die Bettdecken knisterten, als ich meinen Koffer im Grünen Zimmer auf den Turm aus Daunenkissen und -decken hob. Ich setzte mich daneben und schloss die Augen. Der Holzfußboden knackte unter der hereinfallenden Sonne. Nebenan hörte ich Vater telefonieren, vor den Fenstern pfiff jemand im Vorübergehen ein Lied. Als Vater nach einer halben Stunde immer noch nicht aus dem Blauen Zimmer gekommen war, zog ich die Schuhe aus und ging durch den Garten zum Kirschbaum. Über sonnige Steinplatten, Gras und trockene Erde. Ich tauchte die Hände in die Mehlsäcke im Schuppen, öffnete die Tür zum Maisschober, besah die Kolben, die, akkurat gestapelt, einen Meter hoch reichten. Ich pflückte ein paar Trauben und setzte mich auf die Treppenstufen vor der Eingangstür.

Das verfärbte Grün der Bäume und Sträucher erzählte von den langen, heißen Sommermonaten, doch es war noch kein Loslassen darin, nur die Astern in Agnetas Garten erinnerten daran, dass das kleine Paradies, an dem sie sich noch vor wenigen Tagen erfreut hatte, verwelken würde. Der Herbst würde kommen und dann der Winter und wieder ein Frühling. Immer so fort. Doch ohne sie.

Plötzlich spürte ich eine Hand auf meiner Schulter. Vater sah mich traurig lächelnd an.

„Komm, ich möchte dir etwas zeigen."

Er führte mich durch den Korridor zu einem der vielen Werkräume. Unsere Schritte hallten gedämpft auf dem Linoleumboden wider. Wir blieben vor einer Türe stehen, an deren Rahmen die Farbe bereits abgeplatzt war. Vater entriegelte die Tür, und wir betraten ein dunkles Zimmer, dessen einziges Mobiliar aus einem großen Nähtisch bestand. Er war gänzlich mit Furchen übersät, die sich wie Straßen über die Tischplatte zogen. Aus den vielen Näharbeiten hervorgegangen, die hier angefertigt worden sein mussten, sponnen sie ihre Netze nun, um den alten Tisch zusammenzuhalten.

„Das war der Nähraum deiner Oma", sagte Vater mit heiserer Stimme und klappte die Fensterläden auf. Licht fiel auf den Dielenboden. Ich fragte mich, warum er mir ausgerechnet dieses Zimmer zeigte. Das Haus versteckte viele Räume, die ich noch nicht gesehen hatte, hinter seiner ungewöhnlichen Architektur. Wie ein großes L spannte es sich um eine Straßenecke, und gut die Hälfte wurde von dem rechtwinkligen Korridor ausgefüllt, der diesen Buchstaben gleich einer Galerie nachformte. Betrat man das Haus durch die Eingangstür, so lag linker Hand der Abstieg zum Keller, der Aufstieg zum Dachboden, und zuletzt die Hauptwohnung. Auf der anderen Seite, hinter den Fabrikfenstern des Korridors, geschützt vom rechten Winkel des Hauses, lagen Hinterhof und Garten. Ging man weiter, so kam man zu jenem sonderbaren Knick, mit dem der Korridor eine andere Richtung nahm. Diese geheimnisvolle Mitte teilte das Haus. Agneta hatte seit längerer Zeit nur die Hauptwohnung genutzt, das zeigten die Spinnweben vor den Türen und die staubigen Fenster. Der Nähraum, in dem wir uns befanden, gehörte zu den vielen Arbeits- und Abstellräumen, die ungeöffnet jenseits des rechten Winkels lagen. Sie atmeten eine abgestandene Luft, die sie nur durch die dünnen Schlitze unter den Türen ab und zu ausspucken konnten, lagen still und mahnend da, es war fast, als verhöhnten sie uns, die wir auch zu zweit nicht einmal einen so kleinen Teil des Hauses mit Leben füllen konnten.

„Hier, diese Zeichnungen sind von dir. Du hast sie als kleines Mädchen in den Mörtel geritzt." Vater ging in die Hocke und wies auf eine Stelle an der Wand. Ich bemerkte seine sauberen Hände. Ohne farbige Pinselspuren auf dem Handrücken sahen sie fremd und bloß aus. Seine hellbraunen, von grauen Strähnen durchsetzten Haare fielen offen auf die Schultern. Ich kniff die Augen zusammen und versuchte, in den Einkerbungen eine Zeichnung zu erkennen. Da klopfte es an der Haustür. Ich hörte Vaters Schritte, die sich entfernten, und das Öffnen der Tür. Eine Frauenstimme, die auf Sächsisch sprach, dann Stille.

Die Kugellampe aus Milchglas, die in der Mitte des Zimmers hing, begann sich leicht zu drehen, als ich auf die Wand zuging. Das untere Drittel der Tapete war efeugrün gestrichen und schlang sich wie ein großes Band um die Zimmerwände. Der restliche Raum war in einem Weiß gehalten, das im Laufe der Jahre gelbstichig geworden war. Nur die Spuren an der Tapete erzählten von der einstigen Möblierung – und doch wirkte der Raum nicht leer. Vielleicht war es das Licht, das von der Lindenallee auf Boden und Wände fiel, oder der Nähtisch unter der Lampe, in den sich die Stunden eingegraben hatten, die Agneta an ihm gesessen hatte. Vielleicht war es das Gefühl, das mich begleitete, seit wir das Haus betreten hatten. Die Zimmer waren voller Leben, und gleichzeitig wohnte ein Schweigen darin, als währte ihr Verlassensein schon viele Jahre.

Ich kniete vor der Zeichnung und berührte die eingeritzten Spuren mit den Fingern. Doch ich konnte nichts als verschlungene Linien erkennen, die sich zu keinem Bild zusammenfügen wollten. Mörtel bröckelte meine Handinnenflächen hinunter und rieselte auf den Fußboden. Irgendwo im Haus hörte ich Vaters Schritte. Eine Welle von Traurigkeit schnürte mir die Kehle zu. Wie ein kleines Boot, das auf dem grünen Streifen der Zimmerwand gestrandet war, verschwand die Zeichnung in der Dämmerung, als ich die Fensterläden wieder verhakte und die Tür hinter mir zuzog.

Ich saß mit angewinkelten Beinen auf dem Fensterbrett der Küche und blickte auf die Straße und die Kirche, deren Turm langsam in der Dunkelheit verschwand. Die Striche im Mörtel der Wand waren das erste Zeichen meiner Anwesenheit in diesem Haus, in diesem Land gewesen. Zwanzig Jahre waren seit unserer Auswanderung vergangen, waren vorbeigezogen, ohne dass ich ein einziges Mal den Mut besessen hatte, das Land meiner frühen Kindheit zu besuchen. Mutter hatte mit Siebenbürgen abgeschlossen. Sie wurde nicht müde, dies zu beteuern, und so fuhr Vater alle zwei Jahre für mehrere Wochen allein nach Michelsberg. Als kleines Mädchen blieb ich mit Mutter in Deutschland zurück, und dies wurde, als könne es nicht anders sein, zur Gewohnheit.

Agneta war nicht ausgewandert, ihr Haus war die letzte Heimstätte in Siebenbürgen, die unserer Familie geblieben war. Mein Elternhaus in Hermannstadt war längst verkauft. Frieda und Wolfgang, meine Großeltern mütterlicherseits, waren kurz nach uns ausgereist. Gegenwärtig wollte sich Mutter nicht auf diese lange Reise begeben, da Großvater nach einem Herzinfarkt im Krankenhaus lag. Es war ihr nicht leicht gefallen, diese Entscheidung zu treffen. Und doch meinte ich, auch eine Spur Erleichterung wahrgenommen zu haben.

Das Haus meiner Großmutter war mir immer noch vertraut. Zimmer, Garten und Kirschbaum so, wie ich sie in Erinnerung hatte, und doch hatten die Jahre eine Trennung vollzogen, die mir jetzt schmerzlich bewusst wurde. Meine Weigerung, hierher zu kommen, schien mir mit einem Mal töricht und dumm. Wie oft hatte Vater versucht, mir eine Tür in die Vergangenheit zu öffnen. Manchmal waren es Gedichte gewesen, die er mir auf den Schreibtisch legte, ein anderes Mal Bildbände oder Fotos, die er auf seinen Reisen gemacht hatte. Vielleicht hatte ihn meine ständige Zurückweisung gekränkt, doch diese stillen Zeichen hatten bis zum heutigen Tag nicht aufgehört.

Einzelne Rufe und Pfiffe hallten über den Marktplatz. Ich ging hinaus, um den Geräuschen näher zu sein. Das Gefühl der Einsamkeit verlor sich, als ich das Tor hinter mir zuzog. In den Fenstern war Licht, die Hoftore standen offen, viele Einwohner saßen auf den Bänken vor ihren Häusern. Auch Kinder waren noch draußen. In verschwörerischen Gruppen saßen sie auf den Trottoirs oder am Ufer, tauchten an zugänglichen Stellen ihre Füße in den Bach. Aus Hinterhöfen klang Musik, Gesprächsfetzen wehten über die Straße, und die vom Tag aufgeheizte Luft war durchsetzt von einer milden Kühle. Ich fühlte mich in diesen Geräuschen, in diesem klingenden, gebändigten Tumult aufgehoben. Ich konnte mich zwischen den schwatzenden Gruppen und spielenden Kindern bewegen, als wäre ich unsichtbar. Nur manchmal sah ich jemanden auf mich deuten und hörte die geflüsterte Frage, ob das nicht Agnetas Enkeltochter sei.

Ich folgte dem Lauf des Silberbachs, der das Dorf der Länge nach teilte. Eine Mondsichel trieb schwerelos auf der spiegelnden Wasseroberfläche. Abrupt blieb ich stehen, als ich auf dem Weg ein tiefes Loch entdeckte, in das jemand zur Warnung einen Ast hinein gesteckt hatte. Die Straßen dieses Landstrichs waren so belassen worden, wie sie einmal gebaut wurden. Wenn jemand Teer übrig hatte, mochte es sein, dass er ein Loch auf dem Gehweg oder der Straße damit zugoss, aber meist fühlte sich niemand für den Erhalt der Straßen verantwortlich. Die Fahrt auf der Landstraße von Arad über Deva Richtung Hermannstadt würde ich nicht so schnell vergessen. Kühn und abenteuerlich waren die Autofahrer auf den vernachlässigten Straßen unterwegs. Vater schien sich den Gepflogenheiten anzupassen und überholte die Lastwagenkolonnen auf der zweispurigen Fahrbahn so waghalsig, dass ich begann, mir die Chancen auszurechnen, das Land, in dem ich geboren war, auch wieder zu verlassen.

Als ich auf einer Brücke über dem Silberbach Halt machte, hatte Julian mich angesprochen. Ich hatte ihn schon bemerkt, als ich vor Agnetas Haus die Straßenseite gewechselt hatte. Er löste sich aus einer Gruppe, die unter den Linden des Marktplatzes stand, folgte mir in einigem Abstand, blieb stehen, wenn ich etwas betrachtete und kam nach, wenn ich weiterging. Ich war überrascht, dass ich keine Angst hatte. Ich fühlte mich geborgen in der Geschäftigkeit des abendlichen Dorfes und beschloss, abzuwarten, bis er auf mich zukam. Er lehnte sich in einigem Abstand ans Geländer und rauchte eine Zigarette. Verstohlen betrachtete ich sein Profil: die schmale Nase, dichten Augenbrauen und langen Haare. Er kam mir bekannt vor, doch ich wusste nicht, was ich sagen sollte. Mein Blick wanderte zu dem Strommast, der am Ende der Brücke in die Höhe ragte, und weiter die Dorfstraße hinab, entlang der Straßenlaternen, bis zu den umliegenden Hügeln und Obstfeldern.

„Du bist Sine", sagte er, und seine Stimme färbte jene sachte, siebenbürgische Melodie.

Er fragte, ob ich mich an ihn erinnern könne.

Ich schüttelte zögernd den Kopf.

„Wir waren Nachbarn", sagte er und sah mich abwartend an. „Weißt du noch, als wir mit Hilfe eines Holzkreuzes die Mauer von Agnetas Garten hochgeklettert sind und Dorfbewohner mit Sand beworfen haben?"

Er ließ die Zigarette auf den Boden fallen, drückte sie mit der Schuhspitze aus und lachte. Erstaunt sah ich ihn an. Ich erinnerte mich mit einem Mal genau: Während ein Fußgänger mit hochrotem Kopf auf die Haustür zugeeilt war, waren wir schnell von der Mauer gesprungen und hatten uns im Geräteschuppen versteckt. Der Geruch von feuchter Erde und Sand, von rostigem Eisen und vergorenen Trauben begleitete meine Erinnerung. Das Gefühl einer Hand tauchte in ihr auf, einer Kinderhand, die hinter einigen ausrangierten Weinfässern meine fest drückte.

‚*Copii, copii şi haine rupte*', war die Reaktion von Agneta gewesen, die uns einige Zeit später im Schuppen entdeckt hatte. Mit gesenkten Köpfen folgten wir ihr zur Eingangstür. Schuldbewusst warteten wir unter dem Vordach auf unsere Strafe. Der Fußgänger hob drohend die Hand, doch Agneta legte beschützend die Hände auf unsere Köpfe. Mein Spielgefährte hatte die Gelegenheit genutzt und war mit schnellen Schritten hinaus auf die Gasse gerannt.

„Julian“, sagte ich wiedererkennend.

Die Basilika

„Das Wasser kocht“, übertönte die Stimme von Frau Piringer das Brodeln des Teekessels.

Ich setzte mich auf den Sessel unter dem Fenster, das zum Korridor zeigte, und wartete, bis der Tee gezogen hatte. Vater war zu Pfarrer Roth gegangen, um die Einzelheiten der Beerdigung zu besprechen. Er hatte bereits von Deutschland aus veranlasst, Agneta in ein Bestattungshaus zu überführen. Großmutter hatte für ihren Tod ein Sparbuch angelegt, und so blieb es an ihm, die Behördengänge und den Schriftverkehr zu erledigen.

Wir hatten gemeinsam zu Mittag gegessen. Ganz in die Vorbereitungen für Agnetas Begräbnis versunken, hatte Vater nur kurz von seinem Teller aufgesehen, als ich ihm von Julian erzählte.

„Julian Eminescu …“, sagte er nachdenklich. „Seine Eltern wohnten damals in der Konradgasse. Die Mutter ist Deutsche, den rumänischen Nachnamen hat er von seinem Vater. – Ihr ward früher unzertrennlich. Wenn wir aus Hermannstadt zu Besuch kamen, führte dich dein erster Gang zum Kirschbaum, dann hast du die Tür zum Schuppen und zum Maisschober geöffnet und bist danach schnurstracks zu den Eminescus gerannt. Es war gleich, ob es Sommer war oder Winter, ob es regnete oder stürmte: Wir konnten dich nicht davon abhalten, alles auf diese Weise zu begrüßen.“

Ich dachte lächelnd daran, dass ich gestern auf eben diesen Wegen den Garten erkundet hatte. Nur Julians Haus hatte ich nicht aufgesucht – er hatte mich gefunden.

„Eigentlich sollte dich der Name an etwas erinnern. Hatte ich dir nicht die Gedichte von Mihai Eminescu ans Herz gelegt?“

Wir wussten es beide: Seine Bemühungen hatten mir bislang die Geschichte und Kultur des Landes nicht nahebringen können. Mutter bestätigte mich in dieser Hinsicht. „Es ist vergangen, was vergangen ist“, sagte sie stets in solchen Momenten, „niemand wird es dir verargen, wenn du Mihai Eminescu nicht kennst.“

Frau Piringer, eine Nachbarin, deren Hilfe im Haushalt Vater angenommen hatte, räumte das Geschirr vom Mittagstisch und ließ es ins Spülbecken sinken. Sie hatte mürrisch dreinblickende Augen, ein spitzes Kinn und presste die Lippen so fest aufeinander, dass der Mund fast nicht auszumachen war. Rock und Bluse waren beide aus braunem Stoff, darüber trug sie eine gestreifte Schürze. Ihr graues Haar war zu einem Zopf geflochten und um einen Mittelpunkt sorgsam aufgerollt. Viele unsichtbare Spangen hielten das kleine, schneckenförmige Geflecht in seiner Form.

„Wer wird morgen alles zur Beerdigung kommen?“ fragte ich, um ein Gespräch bemüht.

„Was weiß denn ich. Frag lieber jemand anders.“

Ihre Antworten waren knapp gehalten und von der starken Färbung ihres Dialekts geprägt. Sie zog die Wörter in die Länge, und das ‚r‘ klang hart und rollend.

„Aus Deutschland werden nicht viele Verwandte anreisen können“, sagte ich unbeirrt. „Hatte meine Großmutter viele Freunde hier im Dorf?“

„Ja“, sagte sie einsilbig und tauchte ihre Hände ins Spülwasser.

„War sie denn … Ging es ihr in der letzten Zeit gut?"

Meine Frage blieb unbeantwortet. Frau Piringer fuhr unbeeindruckt mit dem Spülen fort und klapperte mit dem Geschirr. Ich unterließ einen weiteren Anlauf, mit ihr ins Gespräch zu kommen, und sah aus dem Fenster. Hinter den Rebstöcken erhob sich der Kirschbaum mit ausladenden, knorrigen Ästen. Zwei zerfranste Seile hingen an einem besonders dicken Ast, reglos in der Windstille des Mittags. Vor vielen Jahren war eine Schaukel daran befestigt gewesen. Hatte nicht ein kleines Mädchen darin gesessen, sich im Kreis gedreht statt zu schaukeln, den Kopf so weit nach hinten gebeugt, dass Äste und Himmel ineinander übergingen? Und war nicht eine alte Frau dazugetreten, um die verdrehten Seile wieder aufzuwickeln?

Zwanzig Jahre waren vergangen, ohne dass ich Agneta in diesem Garten wiedergesehen hatte. Manches ist einem so selbstverständlich, als gehörte es auf alle Zeit dorthin, wo wir es lieben gelernt hatten. Als wäre es nicht vergänglich. Doch vielleicht waren wir zum letzten Mal Gäste dieses Hauses, und wenn wir die Türen am Ende unserer Reise schlossen, würden fremde Menschen einziehen. Vermutlich würden sie die alte Kirsche fällen und auf dem Acker bei den Quittenbäumen einen Neubau errichten. Oder das Haus bliebe sich selbst überlassen. Staub würde alles zudecken, Zimmerböden und Möbel. Fenster würden zersplittern und Türen aus den Angeln brechen. Dann würde der Wind den Regen ins Haus peitschen, die Holzbalken würden zerfallen, und das Laub der Bäume würde zuletzt alles zudecken.

Ich stand auf und öffnete das Fenster, um mir alles genau einzuprägen.

Nach einer Weile ließ Frau Piringer das Wasser ablaufen, wrang den Spüllappen aus und ging mit schnellen Schritten aus der Küche. Am Türabsatz drehte sie sich dienstfertig um: „Der Tee ist lange fertig."

Am Nachmittag, zur vereinbarten Stunde, wartete ich auf dem Marktplatz. Der Boden war trocken und staubig, da es lange nicht geregnet hatte. An den Wegseiten wuchs Gras, an vielen Stellen von abgetretenen Pfaden durchsetzt. Die Fensterläden der Häuser standen inzwischen offen, die Anstriche der renovierten Fassaden leuchteten im satten Nachmittagslicht. Giebel- und Fensterschmuck verzierte die Bauernhäuser, Mauern wechselten sich mit Holzzäunen ab, Wohnhäuser mit Scheunen und Torbögen mit Eisentoren – ohne Lücke schloss eins ans andere an und schuf das eigentümliche, behagliche und ein wenig trotzige Straßenbild siebenbürgischer Dörfer.

Ich setzte mich auf eine Bank. Von diesem ausladenden Platz gingen die Straßen nach Heltau und Hermannstadt ab. Zwei überdachte Trinkwasserbrunnen standen einander gegenüber. Der Silberbach begleitete die Hauptstraße stromaufwärts. Einst war der Reichtum Michelsbergs das Silber, das aus dem Bach gewaschen wurde. An der ausgespülten Böschung, wo die Ufer noch nicht mit Betonmauern befestigt waren, konnte man erahnen, dass er mit eintretender Schneeschmelze viel Wasser mit sich führte. Augenblicklich glich er eher einem dünnen Faden, der sich durchs Dorf schlängelte.

Julian kam auf mich zu. Wir begrüßten uns mit einem Kuss auf beide Wangen, dann ließ er seinen Rucksack auf die Bank gleiten und ging in das Wirtshaus direkt vor der Anhöhe der Burg. Ich hörte die Holztür aufgehen und wenige Augenblicke später wieder zufallen, dann übergab mir Julian einen schweren, gusseisernen Schlüssel.

Wir gingen den leicht ansteigenden, von wilder Kamille und Gras eingefassten Weg hinauf. Ich blieb stehen und schloss die Augen. Die Weichheit des Bodens weckte ein unbestimmtes Gefühl. Ich ging in die Hocke, zupfte einen Kamillenstängel und drehte ihn zwischen den Fingern. Die gelben Blütenköpfe verbreiteten einen feinen, aromatischen Duft. Ich hatte den Eindruck, als würde Julian etwas sagen wollen, doch er drehte sich um und setzte seinen Weg fort.

Unweit des Waldes stand die Ruine eines Hauses. Durch Sprossenfenster, in denen das Glas geborsten war, konnte man geradewegs ins Unterholz sehen. An den Seiten ragten verloren Holzbalken auf, als würden sie zu den Baumstämmen gehören. Auf der einzig erhaltenen Wand, der Front, war ein Spruch in sächsischer Mundart aufgemalt: „*Ech bän e Sachs. Des Stuw äs meng. Aser Härrgott mege Wächter sen!*“ – Ich bin ein Sachse. Diese Stube ist mein. Unser Herrgott möge der Wächter sein.

Es war das Haus der Burgwächterin gewesen, die den Schlüssel zur Ringmauer der Basilika verwahrte. Ich hatte in Vaters Heimatkalender, der in seinem Atelier hing, ein Bild davon gesehen. Vor dem hellgelben Haus mit dem Rosenbusch saß eine Frau in siebenbürgischer Tracht. Sie hatte die Hände locker in den Schoß gelegt, die Handinnenflächen leicht geöffnet – eine Geste alter Menschen, die zeitlebens gearbeitet hatten. Hinter ihr, die Ellenbogen auf der Bank, stand ein blonder Junge.

Geflochtene Weidenäste umzäunten den Garten. Von der Hauswand bröckelte der Putz. In den Fenstern hingen, halb zugezogen, karierte Vorhänge. Wie schnell alles verfallen war. In zwei Jahrzehnten hatte sich der Wald ins Haus gestohlen.

Augenblicklich umschloss uns die Kühle des Eichenwaldes. In den ansteigenden Pfad, der zunächst so breit war, dass wir ihn nebeneinander gehen konnten, waren Bretter als Treppenstufen eingelassen. Nachdem wir ein Viertel des Weges hinter uns gebracht hatten, fragte Julian nach der ersten Stadt, in die wir nach der Auswanderung gezogen waren.

„Von Hermannstadt aus ging es zunächst, wie für viele Auswanderer, nach Nürnberg“, sagte ich, und dachte dabei an die Holztruhen, in denen meine Eltern unseren Hausstand nach Deutschland verschickt hatten. Ein Bruchstück dieser Truhen lehnte, wie ein angeschwemmtes Stück Holz, noch heute in unserem Flur. Darunter vermerkt, die Adresse unserer ersten Bestimmung: Nürnberg, R. F. Germania.

Julian bat mich, mehr zu erzählen.

„In Nürnberg blieben wir nur kurze Zeit. Wir sind danach noch einige Male umgezogen.“

Ich hoffte, Julian würde bemerken, dass ich nicht darüber sprechen mochte. Ich hatte mich am Anfang nirgends wohlgefühlt. Nicht in Nürnberg oder in unserem zweiten Übergangswohnheim, in dem wir ein Jahr blieben, und auch nicht in unserer ersten Wohnung am Stadtrand. Erst in meiner Studentenstadt, mit ihren engen Gässchen und dem Fluss mit seiner Uferpromenade, hatte sich ein Gefühl des Zuhause-Seins eingestellt, doch nun hatte ich sie vor vier Monaten verlassen, da mein Studium zu Ende war. Ich wohnte übergangsweise wieder bei meinen Eltern, bis ich wusste, welchen Berufsweg ich einschlagen wollte.

Wir gingen schweigend weiter, unter unseren Füßen knackten heruntergefallene Äste. Die Stille dehnte sich zwischen uns. Sie tat es zuerst unmerklich, dann wurde sie stärker. Sie war schon lange bei mir. Auf der Schwelle in ein künftiges Berufsleben trat sie ein, verbarg sich hinter Gratulationen und Glückwünschen, nun stehe uns Absolventen alles offen. Nichts war in diese Offenheit eingezeichnet, keine Richtung, nur diese Stille. Wochen hatte ich wie gelähmt in meinem Zimmer verbracht, unfähig, einen Gedanken, außerstande, einen Plan zu fassen. Als gäbe es keine beständig rauschende Welt, die einen zum Handeln ermahnt. Als könne man der Angst mit Gleichgültigkeit beikommen.

Das Knattern eines Motorrads stieg aus dem Dorf herauf und übertönte unsere Schritte.

„Das letzte Bild auf Agnetas Blauer Kommode zeigt euch beide im Türrahmen einer Wohnung. Du trägst deine Haare länger als jetzt. Agneta legt einen Arm um deine Schultern, in der anderen hält sie einen Schirm“, hörte ich Julians Stimme.

Ich nickte, ohne ihn anzusehen.

Vater hatte das Bild während Agnetas letzten Besuchs vor vier Jahren gemacht. Am Tag ihrer Abreise. Das Gepäck stand schon bereit, versteckt hinter der offenen Türe, nur wenn man genau hinsah, konnte man den Handlauf des Koffers sehen. Agneta kam in regelmäßigen Abständen nach Deutschland, blieb für zwei, drei Wochen – länger, so sagte sie, konnte sie ihren Garten nicht in fremde Obhut geben. Sie bezog unser Gästezimmer, übernahm das Kochen, und fügte sich wie selbstverständlich in unser Familienleben ein.

Ich hatte das Bild gestern lange betrachtet. Agneta lächelte, nur die hellblauen Augen verrieten ihren Abschiedsschmerz. Ein Arm umfasste meine Schultern, der andere war angewinkelt, ein roter Regenschirm hing darin wie eine Handtasche. Ich konnte mich nicht daran erinnern, wie ich mich an jenem Tag gefühlt oder was ich gedacht hatte. Und auch nach diesem Bild lag so vieles im Dunkeln. Ich hatte Abstand von Agneta genommen, unmerklich aber stetig, ohne bewusste Entscheidung. Eine törichte und doch brennende Frage war beim Anblick des Bildes aufgetaucht: Wieso wusste man nicht, dass man einem Menschen zum letzten Mal begegnete?

Julian räusperte sich, es war offensichtlich, dass er mich beobachtete. „Wenn man die Bilder auf der Kommode der Reihe nach ansieht, fällt auf, dass Agneta sich in den letzten Jahren kaum verändert hat. Die Haare deiner Eltern werden grau, du bist in jedem Rahmen anders, nur sie nicht. Als habe sie irgendwann aufgehört, zu altern ..."

„Wie kommt es, dass ihr einander so gut kanntet?" Meine Stimme klang laut und fremd, als spräche jemand anderes.

„Was heißt schon kennen", sagte Julian überrascht. Der vorwurfsvolle Ton meiner Frage war ihm nicht entgangen. „Wenn sie Hilfe im Garten brauchte, bat sie mich darum. Sie lieh mir Bücher und manchmal lud sie mich zum Essen zu sich herein. Und weißt du", er stockte, „irgendwie ist es auch so, dass eine Verbindung über dich da war. Sie erzählte oft von dir."

„Dann muss ich ja einiges nachholen“, sagte ich leichthin und versuchte mein Unbehagen zu verbergen, „sonst hast du einen Wissensvorsprung, den ich nicht aufholen kann.“

„Nein, so meine ich das nicht. Ich weiß nicht viel darüber, wie es dir in den letzten Jahren gegangen ist. Sie sprach gern über die Ferien, die du als Kind in Michelsberg verbracht hast. Über die Streiche, die wir ausgeheckt haben, und den Ärger, den sie von uns abwenden musste.“

Nun sah er geradeaus, zog das Tempo an, als wolle er einen Gedanken hinter sich lassen. Der Wald lichtete sich, durch die Bäume blitzten die rötlichen Ziegeldächer des Dorfes hervor.

„Wie alt ist die Burg?“, fragte ich, als, einige Zeit später, die Ringmauer zwischen den Baumkronen sichtbar wurde.

Julian erzählte, dass die Basilika in der ersten Hälfte des 13. Jahrhunderts erbaut wurde. Nachdem sie später im Besitz des Zisterzienserordens gewesen sei, diente sie, wie alle Wehrkirchen, als Befestigungsanlage für die Dorfbewohner.

Als ich fragte, woher er alles wisse, fiel seine Antwort schlicht aus: Er sei hier geboren und noch nie woanders gewesen, wie solle er das nicht wissen.

„Weil meist das anziehender ist, was weit weg ist, und selten das, was vor uns liegt“, antwortete ich und zerpflückte nachdenklich ein Baumblatt mit den Fingern.

„Was ist das für eine Logik?“, fragte er skeptisch und blieb stehen.

„Es ist durchaus logisch“, antwortete ich, verwirrt angesichts seines energischen Widerspruchs. „Es ist reizvoll, weil es weit weg ist, und in der Vorstellung nicht mit Alltäglichem belastet wird."

„Was liegt näher, als dem Beachtung zu schenken, was vor einem liegt. – Wieso träumen die Menschen immer von besseren Orten?"

Ich fragte mich, welche wunde Seite dieses Thema in ihm berührt haben mochte. Manchmal glaubte ich, eine versteckte Ungeduld an ihm zu bemerken. Ob er zufrieden war? Julian hatte mir auf den Feldern erzählt, dass er mit seiner Mutter zusammenlebte. Sie bewirtschafteten einen Hof, der kaum genügend abwarf, dass es zum Leben reichte. Sein Vater hatte die Familie verlassen. Seine jüngere Schwester lebte bei einer Tante in Mediasch und besuchte eine Hauswirtschaftsschule. Julian träumte davon, eines Tages Geschichte studieren zu können. Mehr wusste ich bislang nicht. Ich hatte eine gewisse Scheu, ihn auszufragen. Im Augenblick war mir das Gefühl lieber, ihn auf eine andere Art zu kennen. Eine vertrautere, stillere, die sich an die Zeit knüpfte, die wir als Kinder zusammen verbracht hatten. All die Jahre, die dazwischen lagen, rührten an Fragen, über die ich jetzt nicht sprechen mochte.

Wir erreichten die Wehrmauer. Das Holztor, eingefasst in einen steinernen Bogen, war mit einer Kette an einem Ring in der Mauer befestigt. Julian nahm den Schlüssel, und nach einigen Versuchen ließ die Kette sich öffnen. Im Burghof sah ich, dass die Mauer an dieser Stelle erhöht und von zwei Fenstereinlassungen durchbrochen war. Ich streifte die Schuhe ab und nahm sie in die Hand. Der Boden war weich, an einigen Stellen von Moos durchwirkt. Der Wind schüttete eine tonlose, klare Luft über dem Burgberg aus.

Die zweigeschossige Kirche wirkte schlicht und anziehend. Sie war aus Sandstein und hatte ein leuchtend orange-rotes Dach. Das Hauptportal war mit Eisenbeschlägen verziert, die auf den eichenen Türflügeln wie horizontale Bänder aussahen. Das Portal war auf jeder Seite von vier Säulen flankiert, als Halbkreis wölbten sich sieben Vorsprünge über der Tür. Die Vier war die Zahl der Himmelsrichtungen, der Elemente und der menschlichen Temperamente. Die Sieben die Zahl der Schöpfungstage, der Vollendung, der Tugenden und Todsünden. Julian blieb an den Treppen des Portals zurück. Ich ging weiter in den hinteren Teil der Befestigung, wo ein Brunnen lag, setzte mich an seinen Rand und hob das Gesicht in den wolkenlosen Septemberhimmel.

Die niedrige Wehrmauer gab den Blick frei auf die Kirschbaumfelder bis weit ins transsilvanische Hügelland hinein. Einzelne, dunkle Tannen durchbrachen das helle Grün der Berge. Seitlich ragte der Bergrücken des Hendrich auf. In seinem Schatten wohnte bereits die Frische der kürzer werdenden Herbsttage.

Die Nachricht von Agnetas Tod hatte uns Anfang der Woche überrascht.

„Johann“, hatte Mutter laut ins Obergeschoss unseres Hauses gerufen, und etwas Raues belegte dabei ihre Stimme. „Johann, Telefon für dich.“ Wenig später, ich saß auf der Terrasse und las, ging Vater an mir vorbei, als wäre ich nicht da, und lehnte sich an die Brüstung. Minutenlang sah ich nur seine Hände, wie sie sich an dem Geländer festhielten, sah, dass er gerade gemalt hatte, ein Backsteinrot und ein Buttergelb hatten sich auf seinen Handrücken verteilt. Minutenlang sah ich diese fleckigen Hände, sah das halblange Haar, die schmalen, runden Schultern, die ab und zu wie unter einer Last zuckten, und wusste nicht, ob ich das Wort an ihn richten sollte.

Mutter kam schließlich durch die Terrassentür, sah mich mit großen Augen an, ging zu Vater und legte die Arme um seine Schultern.

Agneta war tot. Ich wusste es, noch bevor sich beide zu mir umdrehten. Ein Gefühl der Leere breitete sich in mir aus. In unserem Wohnzimmer zeigte ein Foto Agneta mit roten Herbstastern, und wenn ich versuchte, sie mir in diesen Tagen vorzustellen, rückten all unsere gemeinsamen Erlebnisse fort, ich sah sie in ihrem Garten, als wäre sie dort für alle Zeit gebannt, mit offenem Haar, lächelnd, einen Strauß voller roter Astern über die Armbeuge gelegt.

Heute kam es mir vor, als wäre all dies mehr als ein Abschied von ihr. Ich sah über die Hügel, über die angrenzenden Dörfer und den hellen, gewellten Karpatenbogen, spürte die Sonne auf meinem Gesicht, die Grashalme an den Fußsohlen und wusste, dass ich dies alles vermisst und mir dieses Gefühl doch nie eingestanden hatte. Ich warf die Schuhe ins Gras. War es meine Schuld gewesen? Hatte ich beschlossen, alles zurückzulassen? Ich war an die Entscheidungen meiner Eltern gebunden, hatte mich an unser neues Leben gewöhnt, und war sogar, abgesehen von den vergangenen Monaten, recht glücklich gewesen. Meine Wurzeln in einem fremden Land hatte ich immer weniger gespürt. Wieso fühlte sich plötzlich alles anders an?

Ich hob die Schuhe auf und ging an der Wehrmauer entlang. Nach einigen Schritten entdeckte ich mehrere zentnerschwere, runde Steine, die über den Hof der Kirchenburg verstreut waren. Wie Planeten umkreisten sie das ovale Rund der Mauer. Ich sah einen besonders großen Stein, in den ein Kreuz und eine verwitterte Jahreszahl eingemeißelt waren, und ging in die Hocke, um ihn mir genauer anzusehen. Moos umschloss das Kreuz wie ein in die Jahre gekommenes Siegel. Die kleineren Steine schienen sich um ihn versammelt zu haben. Ich blinzelte ein paar Mal, da das Kreuz anfing, vor meinen Augen zu verschwimmen.

„Es war vor langer Zeit, im Land hinter den Wäldern …“, hörte ich Agnetas Stimme. Ihre tiefe, rauchige Stimme, mit der absinkenden Melodie zum Satzende. Sie machte viele Pausen zwischen den Wörtern, wenn sie ihre Gedanken sortierte, und ihre Hände waren immer in Bewegung, als folgten oder bekräftigten sie den Lauf ihrer Worte. „… als zwei Freunde, Hans und Georg, das schönste Mädchen des Dorfes umwarben. Maria entschied sich für Georg, den jüngeren, sanftmütigeren, und so musste er nach alter Sitte einen Rundstein auf die Burg rollen.“

Ich fuhr mit den Fingern über das eingravierte Kreuz, über das kühle Moos, das ihn mit grünen, klammen Zungen der Erde einverleiben wollte. Ich schloss die Augen und sah, wie ein junger Mann diesen Stein den Weg zur Burg hinauf wälzte. Ich sah Hände neben ihm, vernarbte Hände, die sich ebenfalls gegen den Stein stemmten. So schafften sie es Stück für Stück den Berg hinauf. Sie sprachen nicht, alles, was Bedeutung hatte, war der Stein, waren die Meter, die man dem Boden mühsam abrang.

„Als helfende Hand“, mit Agnetas Stimme wurden die Bilder rascher, als beginne die Erinnerung sich endgültig zu lösen, „wurde ihm sein Freund Hans zugewiesen. Am besagten Tag warteten einige Gemeindemitglieder auf dem Burgberg, um den Bräutigam zu empfangen. Doch auf einmal erklangen Hilfeschreie übers Tal, und als sie den Weg hinabliefen, fanden sie Georg tot an einem Felsen liegen. Der wuchtige Stein, den er bereits ein gutes Stück den Berg hinaufgerollt hatte, war ihm zum Verhängnis geworden."

War er das? Waren da nicht andere Hände im Spiel, jene langen, schwieligen Hände, die aus dem Takt geraten waren? Sie gestikulierten jetzt, abwehrend, verneinend …

„Hans schilderte, wie Georg gestolpert war und die Herrschaft über den Stein verloren hatte. Man glaubte ihm, der Stein aber wurde zur Kirchenburg hinauf gerollt und mit Jahreszahl und Kreuz gekennzeichnet. Bald darauf starb Maria, und Hans verließ das Dorf ohne Abschied. Als sich Georgs Tod das erste Mal jährte, stürmte ein Türkenheer Michelsberg. Die Gemeinde nahm auf dem Burgberg Zuflucht. In jener Nacht, die über Sieg und Niederlage entscheiden sollte, dauerten die Kämpfe bis in die Morgenstunden. Schließlich wurden die Angreifer durch zahlreiche Rundsteine, die durch Öffnungen in der Mauer hinausgerollt wurden, zum Rückzug gezwungen."

Im Klang dieser Sätze hörte ich Schreie und unter schwarzem Himmel Lieder einer fremden Sprache. Ich sah ein verwaistes Dorf, leere Ställe und geplünderte Häuser. Umgeknickte Bäume und irgendwo auf diesem Berg jene verräterischen Hände, leblos und kalt.

„Als sich die Dorfbewohner wieder auf den Weg zurück in ihre Häuser machten, fanden sie unter den gefallenen Angreifern Hans – erschlagen von dem Stein mit dem Kreuz."

Der Kreuzstein lag vor mir im Gras, als wäre er in der Erde verwurzelt. Ich stemmte mich zuerst leicht, dann mit meinem ganzen Körpergewicht gegen ihn, doch er rührte sich nicht von der Stelle. Mir war es als Kind nie in den Sinn gekommen, dass es diesen Stein wirklich geben mochte. Er war Teil einer Geschichte und solchermaßen entrückt von der Welt. Er lebte nur in Agnetas Worten, und mit ihrer Stimme gab sie ihm Wirklichkeit. Ich hatte mir diese Geschichte oft erzählen lassen, weil ich wusste, wie sehr Agneta sie mochte. Aber auch, weil die Bilder in meiner Phantasie gestochen scharf zum Vorschein kamen, und weil sie von einer Gerechtigkeit erzählte, die über das Leben aller Menschen hinausging.

Ich berührte gedankenversunken das eingravierte Kreuz und die verwitterte Jahreszahl. Langsam kehrten die Geräusche der umliegenden Natur zurück. Ich besann mich, zog die Schuhe wieder an und ging zurück zum Hauptportal. Julian saß noch immer am Eingang der Basilika. Als er mich bemerkte, richtete er sich auf und kam mir entgegen. Er sah zögernd aus, als würde er auf etwas aufpassen. Ich lief auf ihn zu und wollte ihm schon aus der Ferne von dem Kreuzstein erzählen, doch meine Worte gingen im tosenden Flügelschlag unzähliger schwarzer Dohlen unter, die von der Wehrmauer aufstiegen. Wie ein Regenschauer prasselte ihr kehliges, metallisches Krächzen auf uns herab. Wir sahen uns in die Augen, inmitten dieses unheimlichen Rauschens, bis sich der Schwarm über die Kirche erhoben hatte und in weiten, gleichmäßigen Linien davonflog. In der unvermittelt eintretenden Stille senkte ich den Blick.

Als ich an ihm vorbei in die Kirche hineinwollte, hielt Julian mich zurück: „Es ist drinnen vermutlich nicht so, wie du es dir vorstellst."

„Ich stelle mir nichts vor."

Zuerst war nichts erkennbar, außer kleinen Lichtkegeln, die den kahlen Innenraum spärlich erhellten. Ich blieb stehen, bis meine Augen sich an das Halbdunkel gewöhnt hatten. Hohe Bögen, nach oben auslaufend, unterteilten den kargen Steinbau in drei Längen. Der Geruch nasser Steinplatten mischte sich mit der Würze feuchter Erde.

„Hier ist nichts. Nichts …", flüsterte ich.

Ich bemerkte, dass zwei Querbalken den Altarraum stützten, der durch eine Stufe abgesetzt war. Die Wände zeigten Spuren einer einstigen Bemalung. Dies alles ließ sich mehr erahnen als tatsächlich sehen. Der gesamte Raum war von solch einer Kargheit und bedingungslosen Leere – es gab kein Bild, keine Bänke, kein Taufbecken, nur Wände, Fenster und Licht und diesen unerbittlichen Geruch eines Grabgewölbes.

Die Formen des Innenraums traten wuchtig hervor. Ich ging durch das Mittelschiff weiter auf den Chorraum zu und entdeckte eine vermauerte Tür. Ich hatte das Gefühl, als bewegte ich mich in einer Grabkammer, deren Geschichte nur mühsam aus diesen spärlichen Resten erzählt werden konnte. Im Altarraum sah ich Gedenktafeln mit den Namen deutscher Gefallener der Weltkriege. Ich begann ihre Namen laut vorzulesen: „Erwin Göllner, Heinrich Homm, August Schuller, Gernot Schässburger, Konrad Fackner, Hermann Kloos, Gerhart Miess, Viktor Mathes, Werner Rosen …"

Julian trat neben mich und zeigte zur Decke: „Das Obergeschoss konnte nur durch eine ausziehbare Leiter erreicht werden. So war man bei einem Angriff im Dachraum sicher."

„Wie viele Angriffe gab es denn?"

Er sah mich erstaunt an.

„Es wundert mich, dass du dich mit der Geschichte der Siebenbürger Sachsen nicht auskennst."

„Warum? Es gibt doch einen Grund, warum heute fast keine Sachsen mehr hier leben."

Meine Worte hallten überraschend scharf durch die Kirche.

„Es gibt viele Gründe für die Auswanderung. Und egal, was einmal gewesen ist, glaub mir, es gibt viele, die das heute bedauern", sagte er mit ruhiger Stimme.

Ich fragte mich, ob er recht hatte und ob es überhaupt *eine* Wahrheit gab. War es leicht gewesen, nach so vielen Jahren zu gehen? Alles mitzunehmen und zugleich alles zurückzulassen? Dem Land macht das nichts. Es kriecht und wächst in die Häuser, in die Dörfer zurück – es lässt sich nun von anderen Menschen zähmen, von anderen Menschen lieben. Das Glück meiner Großmutter war von jeher dieses Land gewesen. Es war, als würde alles weiter bestehen, solange sie lebte, hatte Vater auf der Autofahrt gesagt. Ich wusste nun, was er meinte. Mit Agneta blieb Siebenbürgen ein Ort, an den er zurückgehen konnte. Jetzt war alles anders. Jetzt konnte sich alles verlieren, so wie sie für immer verloren war.

Ich hörte, wie sich Julians Schritte entfernten, und sah, dass er zu einem der Holzfenster des Altarraums gegangen war, die unermüdlich schwaches Licht auf den Kirchenboden schöpften.

„Die ganze Kirche ist aus Holz und Stein“, sagte er. „Meistens braucht es lediglich zwei Materialien, um etwas zu bauen, das jahrhundertelang überdauert. Holz und Stein, Stahl und Beton, es braucht immer zwei Bestandteile, zwei Hälften.“

Ich überlegte, warum er das so nachdrücklich sagte. Erst jetzt wurde mir bewusst, wie sehr ich fror. Im Inneren der Basilika schloss sich eine kalte, widerspenstige Luft ein.

Julian wies auf seinen Rucksack und fragte, ob wir draußen etwas essen wollten.

„Das wäre schön“, sagte ich erleichtert.

Die Sonne blendete meine Augen, als wir durch das Hauptportal wieder nach draußen traten. Die fallenden Schatten schlichen über die Wehrmauer den Berg hinab. Ich sah über die Mauer und atmete die warme Luft ein. Das Ziegelmeer Michelsbergs lag rötlich glänzend im Tal. Es kam mir vor, als wären wir lange im Inneren der Kirche gewesen.

Wir setzten uns auf die Treppenstufen, und Julian holte Brot, Schafskäse, Sommersalami und eine kleine Flasche Wein aus seinem Rucksack. Der Wein war lieblich und doch nicht süß. Der Käse, *Urdă*, schmeckte salzig und frisch. Als wir von allem gekostet hatten, bat ich Julian, mir von den Angriffen auf die Basilika zu erzählen.

Er tat es bereitwillig, und so erfuhr ich, dass die Mongolen Ende des 13. Jahrhunderts in Transsilvanien eingefallen waren und dabei ganze Landstriche geplündert und verwüstet hatten. Sie fielen gleichzeitig über mehrere Karpatenpässe ins Land ein, zerstörten Ortschaften und nahmen Gefangene. Es gab Gemeinden in

Siebenbürgen, deren Bevölkerung mehrere Male hintereinander versklavt und nach Asien verschleppt wurde. Die Bevölkerung Siebenbürgens, die bis dahin stetig gewachsen war, wurde mit einem Schlag geschmälert. Die Angriffe bewirkten, dass der ungarische König noch mehr deutsche Siedler für diesen Landstrich anwarb.

Ich wusste, dass die Kolonisten aus dem Rhein-Mosel-Gebiet und aus Flandern, dem nördlichen Teil des heutigen Belgiens, kamen. Julian ergänzte, dass sie während der Kreuzzüge durch die Schenkung von Land dazu bewogen worden waren, sich am Karpatenbogen niederzulassen. Sie verschmolzen hier zu einem Volk, das ‚Saxones' genannt wurde, rodeten Wälder, entwässerten Sümpfe, legten Straßen an und gründeten eine Kette deutscher Handels- und Gewerbezentren wie Hermannstadt, Bistritz und Kronstadt. Diese strategisch wichtigen Städte wurden durch Privilegien und Steuervergünstigungen gefördert und waren weder dem Adel noch der Kirche untertänig. Vor allem der Goldene Freibrief des ungarischen Königs Andreas II. verschaffte den Siebenbürgern Rechte, die in Europa ihresgleichen suchten.

„Was waren seine Motive?", fragte ich.

„Nun ja", antwortete Julian lächelnd, „der ungarischen Krone brachte das zusätzliche Steuern, und angesichts der einfallenden Türken war es keine schlechte Idee, eine Art menschlichen Abwehrgürtel vor dem eigenen Land zu haben. Denn Ruhe kehrte in diesem Landstrich nie ein. Vom 15. bis ins 17. Jahrhundert blieben die osmanischen Türken eine ständige Bedrohung. Im Jahr 1529 erreichten sie Wien und verwüsteten auf dem Weg halb Ungarn. Die Sachsen mussten sich etwas einfallen lassen. Sie bauten ihre Kirchen zu Fluchtburgen aus, und es entstand dieses einzigartige System an Wehrkirchen, in die man sich bei Angriffen zurückziehen konnte. Jeder noch so kleine Ort hatte eine Kirchenburg, die Städte wurden mit Verteidigungsringen gesichert und an den Passstraßen Festungen errichtet."

„Aus der Distanz klingt das alles wie der Lauf der Geschichte, blutig, unvermeidlich und unvorstellbar weit entfernt", sagte ich nachdenklich. „Doch man muss sich einmal vorstellen, was das für die Menschen bedeutete. Mit welchem Gefühl baut man ein Dorf wieder auf, nachdem es niedergebrannt wurde? Wie schafft man es, sich wieder am selben Ort anzusiedeln, wenn eine ganze Dorfgeneration versklavt wurde? Nicht aufzugeben, obwohl man in diesem Gebiet so vielen Gefahren und Unwägbarkeiten ausgesetzt war?"

Zum ersten Mal stieg in mir eine Ahnung auf, wie diese geschichtlichen Ereignisse die siebenbürgische Seele geprägt hatten, und ich dachte an die Eigenheiten meiner Eltern und Großeltern, an ihre Gewissenhaftigkeit und Geduld, ihr Pflichtgefühl, ihren Gemeinschaftssinn und Realismus, ihre Großzügigkeit – an ihre Treue, ihre Sturheit und ihren Stolz.

Julian lehnte sich mit geschlossenen Augen an eine Türsäule. Ich band meinen Zopf auf und streckte die Füße ins Gras. Glockenläuten stieg aus dem Tal, und irgendwo klopfte ausdauernd ein Specht gegen einen Baumstamm. Julians Hände lagen nah den meinen. Ich schob die Hand nach vorne, so dass unsere Fingerkuppen sich fast berührten. Nur eine Haaresbreite fehlte. Ich dachte an das Gefühl unserer verschränkten Kinderhände, das ich mit der Erinnerung an unser

Versteck im Schuppen heraufbeschworen hatte. – Wie mochten sie sich heute anfühlen?

Als seine Finger zuckten, zog ich hastig die Hand zurück. Voller Neugier musterte ich ihn. Julian hatte dunkle Haut, lange braune Haare und dichte Wimpern. Über dem rechten Auge dehnte sich eine waagerechte Narbe. Eine lange, gerade Narbe, eben so weit über der Augenbraue, dass man sie sehen konnte. Der aufsteigende Dohlenschwarm kam mir wieder in den Sinn, und es war, als verdunkelte sich erneut der Himmel. In unruhigem, von Flügelschlägen durchbrochenem Licht sah ich zwei Kinder in einem Turm. Sie waren umgeben von Tauben, gurrenden, aufsteigenden Tauben und unzähligen Federn, die wie Schnee fielen und ihnen die Sicht nahmen.

Auf einmal öffnete Julian die Augen und sah mich prüfend an. „Glaubst du immer noch, dass die Ferne interessanter ist als die Nähe?“

Hortensien

Eine fremde Frau saß neben dem Kachelofen, als ich später barfuß in die Küche trat. Sie stand auf und gab mir die Hand: „Friedesine, wenigstens du bist hier, wo dein Vater so schwer zu erwischen ist."

Mit flatternder Bewegung zupfte sie an ihrem roten Schal. Unser Besuch war eine füllige blonde Frau, auffallend gekleidet und mit kleinen, beringten Händen. Sie mochte etwa Ende fünfzig sein und war eine außergewöhnliche Erscheinung.

„Was führt Sie denn zu uns, Frau …?", ich verkniff mir eine Bemerkung über ihr ungeladenes Eintreten.

„Ich bin Edda Zakel." Der erste Teil meiner Frage blieb unbeantwortet. „Könntest du mir einen weißen Gespritzten geben, Friedesine? Die Hitze macht mich ganz verrückt."

Ich ging in die Vorratskammer neben der Küche. Nach strenger Ordnung sortiert und durch einen Vorhang staubgeschützt, lagerten Gurken- und Marmeladengläser, auf dem Boden standen ein Krautfass und mehrere Kanister Wein. Ich drehte an dem Schraubverschluss und hielt eine Karaffe unter den Zapfen. Wir verdünnten den Wein in unseren Gläsern mit Sodawasser, setzten uns an den Küchentisch und nippten an der Weinschorle. Ihr Mund schürzte sich, wenn sie das Glas anhob, und legte sich in zwei lippenstiftgefärbte Falten, wenn es wieder zum Tisch sank.

„Hast du etwas dagegen, wenn ich auf deinen Vater warte? Er wird ja nicht allzu spät kommen, nicht wahr?", sagte sie, ohne ihren Sätzen den Klang einer Frage zu geben.

„Ich weiß es nicht. Es könnte durchaus eine Weile dauern."

„Nun, ich habe keine Eile."

Aber ich vielleicht, schoss es mir durch den Kopf.

„Um was geht es denn? Möglicherweise kann ich ja weiterhelfen."

„Ist schon gut", sagte sie, und fuhr sich mit der Zunge über die Lippen.

„Haben wir uns schon einmal gesehen?", fragte ich mehr als verwundert, dass sie meinen Namen kannte und hier hereinspaziert war, als wäre sie zu Hause.

„Nein, haben wir leider nicht, aber dein Vater hat mir natürlich viel von dir erzählt." Sie rollte das „r" ausgiebig und schürzte dabei genussvoll den Mund.

„Und jetzt möchten Sie ihn wegen der Beerdigung sprechen?", unternahm ich noch einen Versuch.

„Ja, vielleicht kann man das so sagen." Ihr Lächeln verriet mir, dass sie den wahren Grund ihres Besuchs weiterhin zu verbergen gedachte.

Die Küchenuhr tickte. Von der Straße klangen gedämpfte Stimmen. Ich betrachtete Edda Zakel mit einer Mischung aus Neugier und Ungeduld. Sie stützte den Kopf mit einer Hand und sah sich um, als säße sie allein am Küchentisch. Sie erinnerte mich in ihrer selbstsicheren, stolzen Art an eine Bekannte meiner Mutter, die uns besuchen kam, als wir noch im Übergangswohnheim in Deutschland lebten. Sie erschien mir damals wie aus einer anderen Welt. Zuerst mochte ich nicht mit, als meine Eltern mit Sigrid, einer schlanken, gut gekleideten Frau, auswärts essen gehen wollten. Ein Restaurant besuchten wir sonst nie in jenen Tagen. Vater war arbeitslos, Mutter Aushilfskraft in einem Kindergarten, und sie sparten, so gut es ging, für die erste Wohnung.

Ich lag mit Kopfhörern auf dem Hochbett, versunken in ein Hörspiel. Gerade als die Figuren in ein Schloss eintraten und sich eine Tür geräuschvoll öffnete, winkte Mutter zum Gehen. Unwillig drückte ich die Stopptaste, obwohl ich alle Hörspiele auswendig kannte. Der Zauber rankte sich weniger um die Spannung auf den Gang der Geschichten als um die Gespräche und Geräusche, die mir nach oftmaligem Zuhören vertraut geworden waren und bekannt und vorhersehbar eintrafen. Ich malte mir bei jedem Zuhören weitere Details aus, bis eine eigene, vollkommene Welt entstand. Diese Welt hatte einen großen Vorteil: Sie war unabhängig von allem Tagesgeschehen, und ich konnte sie aufsuchen wie einen guten Freund.

Mutter mahnte zur Eile. Vater verschloss die Tür – in dem Zimmer war alles, was wir aus Siebenbürgen mitgenommen hatten. Wir gingen an Küche und Bad vorbei, die wir mit zwei anderen Familien teilten, hinaus auf den Vorplatz. Gegenüber ragte ein weiterer Wohnblock auf. Ich nannte diesen Ort, wenn mich jemand fragte, „Lager", womit ich mir jedes Mal eine Ermahnung meiner Eltern einhandelte. Lager, das war der interne Name für dieses Quartier für Aussiedler und Ausländer, in Gesprächen war man jedoch darauf bedacht, die neue Heimstätte „Übergangs-Wohnheim" zu nennen.

Unser Wohnheim lag am Stadtrand, inmitten großer Straßenkreuzungen, Bushaltestellen und Einkaufsläden, die aussahen wie Fabrikhallen. Doch einige Minuten entfernt, weiter stadtauswärts, war das Feld. Ich rannte am Nachmittag oft die Straßen entlang und zwängte mich durch einen Zaun, der einen großen, meist leeren Parkplatz begrenzte, hinaus auf die Wiese. Wenn es Sommer war, zog ich noch im Laufschritt die Schuhe aus und verstaute sie hinter einem Busch. Dann blieb ich stehen, andächtig auf das Gefühl der Erde unter meinen Füßen konzentriert. Im Frühling war die Wiese voller Butterblumen und Löwenzahn, im Sommer voller Klee, und im Spätherbst bedeckte der Raureif alles mit einem gezackten, kristallinen Überzug. Die Stadt war dann ganz fern mit ihren Straßen, dem Verkehr und Lärm, dem Wohnheim und dem verhassten Schulgebäude.

In den Sommermonaten gingen wir am Wochenende oft zusammen auf den Feldern spazieren. Mutter konnte stundenlang vierblättrige Kleeblätter suchen und brachte immer einige mit nach Hause, die sie in Bücher einlegte oder auf Postkarten geklebt verschickte. Doch wie sehr ich mich auch mühte, es ihr gleichzutun, ich konnte keines finden. Irgendwann war ich so verzweifelt, dass ich anfing, sie selbst anzufertigen. Ich riss die dreizähligen Blätter auseinander, klebte sie einzeln auf und formte mir so meine eigenen Glücksbringer. Mutter ließ mich gewähren und bedeutete mir, dass sie mein Geheimnis niemandem verraten würde. Manchmal verschwand ihr Lächeln, immer dann, wenn sie mich fragte, warum ich nicht mit anderen Kindern spielte. Ich schüttelte den Kopf, presste die Lippen aufeinander und beugte mich über meine zerrupften Kleeblätter.

So duldete Mutter an jenem Tag keine Widerrede, öffnete die Tür unseres Wagens und ließ mich neben ihrer Freundin Sigrid auf dem Rücksitz Platz nehmen. Ich konnte jetzt nicht umhin, mich auf das Essen zu freuen, bemühte mich jedoch, mein mürrisches Gesicht nicht allzu schnell aufzugeben. Unauffällig beobachtete ich Sigrid. Sie hob den Ellenbogen ans geöffnete Fenster, der Fahrtwind strich ihr die Haare aus der Stirn. Die dunkelroten Falten ihres Kleids gossen sich über den Sitz. Heimlich schob ich meine Hand darunter und befühlte den kühlen Stoff. Ihre Ausstrahlung war die eines Menschen, der mit seiner Umgebung vertraut war, der ging und sprach und gestikulierte, als wäre die umliegende Welt eine Erweiterung des eigenen Körpers und nicht die unwirkliche und fremde Szenerie, die sie für uns war. Ich zog ein noch verdrießlicheres Gesicht. Neben ihrer selbstbewussten Art wirkten wir schwerfällig und hölzern. Sie schloss die Augen, schob das Kinn anmutig nach vorne, und es kam mir der Gedanke, dass ebenso ein Filmstar aussehen müsse.

Wir hielten in der Nähe des Rathausplatzes und entschieden uns für eine Pizzeria. Sigrid ging als erste hinein. Sie winkte den Kellner an unseren Tisch, ließ die Karten kommen und wählte einige Lieder an der Jukebox aus. Mit der Musik verwandelte sich die Stimmung. Mutter lehnte sich zurück, Vater zündete sich eine Zigarette an. Er konnte zu jedem Lied sagen, wann es in den Charts war – nächtelang hatte er den Piratensender „Radio Geronimo“ gehört, der von einem Schiff vor Monte Carlo sendete und selbst im kommunistischen Rumänien empfangen werden konnte …

Nun war es Edda Zakel, die mich neugierig musterte.

Ich besann mich, rutschte auf dem Stuhl in eine aufrechte Position und schenkte mir Wein und Soda nach: „Es dauert wohl doch etwas länger, bis Vater zurück sein wird. Wahrscheinlich ist er irgendwo zum Abendessen eingeladen."

„Das macht nichts, ich habe Zeit", sagte sie mit jenem rätselhaften und gleichzeitig bestimmten Lächeln.

Ich seufzte ergeben. „Woher kennen Sie denn meinen Vater, Frau Zakel?"

„Wir waren zusammen auf der Kunsthochschule in Klausenburg", antwortete sie nun etwas bereitwilliger.

„Also haben Sie auch Malerei studiert?"

Sie bejahte. Ich erfuhr, dass sie sich in einem Kurs zum französischen Impressionismus kennengelernt hatten. Vater habe, als höheres Semester, die besten Adressen zum Farbenkauf gekannt und ihr geholfen, in begehrte Kurse aufgenommen zu werden.

„Vater konnte sich erst spät seinen Traum vom Kunststudium erfüllen."

„Er war der Älteste in seinem Jahrgang. Er musste ja", sagte sie mit verhaltenem Atem, „zuerst einmal die Färberei seiner Eltern übernehmen, nicht wahr?"

„Er versuchte es genau neun Jahre lang", sagte ich knapp.

„Nun ja", fuhr sie fort, „er hatte, vielleicht gerade durch den Altersvorsprung, eine besondere Art, über seine Arbeit zu sprechen. Viele Studenten fühlten sich durch ihre Berufung zur Kunst von der Gesellschaft entrückt, gaben sich bewusst elitär. Johann sprach von unserem Fach, als wäre es ein Handwerk. Da er nur einige Straßen von meinem Studentenwohnheim entfernt wohnte, begleitete er mich oft nach Hause. Ich erinnere mich an zahlreiche Gespräche auf dem Weg."

Sie schob das Weinglas mit einer weitschweifigen Geste über den Tisch.

„Vor einem Wohnhaus trennten sich unsere Wege. Hortensien blühten an der Hausfront. Wir brauchten oft lange, bis das Gespräch beendet war, ganz gleich in welcher Jahreszeit – ich sehe jetzt noch, wie sich der Hortensienbusch im Jahreszyklus veränderte. Die geschlossenen Knospen im Frühling, die Blüte des Sommers, ihr Welken im Herbst.“ Sie kniff die Augen zusammen und sah zum Landschaftsbild neben dem Ofen.

Ich ahnte, was der Hortensienbusch für sie bedeutete. Oft sind es diese winzigen Details, die, einem Anker gleichend, eine Kette von Erinnerungen halten. Der Duft von wilder Kamille, der mich bei dem Aufstieg zur Basilika so betörend umfangen hatte, der federnde Schritt auf diesem weichen, gelb überblühten Boden, er hatte später etwas anklingen lassen, das ich schon längst vergessen glaubte: Bauchige, flächige Sträucher mit kleinen gelben Köpfen, Bodennebel, der ihren Duft herauslöst und übers Dorf trägt. Der Wohlgeruch der Fingerkuppen, wenn man die Blüten zerreibt. Die Kühle der kleinen Steinchen, die sich an ihren Wurzeln sammeln. Hühner, die pickend über die Sträucher flattern … Die Sonne stand schon tief am Horizont, als wir an einem Tag in den Sommerferien zu den Hühnerställen schlichen. Julian hatte vorsichtig die Klappe geöffnet und zwei Eier in ein Tuch gelegt. Wir ließen das Dorf in Richtung Wald hinter uns, und ich erzählte ihm unsere Geschichte:

Wir seien Zigeunerkinder, unsere Eltern wären schon vor langer Zeit ohne uns weitergezogen, da sie viele Kinder hätten und uns nicht ernähren könnten. Seither schlügen wir uns alleine durch. Du sorgst für Geld, sagte ich ihm, indem du hier und dort kleine Arbeiten übernimmst. Und ich koche für uns und beschaffe uns neue Kleider, wenn die alten abgetragen sind. Im Sommer schlafen wir auf einem Moosbett, und im Winter stehlen wir uns in verlassene Hütten. Julian sah mich mit großen Augen an. Er müsse aber die Schuhe ausziehen, sagte ich ernst, Zigeunerkinder haben keine Schuhe.

Die Dämmerung brach herein, der violette Streifen der untergegangenen Sonne am Horizont beleuchtete nur dürftig Julians Versuch, uns Feuer zu machen. Blaubeersträucher wuchsen den Waldhang hinauf, unsere Münder waren rotverschmiert vom Naschen. Wir kicherten bei dem Gedanken fortzulaufen, uns durchzuschlagen, von erbeuteten Kartoffeln, gepflückten Beeren und Äpfeln zu leben. Abenteuer und Wagemut, Kühnheit und Leichtsinn berauschten uns, und das Gefühl, schon wochenlang ein Zigeunerleben zu führen, obwohl nur wenige Stunden vergangen waren, da wir die Straßen des Dorfes hinter uns gelassen hatten. Doch der erste Ruf der Eule und ein Rascheln im Dickicht des Waldes, unsere knurrenden Mägen und die Kälte, die über den Boden kroch, überzeugten uns schnell, zurückzugehen, das Abenteuer zu verschieben. Der schnelle Lauf heimwärts, den Laternen nach, die in der Talsenke Michelsbergs leuchteten. Hundebellen hinter den Zäunen. Auf der Brücke, erschöpft und doch zögerlich, das Loslassen unserer Hände. An das Hoftor gelehnt, mit sorgenvollem Gesicht: Agneta, die mich erleichtert in die Arme schloss. Ein Sommertag, der währte wie eine Ewigkeit. Und über allem jener würzige Duft nach wilder Kamille.

Edda Zakel stand auf, ging zur Spüle und schenkte sich ein Glas Leitungswasser ein. Meine Wangen glühten. Ich leerte den Wein in einem Zug, stand auf und tat es ihr gleich. Ich bemerkte, dass es vor den Küchenfenstern dunkel wurde, und betätigte den Schalter neben der Tür. Das Licht des gemusterten Lampenschirms flutete den Raum.

Als wir beide wieder am Tisch saßen, sagte sie: „Dein Vater hat schon als Student wundervolle Bilder gemalt", und machte eine Bewegung mit ihrem Arm, dass ich glaubte, sie würde nach meiner Hand greifen. „Ein bisschen zu altmodisch, hatten die Herren Professoren bemängelt."

Ich schaute zu dem Bild, das eingefasst von einem verzierten Rahmen neben dem Ofen hing. Es zeigte einen See umrundet von Bäumen in herbstlichen Farben. Einige Blätter trieben auf der Wasseroberfläche. Ein morsches Boot war am Ufer befestigt, schon halb mit Wasser gefüllt. Am linken oberen Rand schälte sich mattweiß die Herbstsonne aus dem Himmel. Die Illusion, man wäre in dieser Waldeinsamkeit allein, war vollkommen. Mit dünnem Pinsel war der Titel „*Härwest*" und die Initialen „JS" in die rechte untere Ecke geschrieben.

Es hatte zu Agnetas Lieblingsbildern gehört. Vater hatte es ihr zum fünfundsiebzigsten Geburtstag gemalt und, eingepackt in Schutzfolie, da die vielen Schichten Öl noch nicht trocken waren, nach Rumänien gebracht. Zehn Jahre waren seitdem vergangen. Vater konnte inzwischen von seiner Kunst leben. Er hatte lange für dieses Ziel gekämpft. Neun Jahre hatte er versucht, den Wunsch seines verstorbenen Vaters zu erfüllen, und die Färberei Seraphin weitergeführt. Mit dreißig war er nach Klausenburg gegangen und hatte sein

Kunststudium als Jahrgangsbester abgeschlossen. Doch es waren schwere Jahre, wie er immer sagte, das kommunistische Regime versuchte mit allen Repressalien, die deutsche Minderheit zu schwächen, das rumänische Wirtschaftssystem lag am Boden. Kaum einer kaufte Kunst in jenen Zeiten.

„Er hat seinen Stil inzwischen perfektioniert", sagte Edda mit lauter Stimme, als würde sie sich vergewissern wollen, dass ich ihr zuhörte, und bemerkte dann anspielungsvoll: „Und sich, wie ich weiß, einen Namen gemacht."

Zu Recht, dachte ich und stellte überrascht fest, dass sich ihr gegenüber eine unwillkürliche Feindseligkeit erhärtet hatte, fragte aber stattdessen, warum sie in Siebenbürgen geblieben war.

„Hier kann ich einträglich von meiner Kunst leben. Wer weiß, wie es mir woanders ergehen würde. Deutsche Künstler sind gerade sehr gefragt. Das wollte ich auch mit Johann …" Sie unterbrach sich, trank ihr Wasser in hastigen Schlucken, und es war, als färbten sich ihre Wangen ein wenig röter. Plötzlich schien sie es doch eilig zu haben. Ihr Stuhl schrammte geräuschvoll über den Boden.

„Kann ich deinen Vater morgen Vormittag antreffen? – Nun ja, spätestens zur Beerdigung werde ich ihn ja sprechen", sagte sie, als ich ihre Frage mit einem Schulterzucken unbeantwortet ließ.

Dann ging sie zur Tür, drehte sich noch einmal um, und sagte, während sie ihren Schal drapierte: „Du siehst übrigens Agneta wie aus dem Gesicht geschnitten ähnlich. Dasselbe Lächeln und jene Augen, bei denen man nicht so leicht dahinterkommt, ob sie einen skeptisch oder freundlich ansehen."

Die Dunkelheit legte sich wie ein Vorhang über die Fenster des Hauses. Ich ging von Zimmer zu Zimmer, machte Licht, bis alles hell erleuchtet war. An den Fenstern kreisten Mücken, sammelten sich unter den Lampen der Eingangstür. Die Treppenstufen im rechten Winkel führten in eine bodenlose Nacht. Ich schenkte mir ein Glas Wein ein, zog die Strickjacke um die Schultern und wanderte von Raum zu Raum. Hinter jeder Tür waren Fenster, Vorhänge, Möbel und Erinnerungsstücke – ihre Schatten reichten über Wände und Teppiche, ihre Farben zogen vorbei wie eine lange Reihe Traumbilder. Das Rote Zimmer mit der Bibliothek, das Grüne Zimmer mit dem Kachelofen, das Blaue Zimmer mit den Familienbildern auf der Kommode.

Ich ging weiter, über den Korridor, an den verschlossenen Türen, an den ausgebleichten Tapeten und unzähligen Bilderrahmen vorbei, und sah durch die fabrikgroßen, rückseitigen Fenster in den Garten. Der Kirschbaum stand im schwachen Mondschein, zwei Katzenaugen bewegten sich über die Mauer. Ich wandte mich von der Fensterfront ab, begann eine Melodie zu singen, um die Stille zu vertreiben, und hielt schließlich vor der zugemauerten Wand, wo der Eingang zur Färberei gewesen war. Drei Farbkreise waren darauf gemalt.

„Rot, blau und gelb. Aus diesen drei die ganze Welt“, sagte Vater oft und wiederholte dabei den Sinnspruch meines Großvaters. Hinter dieser Mauer hatte sich die Fabrikhalle in den hinteren Garten erstreckt. Die Fabrikhalle der Tuchfärberei Seraphin, die Wolle und Stoffe färbte und bis weit hinter Hermannstadt bekannt war. Hier war er einst gewesen, der Eingang zu den dampfenden Kesseln, die in Saisonzeiten Tag und Nacht nicht still standen.

Mein Großvater war für sein Rot berühmt geworden.

Sein kostbarstes Rot brachte es nach dem Krieg bis zum Bukarester Regierungsgebäude. Er verwendete dafür Kermesläuse, getrocknete weibliche Schildläuse, die er, weil er sich mit den Parteigenossen gut gestellt hatte, aus dem Mittelmeerraum einführen durfte. Dieser Rohstoff wurde kaum noch verwendet und war auf dem Markt von synthetischen Farbstoffen verdrängt worden. Diese waren preiswerter, zeitgemäßer, und die Konkurrenz schüttelte den Kopf über die fixe Idee, mit Naturfarben zu färben.

Lange Zeit hatte Großvater unter einem hartnäckigen Ausschlag gelitten, eitrige Pusteln auf Händen und Armen, und als die Ärzte herausfanden, dass er auf synthetisches Rot allergisch reagierte, fasste er kurzerhand den Entschluss, die Produktion umzustellen. Die Herstellung war mühevoll. Für ein Kilo Farbe mussten etwa 140.000 Läuse getrocknet und zu Pulver zerrieben werden. Mit einem Kilo konnten zehn Kilo Wolle eingefärbt werden. Für ein schönes Rot bedurfte es mehrere Tage und Nächte, in denen an Schlaf nicht zu denken war. Großvater hielt sich mit Zigaretten wach, die er Stunde um Stunde rauchte, während er nachts die Kessel kontrollierte. Das Gefühl für die Zeit war wichtig, hatte Vater erzählt, denn die Farbanteile wurden innerhalb bestimmter Intervalle zugesetzt. Ebenso die gleichmäßige, rhythmische Bewegung, damit die Naturfarbe dauerhaft in das Material einzog.

Aus diesen drei die ganze Welt … Ich wusste wenig über meinen Großvater. Er war lange vor meiner

Geburt gestorben, und Agneta hatte nie viel von ihm erzählt. Vater hatte ein schwieriges Verhältnis zu ihm gehabt, doch er hielt die Erinnerung an ihn lebendig. Er war ihm gegenwärtig, so dachte ich es mir, wenn er die Farben auf seiner Palette mischte, und er war ihm nahe, wenn er mit leuchtenden Pinselstrichen über die Leinwand ging. Es war selbstverständlich, dass er als Ältester die Färberei weiterführen würde, lange Zeit hatte ihn sein Vater in die Kunst des Färbens eingewiesen. Doch er wurde bitter in den neun Jahren am Kessel, und er sagte immer, dass ihn nichts so sehr entbürdet hätte, wie die Färberei aufzugeben und fortzugehen.

Ich wandte mich der Tür zu, die unmittelbar neben dem vermauerten Eingang lag. Mit einem ächzenden Geräusch ließ sie sich öffnen. Ich tastete nach dem Lichtschalter. Als ich Spinnweben an meinem Handrücken spürte, überkam mich jähe Angst. Hastig zog ich die Tür wieder zu. In der Schublade des Küchentisches fand ich Streichhölzer und Kerzen. Im Schein der Kerze betrat ich erneut das Zimmer. Über dem Holzfußboden lag ein länglicher, gewebter Teppich. Tuben und Zeichenstifte in allen Größen und Farben lagen darauf verstreut. Vaters Palette lag am Ende dieses Läufers, jene Palette, die ich unter Hunderten wiedererkannt hätte. Er wusch die übriggebliebenen Farben nicht ab, sodass sich über die Zeit dicke Krusten gebildet hatten. Zwischen diese Reste vergangener Bilder drückte er die neuen Tuben aus.

Ich fuhr mit den Fingerspitzen darüber. Nur das Weiß am äußersten Rand der Palette war feucht. Ich richtete mich wieder auf, tastete mich mit der Kerze vorwärts, bis ich mitten im Raum stand. Da sah ich das Bild.

Auf einer Staffelei, an die Wand gerückt, lehnte ein großer, weißer Papierblock. Aus dem Weiß geschabt, abgetragen wie überflüssiges Gestein, die Zeichnung einer Frau: Es war der Brunnen im Garten. Es war Agneta. Was ich sah, war keine leichte, schwebende Skizze, es waren grobe, geschwärzte Striche, feste, ausfallende Linien, die mit Kohlestift zu Papier gebracht worden waren. An mehreren Stellen musste der Stift gebrochen sein, die Linien rutschten ab, der Kohlestaub benetzte das Papier, rieselte über Agnetas Schultern. Sie saß barfuß am Brunnenrand, ihr Kittel reichte über die Knie, ließ ihre Waden und bloßen Füße frei. Ihr Haar war schulterlang und weiß gehöht, die Arme leicht erhoben, als würde sie einem unsichtbaren Gegenüber etwas reichen. Ihr Blick war offen und klar. Doch etwas fehlte.

Der Platz zwischen ihren genau ausgearbeiteten Händen – er war leer.

Die hell erleuchteten Fenster des großen Hauses fluteten die Nacht. Ich stand im Lichtkegel der Kerze im letzten Zimmer des Korridors, sah auf die Frau am Brunnenrand und spürte mit einem Mal, wie unsagbar Vater der Verlust Agnetas schmerzen musste. Ich sah auf ihre Hände, diese sehnigen, kräftigen Hände, auf ihre erhobenen Arme, die einem unsichtbaren Gegenüber mit liebevollem Blick etwas zueigneten, auf diese brennend leere Stelle des Papiers, und verstand, dass wir beide um die Endlichkeit unserer Erinnerungen an Agneta wussten.

Ort der Ruhe

Es dauerte eine Weile, bis ich erkennen konnte, wo ich war. Mondlicht brach sich an den Fensterrahmen und fiel in langen Streifen über den Fußboden. Die Bettdecke, mit filigranen Blumenmustern übersät, trat langsam aus dem Grau des Zimmers hervor. Am Fußende des Bettes stand der Ofen, die Ornamente auf den glasierten Kacheln milchig glänzend, an der gegenüberliegenden Seite der Schrank, dessen wuchtige Kontur die Wand verdunkelte. Die Stühle des furnierten Tischs hatte ich an die Seite geschoben. Auf ihnen lag meine Garderobe verteilt. Den übergroßen Schrank mochte ich nicht benutzen.

Während ich noch überlegte, warum ich aufgewacht war, hörte ich Stimmen. Ich schlug die Decke zur Seite, stand auf und ging auf Zehenspitzen in den Hausflur, der Küchentür entgegen, die einen Spalt offen stand. Es war dunkel, nur ein schwacher Lichtschein fiel durchs Fenster zum Korridor. Die Garderobe und der runde Tisch waren die einzigen Möbel des Vorraums.

Ich fuhr mit den Fingern zerstreut über das Tischtuch. Weinranken durchwirkten in zierlichen Spiralen den Rand, umrahmten volle Beeren, die sich zur Mitte hin sammelten. Ich fühlte die Erhebungen der Blätter und dachte an Agneta, die das Garn kunstfertig zu diesen Deckchen verarbeitet hatte. Dachte an die vielen Stunden im Roten Zimmer nebenan, die ich spielend verbracht hatte, während sie ihrer Handarbeit nachging. Oft hatte ich ihr einfach zugesehen, gebannt, wie schnell und geschickt sich ihre Hände bewegten und wie selbstvergessen sie aussah. Manchmal, wenn ich zu beharrlich starrte, versicherte sie mir, dass ich es eines Tages auch können würde, und wickelte Garn um meine Finger. Ich spreizte meine Hand und sah durch den wachsenden Fächer. Nichts erschien mir erstrebenswerter, als eines Tages häkeln und sticken zu können und dabei so zu träumen wie Agneta. Denn was sollte ihr Blick sonst bedeuten, ihre halb geschlossenen Augen und das verhaltene Lächeln, das sich ab und zu über ihren Mund stahl? Sie träumte, dessen war ich mir sicher, doch wovon sie träumte, das wusste ich nicht.

Als ich gegen den Wasserkrug am Tischrand stieß, wurde mir wieder bewusst, dass ich barfuß und im Nachthemd in der Dunkelheit stand. Ich ging mit angehaltenem Atem weiter auf die Küchentür zu. Durch den offenen Spalt konnte ich eine alte Frau sehen. Sie trug ein blaues Kopftuch, hatte ihre Hände auf der Tischkante gefaltet und sagte leise etwas auf Sächsisch, das ich nicht verstand. Dann hörte ich die Stimme meines Vaters. Er schien erregt zu sein und sprach eindringlich auf die Frau ein. Ich verstand immer wieder den Namen „Andrei", den die Frau weich und zaghaft aussprach, während sich in die Stimme meines Vaters ein bitterer Klang mischte.

Vorsichtig ging ich noch einen Schritt auf den Türrahmen zu. Ich spürte die kühle Mauer durch das Nachthemd und horchte auf jedes Wort.

„Ta wießt uch net, ow sä en gesähn huet än der letzter Zekt?"

Die Frau schüttelte den Kopf.

„Ech wäll net wässen, wat meng Brader mächt, wunn der Andrei änt Hous kitt."

„Net bekritt dich. Hie wid net kunn. Åll de Johr äs hie net kunn, åll de Johr…"

„*Åll de Johr*“, fiel Vater ihr ins Wort, „*wat wässe mer schin, wat åll de Johr gewiëst äs.*“[1]

Ich hörte ein Poltern, als wäre etwas umgefallen. Stuhlrücken folgte und ein leiser Fluch. Ich trat vor und schaute durch den Türspalt. Die Frau stand auf, ich wich erschrocken zurück, doch sie kam nicht in meine Richtung, sondern nahm den Spüllappen von der Küchenzeile und wischte über den Tisch. Als sie wieder Platz genommen hatte, trat Stille ein. Mir wurde es unbehaglich zumute, doch wagte ich weder, die Gesellschaft zu unterbrechen, noch den Weg zu meinem Zimmer einzuschlagen. Erst als sie das Gespräch wieder aufnahmen, ging ich zurück, schloss leise die Tür und trat ans offene Fenster.

Unser Auto parkte vor dem Haus. Die Szene sah anziehend aus, fast, als wäre sie gemalt. Der Wagen glänzte im Mondlicht und hob sich vor den dahinterliegenden Häusern fremd und fehl am Platz hervor, lag vor dem Fenster, als würde er unruhig beben. Nach beiden Seiten der Straße liefen lange Häuserreihen immer kleiner werdend aus, eins wie das andere mit einem Holztor in der Mitte, das oben rund gebogen und in das seitlich eine Pforte eingelassen war. Jedes Haus hatte große Fenster an der Front und Dachluken, die mit ihren schweren lidförmig gereihten Ziegeln wie hundert Augen auf die Straße sahen. Das Mondlicht gab ihren Augenhöhlen Bewegung und strich in zit-

1 „Du weißt auch nicht, ob sie ihn gesehen hat, in der letzten Zeit?“
„Ich will nicht wissen, was mein Bruder macht, wenn Andrei das Haus betritt.“
„Mach dir keine Sorgen. Er wird nicht kommen. All die Jahre ist er nicht gekommen, all die Jahre …“
„All die Jahre, was wissen wir denn, was all die Jahre gewesen ist.“

ternden Wellen über den glänzenden Lack des Wagens. Wolken schoben sich in dünnen Fäden über den Himmel. Schwarze Krähen saßen auf den Stromleitungen. – Andrei. Hatte ich diesen Namen schon einmal gehört? Verbarg er sich hinter der Widmung in Julians Buch? Ich wusste keine Antwort. Die Linden reichten einander ihre Äste. Wo es ihnen gelang, bildeten sie eine lange, flüsternde Reihe. Das Wasser des Silberbachs war ein glatter, unbewegter Spiegel, durchsetzt vom sternübersäten Nachthimmel. Der Marktplatz ein schwarzer See, umrundet von Laternen. In der Stille der nächtlichen Straße lag so viel Bewegung, dass ich noch lange Zeit am Fenster stehen blieb.

Die Sonne schien aufs Bett. Ich hatte vergessen, die Vorhänge zuzuziehen. Mein Unterarm wurde warm, das Morgenlicht blendete mich. Ich zog die Decke über den Kopf und versuchte, noch einmal einzuschlafen. Agneta hatte mich als Kind jeden Tag nach dem Mittagessen für eine Stunde zu Bett gebracht. Ein Arzt hatte ihr gesagt, dass es wichtig für ein Kind sei, um diese Uhrzeit zu ruhen. Die Nerven würden sich beruhigen, auch wenn man nur daliege und nicht schlafe.

Ich konnte nie schlafen. Jeden Mittag verriet ein Rascheln aus dem Grünen Zimmer, dass das tagkühle Bett mich erwartete. Agneta schüttelte Federkissen und -decke auf und klappte die Jalousien zu, aber nie ganz, sondern immer so, dass durch die länglichen Ritzen der Tag sickerte. Dort lag ich geduldig, hörte auf die Geräusche der Straße und wartete auf ihre Rückkehr.

Ich konnte nie wissen, wie lang oder wie kurz sich die Zeit in dem abgedunkelten Raum dehnte oder zusammenzog. Manchmal schienen nur wenige Minuten vergangen, bis die Tür aufgemacht wurde und Agneta mich wieder in den Nachmittag entließ. Ein anderes Mal mussten es endlos viele Stunden gewesen sein. Ich gewöhnte mich an dieses Ritual, an diese täglichen Ruhestunden, da ich in ihnen einen Spielgefährten fand: meine Phantasie.

Zuweilen malte ich mir aus, wie ich auf einem großen Schiff versehentlich mitgenommen wurde, als blinder Passagier, der eigentlich Verstecken gespielt hatte und nun auf einem Dampfer die Ozeane durchquerte. Nur in der Nacht wagte ich meinen Schlupfwinkel zu verlassen und in der Kombüse Nahrung zu suchen. Die restliche Zeit musste ich unbemerkt bleiben, zog die Decke tiefer übers Gesicht, roch das Meer und hörte auf das Klackern der Wellen.

Oder ich stellte mir vor, dass ich auf einem Streifzug durch den Wald eine geheime Höhle entdeckte und immer tiefer in die unterirdischen Gänge hineingeraten war. Plötzlich tauchten Lichter auf, winzig kleine Punkte, die immer näher kamen und mich umstellten. Eines steuerte direkt auf mich zu. Es war ein wunderschönes Flügelwesen, und jetzt sah ich, dass Feen und Elfen jeden Winkel der Höhle ausfüllten. Als Kind war ich nie müde geworden, an die Existenz dieser Sagengestalten zu glauben, sie im Zwielicht der Dämmerung im Garten zu suchen, und mir sehnlichst zu wünschen, eines Tages ihre Bekanntschaft zu machen.

Energisch und ein wenig verschämt ob dieser unwillkürlichen Erinnerungen, schlug ich die Decke zurück und ging zum Fenster. Die Kirchenglocken läuteten neun Mal. Ich stützte mich auf den erwärmten Fenstersims und sah die Straße hinauf zum Burgberg, der im Schatten des Götzenbergs lag. Staub wirbelte auf und hing eine Weile träge über dem Vorplatz der Basilika.

Der Tag der Beerdigung war gekommen. Am späten Nachmittag würde Agnetas Leichnam im Haus aufgebahrt werden. Nachbarinnen wollten Geschirr vorbeibringen und die Räume herrichten. Mit zunehmender Eile zog ich mich an, band meine Haare zu einem Zopf und ging durch den Hausflur in die Küche. Vater, über eine handschriftliche Liste gebeugt, begrüßte mich mit einem Lächeln. Ich füllte Wasser in den Teekessel und wartete an die Spüle gelehnt, bis es kochte. Vater nahm einen letzten Schluck Kaffee, umarmte mich und verließ die Küche. Ich aß alleine mein Frühstück. Nach einiger Zeit hörte ich den Motor des Wagens.

„Guten Morgen, Friedesine." Frau Piringers Haarknoten schien heute noch strammer zu sitzen als sonst.

Bei unserer Ankunft hatte sie Vater hartnäckig ihre Hilfe im Haushalt angeboten, nun benutzte sie ihren eigenen Schlüssel und kam ins Haus, wann immer sie wollte. Sie stellte Kuchen auf den Tisch und mehrere Flaschen Likör auf die Anrichte. Dabei vermied sie jeden Blick und räumte beflissen die Papiere auf dem Tisch zusammen. Ihre Höflichkeit schien nur für Vater zu reichen, zu dem sie für ihre Verhältnisse geradezu freundlich war. Als sie die Küche verließ, schüttelte ich ärgerlich den Kopf und räumte mein Geschirr ins Spülbecken. Der Boiler sprang mit einem tiefen Poltern an. Ich hielt die Hände unters lauwarme Wasser.

In Augenhöhe umrundeten vanillefarbene Regale die Wände. Gewebte Deckchen zierten die Regalböden. Lebensmittel, Geschirr, Gläser und Kochbücher versammelten sich auf den Ablageflächen. Wer würde all das durchsehen, die vielen Schränke aufmachen und entscheiden, was mit ihrem Inhalt passieren würde? Wer sollte bestimmen, was mit den nachgelassenen Dingen eines Lebens geschah? Ich mochte nicht Hand an alles legen. Agnetas Ordnung wohnte darin, es war noch alles so, wie sie es für ihre täglichen Aufgaben gebraucht hatte.

Hinter der Küchenzeile war mit Reißzwecken Linoleum befestigt, um die Wand vor Wasserflecken zu schützen. Pfannen und Löffel hingen an mehreren Haken über der Kochstelle. Plastikwannen in allen Größen stapelten sich in einem Regal, dessen Vorhang zur Seite gezogen war. Ein abgenutzter Webteppich lag vor der Tür zum Badezimmer. Der braune Kachelofen mit den goldenen Klappen drängte sich in die Ecke. Das Holz für den Winter lag schon gestapelt in der Scheune. In der Mitte des Raumes stand der Esstisch mit den angeschrammten Beinen, auf dem immer noch dasselbe Tischtuch lag, das ich aus meinen Kindertagen kannte.

Ebenso wie die Natur mit geduldigem Atem die Teiche übergrünt, so hatten sich in diesem Haus, stetig und geduldig, die Spuren ihrer Bewohner eingegraben. Nicht nur Agnetas Leben hatte sich das Haus einverleibt. Es vermochte von den endlosen Sommermonaten zu erzählen, die ich hier verbracht hatte, in denen es nichts anderes gab als die Geheimnisse des Hauses und des Gartens. Es erzählte von dem Leben, das Agneta mit Großvater geführt hatte, der Jugend meines Vaters und seines Bruders. Und stammten nicht die Kommode und die Stühle im Blauen Zimmer von meinen Urgroßeltern? Alles war noch wie vor zwanzig Jahren, als ich es zuletzt gesehen hatte. Ein wenig heruntergekommener vielleicht, und ein wenig kleiner. Doch trotz seines Verfalls hatte das Haus etwas unzerstörbar Behagliches. Eine Welt schien sich darin eingeschlossen zu haben. Hatte es mich herbeigesehnt, so wie ich mich nach ihm gesehnt hatte? Wo bist du so lange gewesen, schien es mir aus jedem Zimmer zuzuflüstern.

Die Hitze eroberte wieder das Dorf, zog die schlangenförmig gewundene Hauptstraße entlang, nahm die Nebenstraßen und den Marktplatz ein. Nur in der Basilika auf dem Michaelsberg schien sich die Kühle in diesen Tagen erfolgreich verschanzt zu haben.

Ich beschloss, in den Garten zu gehen. Mein Lieblingsplatz war die Wiese unter dem Kirschbaum. Hier hatte ich in den letzten Tagen die Zeit vor und nach meinen Spaziergängen verbracht. Der Maisschuppen teilte den weitläufigen Garten mit seinen Quittenbäumen von einem Rasenstück ab, in dessen Mitte der Kirschbaum stand. Zwei Wege führten vom Haus dorthin. Durch die Eingangstür, an dem Brunnen vorbei oder durch die Hintertür, die vom rechten Winkel des Hauses über Treppenstufen ins Freie führte. Hier ging es zwischen den Rebstöcken hindurch, die augenblicklich bewegungslos und wie in sich gekehrt im Sonnenlicht ruhten.

Ich legte mich auf eine Decke unterm Kirschbaum, sah immer wieder in eines meiner Bücher, und hatte doch keine Ruhe, die Stunden des Vormittags verstreichen zu lassen. Wann würde das Haus für den Abschied vorbereitet werden? Es widerstrebte mir, dabei zu sein. Ich wollte mir nicht vorstellen, wie fremde Menschen die Zimmer bevölkerten, wie die Ordnung aus den Räumen verschwand, und Gespräche und

Musik in den Garten dringen würden. Ich wollte Zeit, viel mehr Zeit, um das unverstellte Aroma der Zimmer in mich aufzunehmen. Ich wollte wie ein Gast am Abend erscheinen, der alles heimlich beobachtet. Du hörst mit den Augen zu, sagte Vater oft. Ob er wusste, wie sehr er damit recht hatte?

Ich sah eine Weile zu den Ästen des Baumes, folgte den Wolken, schaute zu, wie sie sich träge zwischen die Blätter schoben, dann stand ich auf und ging zur Freidusche. Sie war aus einfachen Brettern zusammengebaut und mit einer Abdeckplane umrandet, die als Sichtschutz diente. Der Duschkopf war nichts anderes als das Ende einer großen Gießkanne, die das Wasser dem in zweieinhalb Meter Höhe befestigten Kanister abnahm. Ich legte meine Kleidung über einen Baumstumpf. Unter meinen Fußsohlen brannten die erwärmten Bodenplatten. Ich drehte an dem Hahn, der einer vierblättrigen Blüte ähnelte. Das Wasser prasselte herunter, eiskalt zuerst, dann immer wärmer. Ich sah zu, wie es zwischen den bemoosten Brettern verschwand, prüfte mit ausgestreckter Hand die Temperatur und trat unter die Dusche. Mit geschlossenen Augen kostete ich das tröstende Gefühl des Wassers auf der Haut, bis mich ein Flug Störche aufschreckte. Ich drehte den Hahn zu, streifte die Wäsche über und setzte mich an den Brunnenrand, um mich von der Sonne trocknen zu lassen. Aus den Beeten stieg der Duft von Anemonen. Aus den mittagsstillen Straßen des Dorfes drang kein Laut. Nur das Geräusch fallender Nüsse im Garten.

Als die Sonne zu heiß wurde, stand ich auf und ging ins Bad. Ich wusch mir die Hände und spielte zugleich mit einer losen Kachel unterm Waschbecken, die in zwei Teile zerbrochen war. Unter der wippenden Fußsohle entstand ein rhythmisches, klapperndes Geräusch. Ich sah in den Spiegel. Meine Haare, im Freien luftgetrocknet, wellten sich kräftig und berührten knapp die Schultern. Sie waren durch die Sonnenstunden, ebenso wie die Augen, heller als sonst. Ich trocknete mir die Hände, hielt inne und strich nachdenklich über Agnetas gesteppten blauen Morgenmantel an der Innenseite der Badezimmertür. Eine undeutliche Erinnerung war mit ihm verbunden. Ein Sonnenstreifen berührte den Mantelkragen und das weiß lackierte Holz der Tür.

Einzelne Töne einer aufgezogenen Spieluhr kamen mir in den Sinn. Ich drehte mich dazu, ganz langsam. Nein, nicht ich – die Welt. Die Fenster drehten sich und die Bäume auf der Straße, der Himmel darüber und die Wolken. Agnetas Mund berührte meine Stirn. Sie zog mich an sich, und ich versank in den warmen, blauen Karos des Morgenmantels. Die Spieluhr gab ein schnarrendes, metallenes Geräusch von sich, spielte gedehnt die letzten Töne und verstummte mitten in der Melodie. Ich öffnete die Augen und sah mit leisem Schrecken, dass Agneta weinte. Ich schüttelte fragend den Kopf, doch sie legte den Zeigefinger auf den Mund, sah zu der Spieluhr, die ich aus einer der Schubladen gezogen hatte und löste meine Hände.

Der gesteppte Morgenmantel hing an der Badezimmertür. Als wäre noch ein Rest Körperwärme in ihm gespeichert, glomm er im wandernden Sonnenstreifen. Ich schob ihn traurig zur Seite und drückte die Klinke hinunter. Zurück in meinem Zimmer trat ich ans Fenster. Es waren immer dieselben Hügel und Straßen, Tore und Häuser, die sich in allen Himmelsrichtungen zu neuen Aussichten gruppierten. Doch mir war, als müsse ich wieder und wieder nachsehen, prüfen, wie sie sich heute gebaren. Das Licht veränderte alles, und manchmal, wenn der Wind launenhaft durch die Blätter der Linden strich, konnte ich mich der Phantasie hingeben, Agnetas Stimme aus dem Roten Zimmer rufen zu hören.

Ein süßer Duft lockte mich zu Mittag in die Küche. Es roch nach Apfel im Schlafrock. Auf dem Tisch stand die Reibe, mit der die Äpfel gerieben und der *Weidling*, eine Schüssel aus Emaille, in der sie mit Mehl, Eiern und Zucker zu einem Teig verarbeitet wurden. Mit Puderzucker bestäubt ein Kindheitsessen, genauso wie *Gresämälch*, die buttrig-süße Milch, die auf dem Herd mit Gries verrührt wurde.

Am Küchentisch saß Vater und ging Notizen auf einem Klemmbrett durch. Frau Piringer stand am Herd und briet die Apfeltaler.

„Was hast du so gemacht, Sine?“ Vater sah müde aus.

„Ich habe mir mit Julian gestern die Basilika angeschaut und ansonsten die Zeit im Garten verbracht.“ Bei meinen nächsten Worten flog ein eigenwilliger Ausdruck über sein Gesicht: „Du hast übrigens gestern Abend Besuch gehabt, Edda Zakel, eine Studienkollegin …“

„Edda! Warum hast du mir das nicht schon heute Morgen gesagt?“

„Du bist doch ohne ein Wort weggegangen“, sagte ich unwillig.

„Ich hatte sie aus Deutschland kontaktiert“, fing er an, doch als Frau Piringer sich mit unverhohlener Neugier umdrehte, hielt er inne und sagte: „Na ja, wie auch immer, sie hat doch sicher eine Nachricht für mich hinterlassen, oder?"

„Nein, sie meinte, dass ihr euch spätestens bei der Beerdigung wiederseht."

„Sine, hast du dir schon die Kirsch- und Obstfelder angesehen?"

Er lenkte ab, und ich ließ ihn.

„Noch nicht."

„Wenn du willst, können wir nach dem Essen einen kurzen Spaziergang dorthin machen."

Und ob ich wollte.

Wir gingen die Hauptstraße entlang, Linden- und Kastanienbäume säumten den Weg, die etwa ein Meter hoch mit Kalk gestrichen waren, zum Schutz vor Ungeziefer, aber auch, weil es für Siebenbürger schöner aussah, sagte Vater mit einem Augenzwinkern.

Da Michelsberg, wie die meisten Dörfer in diesem Landstrich, nur aus einer Straße mit wenigen abzweigenden Nebenwegen bestand, hatte man rasch die Berge im Blick und das Gefühl, abseits der Zivilisation zu sein. Mein Sonnenschirm glitt neben unseren Schatten über die Allee. Ich hatte ihn an der Garderobe im Vorraum entdeckt – einen verzierten Schirm aus hellem Leinen und Troddeln aus braunem Garn, den mir Agneta als Kind oft geliehen hatte, wenn wir gemeinsam einen Spaziergang machten. Ich drehte den Schirm zwischen den Händen, die Troddeln flogen auf wie Schaukeln an einem Karussell.

Wir schlugen den Weg zum Friedhof ein. Durch die Ackergasse, bis zu dem am höchsten gelegenen Platz des Dorfes. Friedhöfe in Siebenbürgen lagen meist auf

Hügeln oder Bergen der näheren Umgebung, erhaben über Dorf oder Stadt. Die Toten sollten die schönste Aussicht haben.

„Ort der Ruhe" stand auf dem schmiedeeisernen Tor, an beiden Seiten von Buchenhecken eingefasst. Unter dem angrenzenden Zaun quoll Gras hervor. Das Tor selbst war nur brusthoch, darüber wölbte sich ein rosenumrankter Bogen. Neben dem Eingang zum Friedhof entdeckte ich einen Brunnen. Ich klappte den Sonnenschirm zu. Kleine Steinbrocken lösten sich vom Brunnenrand und fielen in den Schacht. Prasselnd schlugen sie auf dem Grund auf.

„Einer der vielen toten Brunnen in Siebenbürgen", sagte Vater.

„Wie meinst du das?"

„Wenn man einen Brunnen nicht benutzt, versiegt er."

An einer dicken Eisenkette baumelte ein Eimer. Es roch nach Feuchtigkeit und Lehm und nassem, altem Holz. Ich versuchte einen Punkt unterhalb des Eimers zu fixieren, doch die Schwärze gab auch nach längerem Bemühen keinen Anhaltspunkt frei.

„Wie viele Brunnen gibt es in Michelsberg?", fragte ich.

„Neben den neun öffentlichen Brunnen gab es früher über einhundertfünfzig in den Höfen. Wir holten unser Trinkwasser meist am Michaelsbrunnen. Es schmeckte dort besonders gut. Wenn ich zu faul war, brachte ich es aus unserem Hofbrunnen. Doch Mutter schmeckte den Betrug stets. Sie nahm einen Schluck, schüttelte tadelnd den Kopf, und schickte mich mit anderen Kanistern wieder los."

Seinen Worten folgte ein Echo aus dem Brunnenschacht.

„Ich habe gestern Abend das Bild gesehen, das du von Agneta begonnen hast“, sagte ich voller Anteilnahme und versuchte zugleich, möglichst beiläufig zu klingen.

Er sah erstaunt auf, wandte sich jedoch rasch wieder ab.

„Malst du es aus deiner Erinnerung oder hast du eine Vorlage?“, nahm ich einen weiteren Anlauf.

„Aus der Erinnerung“, sagte er knapp.

„Und ihre Hände, sie …“, ich wusste nicht, wie ich fortfahren sollte. „Wirst du es fertig machen?“

„Vielleicht.“

Ich setzte an, um auf dieses vage „vielleicht“ einzugehen, überlegte es mir jedoch anders, als ich sah, wie verschlossen sein Blick war.

Bereits auf der Fahrt hatte er mich immer wieder abgewiesen, als ich versuchte, etwas über seine Gefühle zu erfahren. An einer Raststätte in Ungarn, nahe Kiskunmajsa, hatte ich bemerkt, was mich an seinem Verhalten irritierte. In der Nähe unserer Bank trat eine ungarische Frau an einen der Tische, an dem eine festlich gekleidete Großfamilie saß. Sie begann Lebensmittel aus einem Korb zu verteilen und redete dabei ununterbrochen. Die Worte quollen förmlich aus ihr heraus, bildeten einen Takt mit ihren Händen, die Äpfel und Paprika, Brot und Wasser über den Tisch reichten. Ihr Gesicht war mit Sommersprossen übersät und glänzte vor Fröhlichkeit. Sie trug ein cremeweißes Kleid mit einer Blüte am Brustansatz. Der lachende und schwatzende Mund, das Kleid unter dem wolkenlosen Himmel, die feierliche Tischgesellschaft vor der Weite der ungarischen Felder: Man mochte sich an diesem Anblick nicht satt sehen.

Jedem, dem sie Essen reichte, widmete sie ihre Aufmerksamkeit. Ihre Stimme hatte etwas Gurrendes, durchsetzt von diesem großen, prasselnden Lachen. Sie lachte, dass die Blüte an ihrer Brust bebte, bis einer der Männer sie an sich zog und übermütig küsste. Doch Vater schien dies alles nicht zu bemerken. Zu jedem anderen Zeitpunkt hätten wir uns stillschweigend darüber verständigt, dass wir dasselbe beobachteten. Er hätte den Skizzenblock gezückt und die Szene für eine spätere Ausarbeitung festgehalten. Sein Bleistift wäre übers Papier geflogen, während ich mich träumend in die Szene hinein versetzt hätte. In unseren schönsten gemeinsamen Momenten wohnten immer diese Bilder.

Das Friedhofstor gab einen ächzenden Laut von sich. Ich sah, dass Vater voraus gegangen war, klappte meinen Sonnenschirm wieder auf und folgte ihm. Halb zugewachsene Stufen führten den Hügel hinauf. Die meisten Gräber waren verwildert, die eingravierten Namen auf den Steinen kaum noch sichtbar. Betonplatten waren über viele Gräber gegossen. Man entband sich so von ihrer Erhaltung – die wenigen gepflegten zeigten, dass Angehörige aus Deutschland zu Besuch gewesen waren.

Weit oben auf der Hügelkuppe, direkt neben Großvaters Ruhestätte, war die Erde ausgehoben. Ich wusste, dass Vater bereits hier gewesen war. Frische Blumen waren um Großvaters Grabstein gepflanzt. Als wir vorbeigingen, dachten wir vermutlich beide daran, dass wir hier binnen kurzer Zeit an Agnetas Sarg stehen würden. Auch in Heltau hatten wir am Tag unserer Ankunft angehalten, die Familiengräber meiner Mutter aufgesucht und mit bloßen Händen den Wildwuchs beiseite geschafft. Die gedeckelten Gräber zogen sich wie schiefe, verschlossene Türen den Hang hinauf. Aus den Dorfstraßen hörte man leise Motorengeräusche. Pferde weideten auf einer angrenzenden Koppel. Wild wachsende Hagebuttensträucher ersetzten den fehlenden Friedhofszaun. Als wir den Schotterweg zurückgingen, hatte ich darüber nachgedacht, wie fremd mir die Namen dieser Menschen waren. Und dennoch hatte sich eine leise Melancholie in mir geregt, als ich die Gladiolen in den steinernen Halterungen hinterlassen hatte.

Ich schaute über die Gräber auf Michelsberg. Die anliegenden Hügel und Berge schoben sich ineinander, Schicht um Schicht, bis hinter dem Dorf der Burgberg, der Götzenberg und schließlich die Karpaten auftauchten. Im Zentrum des Dorfes die evangelische Kirche mit dem langen Steinhals und dem kurzen Dach. Der unbebaute Kirchhof wurde wie ein großer, grüner Tropfen von zwei geschwungenen Straßen umfasst.

Wir gingen an älteren Grabsteinen vorbei, und Vater erzählte, dass Michelsberg, genau wie Hermannstadt, im 12. Jahrhundert gegründet wurde. In den achtziger Jahren des vergangenen Jahrhunderts lebten über tausend Sachsen im Dorf. In ganz Siebenbürgen waren es etwa eine Viertelmillion. Die Auswanderung habe dazu geführt, dass nicht mehr als fünfzehntausend Sachsen in Siebenbürgen übrig geblieben waren. Die rumänische und ungarische Bevölkerung siedelte sich in den Dörfern an, doch Michelsberg, auf Rumänisch Cisnădioara, habe immer noch verhältnismäßig viele deutsche Einwohner.

„Warum wurde so darauf geachtet, dass man unter sich blieb?"

„Das ist ein Phänomen, das du bei vielen Minderheiten beobachten kannst. Die Siebenbürger konnten sich so stärker auf ihre Kultur und Bräuche besinnen, um sich neben der zahlenmäßig überlegenen Nationalität zu behaupten. Natürlich hat man auch manches von seinen Nachbarn übernommen. Wenn man so viele Jahre miteinander lebt, hinterlässt das seine Spuren. Die Gastfreundschaft und Geselligkeit der Sachsen, aber auch ihre Schwermut, ist das Erbe all dieser Jahre. Doch sie haben immer versucht, ihre Kultur zu bewahren, ihre Identität nicht zu verlieren."

Was aber nichts genutzt hat, dachte ich. Ich wusste schon wenig über die Geschichte meiner Vorfahren in diesem Land, die Generationen nach mir würden Siebenbürgen nur noch aus Erzählungen kennen. Und würde es die sächsische Mundart noch lange geben? Ich konnte sie zwar verstehen, hatte sie aber nie sprechen gelernt.

Vater blieb auf dem Friedhofshügel stehen und sah über das Dorf. Er trug Leinenhosen und Sandalen, sein Haar fiel offen auf die Schultern. Wie unbeschwert er wirkte. Vermutlich hatte er sich oft vorgestellt, wie er mir das Dorf zeigte, und vergaß für einen Augenblick, welcher Grund uns hierhergeführt hatte.

„Besonders für Hermannstädter war Michelsberg ein beliebter Ausflugsort", sagte er und ging den halb zugewachsenen Weg weiter. „Man konnte die Strecke wandernd zurücklegen. Es sind nur etwa zehn Kilometer, hier über den Hendrich führt ein Weg nach Hermannstadt." Er wies mit einem Ast, den er als Spazierstock benutzte, über das Panorama.

„Bist du die Strecke je zu Fuß gegangen?“

Er lachte auf: „Nicht nur einmal. Und auch in umgekehrter Richtung, welche die schönere ist. Ich kann mich noch gut an den Weg erinnern. Die Straßenbahn hielt an der Haltestelle beim Jungen Wald. Dort gab es früher eine Attraktion: Den abgesägten Stamm einer gewaltigen Eiche. Die Kaisereiche. Sie mag so an die tausend Jahre alt gewesen sein, als man sie fällte. Es würde mich interessieren, wie es heute dort aussieht.“

„Bist du denn nicht mehr dort gewesen?“

„Es gibt viele Orte, an denen ich seit der Auswanderung nicht mehr gewesen bin.“

„Und doch bist du immer wieder hierher gekommen und Mutter nicht.“

„Ja, Hermine …“ Er stockte. „Deine Mutter schaut nicht zurück, Sine. Das ist eine ihrer Stärken.“

Ich mochte nicht zugeben, dass ich wütend wurde, wenn ich an sie dachte. Wie leichtfertig hatte ich mich ihrer Meinung angeschlossen, und mich hinter ihrer Weigerung, Siebenbürgen zu bereisen, versteckt. Warum ermahnte sie mich jetzt, nach dem Studium nicht zu lange zu warten? Wenn ich an meine berufliche Zukunft dachte, schwankte meine Stimmung zwischen vager Hoffnung und Mutlosigkeit. Ich wollte nicht planen, nicht weiter denken als die nächsten Monate. Die Unbestimmtheit, in die alles mündet, wäre sonst nicht auszuhalten. Ich war mir bewusst, dass ich eine Entscheidung fällen musste – es war nicht notwendig, dass sie aussprach, was ich mir selbst vorwarf.

Wir gingen ein Stück bergab, bogen nach rechts auf einen breiten Feldweg und steuerten auf die langen Reihen der Kirschbäume zu. Der Schatten des Sonnenschirms wanderte zur anderen Seite.

„Die Straße führte in den Wald, vorbei am rauschenden Wasser des Schewisbaches", nahm Vater die Schilderung des Wanderwegs wieder auf. „Dann wieder ein kurzes Stück heraus, auf einen Panoramaweg, an dem sich die Berge unverstellt zeigten. Im Schewistal überquerte man eine Brücke und kam in den Katharinenwald – hinter jeder Biegung erwarteten einen malerische Aussichten. Es ist der schönste Weg, den ich kenne."

Ich dachte bei seinen Worten darüber nach, wie sehr wir unsere Erinnerungen über die Sinne wahrnehmen. In Vorstellungen und Phantasien sind wir stets mit unserem ganzen Körper anwesend. Er ermöglicht uns die räumliche Orientierung, lässt uns spüren, wo oben und unten, links und rechts ist. Und als habe er ein eigenes Gedächtnis, gibt er uns noch vor unserem Verstand Signale, wenn wir Orte wiedersehen, die mit einer starken Erinnerung verbunden sind. Wie in diesen Tagen.

Glück, was war das anderes als der Geruch von frischem Heu, die Wärme der Stufen vor dem Haus und die leichte Bitterkeit des Kamillenstängels im Mundwinkel. Glück bestand in der Freiheit, den Tag zu beginnen, wie man wollte, und gleichzeitig von dem gelenkt zu sein, was Wetter und Zufall vorgaben. Als Kind war ich all dem zugehörig gewesen. Jetzt war die Wahrnehmung anders, die Welt weiter geworden. Oder war ich weiter entfernt?

Wir erreichten das Ziel unserer Wanderung. Das Dorf lag bereits in einiger Entfernung hinter uns, die Wiesen waren Reihen von Obstbäumen gewichen. Kirsch-, Apfel-, Pflaumen- und Quittenbäume säumten in akkuraten, endlosen Linien die Hügel.

„Im Frühling ist dieser Ort ein wahres Blütenmeer", sagte Vater, und ich konnte sehen, dass er wieder mit seinem ganzen Körper in einer Erinnerung gegenwärtig war.

„Mehrere tausend Kirschbäume wuchsen hier, Mai-Kirschen, Sommersorten und kräftige Spätsorten. Die Kirschen wurden vorsichtig mit Stiel gepflückt, in Weidenkörbe geschichtet und mit Blättern zugedeckt. Weißt du, Sine, es war ein ganz anderer Umgang mit der Natur. Es war damals, als habe man zum Wachsen und Blühen der Bäume dazugehört. Ich weiß nicht, ob ich die Natur so malen könnte, ohne dieses Geschenk der Teilhabe aus meiner Kindheit und Jugend."

Ich fragte mich unwillkürlich, ob es wohl noch einen schöneren Ort als diesen gab. Unten im Dorf hatte ich das Gefühl, am Ende der Welt zu sein – von diesem Standpunkt, wenige hundert Meter entfernt, schien es ihr vergessener Anfang zu sein.

„Gerne hätte ich dich schon viel früher hierher mitgenommen, Sine."

„Und warum hast du es dann nicht?", fragte ich.

„Du wolltest es nicht", sagte er mit ruhiger Stimme.

Ich presste die Lippen aufeinander und hielt den Sonnenschirm tiefer ins Gesicht. Vater zog Skizzenblock und Bleistift aus seiner Hosentasche. Wir setzten uns ins Gras. Ich merkte, wie er mich immer wieder von der Seite ansah. Doch jetzt war ich diejenige, die beharrlich schwieg.

„Sine …", sagte er ernst, dann, meinem Blick zu den Kirschbaumreihen folgend, änderte er seine Tonlage und sprach mit unverfänglicher Stimme weiter: „Obstbäume gedeihen prächtig auf diesem Boden, im Gegensatz zu Weizen. Deswegen wundert es mich eigentlich, dass die Strohflechterei in Michelsberg so berühmt wurde."

Er schlug eine leere Seite in seinem Skizzenblock auf und teilte mit exakt gesetzten Strichen das Blatt in Himmel und Wiesen ein.

„In anderen Teilen Siebenbürgens gab es an den Herbst- und Winterabenden Spinnstuben, in Michelsberg Flechtstuben. Ich erinnere mich, wie Mutter es mir als Kind beibrachte – ja, auch Männer beherrschten das Strohflechten", schob er mit einem Lächeln ein.

„Könntest du es noch?"

„Mit Sicherheit. Es ist ganz einfach: Die Halme werden zusammengebunden und von außen nach innen eingeschlagen." Er zeichnete an den Rand des Skizzenblocks drei Strohhalme, die sich als Zopfmuster überkreuzten. „Wenn ein Halm zu Ende geht, wird ein neuer eingesteckt, und zwar so, dass sein Ende auf der Rückseite ist. Das geflochtene Stroh wird in einer Walze glatt gepresst. Aus diesen Strohbändern wurden dann die Hüte maschinell erzeugt."

Er schraffierte die Halme, und gliederte sie in die ausladenden Äste eines Baumes ein, die er von der Seite in die Zeichnung hineinragen ließ.

Zum ersten Mal seit der Nachricht von Agnetas Tod verblasste das Foto mit den roten Astern, undeutlich schälte sich ein anderes Bild aus meiner Erinnerung: Weiße, schulterlange Haare, ein schmales, sonnengebräuntes Gesicht unter einem Strohhut mit silbernem Band. Die Sonne, die durch die Strohflechten fiel, warf ein grobes Muster auf die Haut an Hals und Schlüsselbein und verbarg, wie ein gewebter Schleier, die Schultern.

„Mutter trug ihre Haare immer offen oder unter ihrem Strohhut. Nur ganz selten sah man sie, wie es unter den Frauen des Dorfes üblich war, mit Kopftuch oder einer bestickten Haube. Ich glaube, sie wollte immer noch zeigen, dass sie anders war", sagte Vater.

„Was meinst du mit anders?"

Er sah auf. „Weil ... nun, wie soll ich sagen."

Ich hielt seinen Blick fest.

„In der Zeit, als Vater im Krieg und später in Gefangenschaft war, konnte sie sich nicht in die Dorfgemeinschaft integrieren."

„Warum nicht?"

„Der rumänische Staat hatte die Siebenbürger enteignet. Mutter hatte das Wohnrecht in ihrem Haus behalten, da sie für einflussreiche Leute färbte. Doch viele warfen ihr vor, dass sie sich mit den Unterdrückern zu schaffen machte, und dass sie rumänische Arbeiter eingestellt hatte."

Die Frau unter dem Sonnenhut lächelte. Es war, als winke sie mich zu sich heran. Ich ließ mich nach hinten ins Gras fallen, den Schirm aufgespannt neben die Schultern gelegt. Das Licht sickerte wie flüssiges Kupfer durch das Leinen. Fragen tauchten auf, verschwanden wieder, und gruben sich unablässig wie spitze Pfeile den Weg durch meine Gedanken.

Ich hörte das Schaben des Bleistifts auf Papier. Vater skizzierte die Berge mit schnellen Strichen. Dem Himmel gab er einen leichten Wolkenschleier. Den Bäumen eine verhaltene Trägheit. Mit starker, schräg auslaufender Schraffur bekam die Wiese ihr Gräserkleid. Die Luft war aufgeheizt von dem langen Sommer. Nur das sachte, zögerliche Blätterfallen erinnerte an den

Herbst. Es war, als hätte er abwartend seine Schritte verlangsamt und den Lauf der Jahreszeiten angehalten.

„Du warst mit Julian Eminescu auf dem Michaelsberg?"

Ich bejahte, ohne aufzusehen.

„Steht die Kirche immer noch leer?"

„Wie ein verlassenes Grabgewölbe."

„In der Basilika wurden früher die Überreste der Gefallenen aus den beiden Kriegen des vergangenen Jahrhunderts gelagert."

„Warum das?" Ich richtete mich auf den Ellenbogen auf. Im Nachhinein schauderte es mich.

„Um sie zu sammeln. Mittlerweile sind sie im Burghof beerdigt."

Darum die unerklärliche Leere im Hauptschiff. Das Gefühl der Kälte, das ich im Inneren der Basilika gehabt hatte, wurde mir wieder gegenwärtig. Es war ein Ort der Vergangenheit, aber mehr noch als das. Es war ein Ort, an dem versucht wurde, Vergangenheit zu bewahren, sie zu schützen, obwohl sie den Menschen unter den Händen zerrann. Was half es, die Toten zu sammeln, wenn sich die Lebenden in alle Richtungen zerstreuten?

Alle Geschichten blieben nur noch in der Erinnerung lebendig. Wie die Erinnerung meines Vaters. Es wird in Deutschland vielleicht nie Wege geben, die er so beschreiben wird wie den Weg von Hermannstadt nach Michelsberg. Wälder und Berge, Häuser und Höfe hatten die Menschen über die Jahrhunderte zu dem gemacht, was sie waren. Konnte das Erinnern so stark werden, dass es die Vergangenheit für immer festzuhalten vermochte?

Die Frau unter dem Sonnenhut hatte aufgehört zu lächeln. Das Bild verblasste und verschwand, zurück blieb ein heller Fleck auf der Netzhaut, der langsam wanderte und sich mit dem nächsten Blinzeln verlor. Mit einem Mal wurde mir bewusst, dass ich auf etwas wartete. Ebenso wie die Natur auf den Herbst lauerte, so wartete ich auf ein Zeichen, das mir zeigte, welchen Weg ich einschlagen sollte. Ich sah zu Vater und dachte, dass er vielleicht ebenso hinhörte, wartete, und ich fragte mich, warum wir uns in diesen Tagen darüber nicht verständigen konnten.

Plötzlich kam Wind auf, drückte das Gras in Wellen nieder und rüttelte an den Kirschbäumen. Ich hielt mit einem Aufschrei meinen Sonnenschirm fest. Vaters Skizzenblock fächerte auf, und ich erhaschte einen Blick auf eine Skizze. Ich sah eine Frau am Brunnenrand, mit erhobenen Armen und geöffneten Händen. Zwischen ihren Händen glaubte ich etwas zu erkennen. Doch Vater klemmte den Rand der Zeichenblätter mit Daumen und Zeigefinger fest, als fürchte er einen erneuten, offenbarenden Windstoß.

Er hütete dieses im Werden begriffene Bild wie einen Schatz. Ich rang einige Sekunden mit der Versuchung, ihn erneut darauf anzusprechen.

„Darf ich dich etwas fragen?“

Er nickte, doch ich konnte sehen, dass ihm bange vor meiner Frage war.

„Warum seid ihr, warum bist du hier weggegangen?“

Ich bekam lange keine Antwort. Stattdessen schauten wir auf das Panorama. Der Wind wurde wieder stärker, in den Obstbaumreihen knackte das Holz.

„Weil alle anfingen zu gehen, Sine. Weil wir dachten, wir kehren zurück in unsere Heimat. Und weil es schwer war Willkür und Misswirtschaft des Kommunismus auszuhalten. Ich habe mir erhofft, dass es leichter sein wird zu malen. Dass ich meine Bilder besser verkaufe, besser für euch sorgen kann …"

„Würdest du es noch einmal machen? Würdest du noch einmal gehen?"

„Das kann ich dir so leicht nicht sagen. Das Leben verändert sich", sagte er und steckte seinen Skizzenblock wieder in die Hosentasche.

„Darauf gibt es keine Antwort. Es wird immer nur die Frage geben."

Der Halbe Stein

„Wie bitte?“ Mit schmalen Augen sah Frau Piringer mich an.

Ich stellte eine Vase mit Gartenblumen auf den Tisch und zog die Kissen auf den Stühlen glatt. Unter Frau Piringers geschäftigen Schritten knarrten die Holzdielen.

„Ich fragte, ob Sie mir von Agneta erzählen wollen“, wiederholte ich. „Können Sie sich an die Zeit erinnern, bevor unsere Familie ausgewandert ist?“ Ich versuchte einen Anker zu finden, an den meine Erinnerungen an Agneta geknüpft waren. In wenigen Stunden würde ich sie zur Abschiedsfeier wiedersehen. Blaues und Rotes Zimmer waren für den Empfang hergerichtet. Nachbarinnen hatten Unmengen an Wein, Schnaps und Kuchen ins Haus getragen und vor der Küchenzeile eine lange Tischplatte auf zwei Böcke gestellt. Ich begann mich zu wundern, hatte ich mir doch eine kleine, private Verabschiedung im Kreis einiger Freunde vorgestellt. Vater hatte Kleider ausgesucht, die Agneta tragen sollte, und war nach Hermannstadt zum Bestattungsinstitut gefahren. Ich versuchte mir vorzustellen, wie ich mich dem Körper meiner Großmutter näherte. Wie würde ihr Gesicht aussehen? Wären es noch ihre Hände? Ihr Mund?

Einer Laune folgend, war ich Frau Piringer bei den letzten Vorbereitungen zur Hand gegangen, nachdem wir von unserem Spaziergang auf den Obstfeldern zurückgekehrt waren. Wir hatten die Möbel des Blauen Zimmers zur Seite gerückt und das Bett mit einer Tagesdecke überzogen. Frau Piringer staubte die Kommode ab, obwohl bereits alles sauber war.

„Ich glaube, dass dein Vater, Friedesine, dir dazu mehr Auskunft geben kann. Ich wüsste gar nicht, was ich dir erzählen sollte“, sagte sie und legte ein Deckchen über die Kommode. Auf dieses gehäkelte Deckchen wanderten die Sachen wieder zurück, die sie zuvor abgeräumt hatte. Eine Figur, ein Bild, eine Glasschale nach der anderen, wie einem geheimen Plan folgend.

Heute trug sie ein schwarzes Kopftuch, das vorne am Hals zusammengebunden war. Es spannte sich glatt um ihre Stirn, umrahmte ihr faltiges Gesicht und das mürrische Kinn. Die nach unten hängenden Mundwinkel fanden ihre Fortsetzung in zwei langen Falten, die das Kinn hinab strebten und unter dem straffen Knoten des Kopftuchs verschwanden. Gepunktete Ärmel lugten unter einer Kittelschürze hervor, die bis zu den Knien reichte. Blickdichte hautfarbene Strümpfe bedeckten Waden und Knöchel und mündeten in abgetragenen, an den Fersen platt gedrückten Pantoffeln.

Sie hielt inne, als würde sie sich besinnen: „Ihr kamt oft zu Besuch, manchmal den ganzen Sommer. Als ihr dann nach Deutschland seid, tja, was soll ich sagen, hatte deine Oma nur noch ihren Garten, um den sie sich kümmern konnte.“

Ich versuchte den schnippischen Unterton ihrer Antwort zu überhören und hakte nach: „Wie lange kannten Sie meine Oma? Wohnten Sie schon immer im Haus gegenüber?“

Ich konnte Frau Piringers Gesicht nicht sehen, aber ihre Stimme verriet jenen Widerwillen, der sich immer dann zeigte, wenn ich statt Vater sie ansprach.

„Ja, wir kannten uns schon seit unseren Mädchenjahren. Mein Elternhaus hab ich nie verlassen.“

Ich stellte die Blumen zur Seite, zog die Tischdecke ab und faltete sie zusammen. Frau Piringer senkte ihre Arme in die geräumige Truhe unter dem bestickten Bilderrahmen und reichte mir eine neue. Ich fragte mich, warum ich es nicht ein für allemal aufgab, mit ihr ins Gespräch zu kommen. Aber wer konnte mir helfen, mich zu erinnern? Mutter war nicht da, Vater war beschäftigt, und außer Julian hatte ich bislang niemanden kennengelernt.

Frau Piringer verließ das Zimmer, ohne sich noch einmal umzudrehen. Ihre Schritte verloren sich auf dem Flur. Ich zog einen Stuhl heran, setzte mich und verschränkte die Arme über der Lehne. Bald würde Agneta wieder hier sein, wo sie vor vier Tagen gestorben war. Hatte sie um ihren Tod gewusst? Spürt man, wenn das Leben zu Ende geht? Manche Menschen sagten, man könne entscheiden, wann man stirbt. Eines Tages wisse man, dass man Abschied nehmen muss. Doch manchmal sei die Seele noch nicht bereit, obgleich der Körper längst schon sterben will. Weil man nicht loslassen kann oder möchte.

Wollte Agneta gehen? Hatte sie gespürt, dass ihr Herz schwach war und bald aufhören würde zu schlagen? Hatte sie die Möglichkeit gehabt, Abschied zu nehmen? Es kam mir widersinnig und gewalttätig vor, ohne Abschied aus dem Leben gerissen zu werden, selbst wenn man alt war und sein Leben gelebt hatte. Oder war es dem Sterbenden gleichgültig und ich bereute schlicht, dass ich nicht die Möglichkeit gehabt hatte, mich von ihr zu verabschieden?

In der letzten Zeit schien Agneta fast ausschließlich dieses Zimmer bewohnt zu haben. Alle Briefe jüngeren Datums waren hier verstreut gewesen. Zwischen den

Seiten des Hauskalenders auf dem Nachttisch trockneten die letzten Blumen, die sie gepflückt hatte.

Das Blaue Zimmer war das geräumigste Zimmer der Hauptwohnung. Alle Festlichkeiten hatten hier stattgefunden, Namens- und Geburtstage, Weihnachtsabende und Silvesterfeiern. Ich konnte gut verstehen, warum Agneta sich dieses Zimmer ausgesucht hatte. Ein lichter, konzentrierter Raum, genau im rechten Winkel und insgeheim ein wenig abgeschnitten vom Rest des Hauses.

Ich hingegen hatte das Grüne Zimmer gewählt, das seinen Namen von dem grünen Kachelofen in der Ecke hatte. Dort stand immer noch das Bett, in das mich Agneta als Kind jeden Mittag schlafen gelegt hatte. Die Sonne schien bereits am Vormittag auf den hellen Dielenboden, und lehnte man sich weit aus dem Fenster, sah man den Burgberg und die Mauern der Basilika. Ein halbblinder Spiegel hing auf Augenhöhe neben der Tür. Die Möbel waren darin kaum mehr als dunkle Silhouetten. Ehern und zugleich neblig, traten sie aus der Patina des Spiegels hervor. Es war, als läge dort ein Tor zur Vergangenheit. Ich sah jeden Morgen hinein und suchte Agneta zwischen den Flecken des trüben Glases. Ich mochte es, mir vorzustellen, dass sie hinter mir stand, mit jenen durchscheinenden blauen Augen, und wusste doch, dass es meine Augen waren, in denen ich sie wiederfand.

Ein Geräusch schreckte mich auf. Von nebenan hörte ich ein dumpfes Poltern. Ich ging in den Flur. Die Tür zum Roten Zimmer, der kleinen Wohnstube, war nur angelehnt. Ich versetzte ihr einen Stoß und sah etwas, das mich zunächst innehalten ließ. Frau Piringer kniete über einer Schatulle, die allem Anschein nach aus dem Bücherregal gefallen war. Über dem Boden lagen Papiere verstreut. Doch statt sie einzusammeln besah sie ein Schriftstück nach dem anderen, überflog die Zeilen mit hastigem, begierigen Blick.

„Was um Himmels willen tun Sie da?“, sagte ich laut und stieß die Tür ganz auf.

Sie raffte sich auf und stand wie versteinert da.

Mit zwei Schritten war ich im Zimmer, sammelte die Papiere auf und legte sie in die Schatulle. Das Blut rauschte mir in den Ohren.

„Was fällt Ihnen ein, hier herumzuwühlen?“

Sie schnappte hörbar nach Luft, stand aber immer noch da, als wäre sie erstarrt. Ich hatte Lust sie zu schütteln, damit sie anfing zu sprechen. Sie sollte mir sagen, was ihr in den Sinn gekommen war, Agnetas Papiere durchzusehen. Sie sollte mir sagen, was sie in diesem Haus zu suchen hatte. Warum sie den Mund nicht aufbekam, wenn ich sie etwas fragte, und warum sie auch jetzt dastand, als gäbe es meine Fragen nicht. Ich hatte Mühe, mich zu beherrschen, und wandte mich ab, um die Schatulle wieder ins Regal zu stellen. Als ich mich wieder umdrehte, erwachte sie aus ihrer Erstarrung.

„Du hast keine Ahnung, mein Fräulein“, sagte sie spitz und ging zur Tür.

„Genug Ahnung, um zu erkennen, dass Sie hier herumschnüffeln!“

„So? Wer behauptet das? Mir ist beim Aufräumen lediglich etwas aus der Hand gefallen.“

Noch bevor ich etwas erwidern konnte, war sie zur Tür hinaus.

Ich saß auf dem Diwan im Roten Zimmer. Die Lust, bei den Vorbereitungen für die abendliche Feier zu helfen, war mir gründlich vergangen. Ich konnte mir noch nicht einmal vorstellen, Frau Piringer an diesem Tag erneut sehen zu müssen.

Bis zur Abschiedsfeier war noch ein wenig Zeit. Ich stand auf und betrat den Hausflur. Durch den Türspalt des Blauen Zimmers quoll Licht auf den Holzfußboden. Schatten schweiften durch dieses Licht, langsam und gleichmäßig, als würde sich jemand lautlos darin bewegen. Mein Herz fing erneut an, wild zu klopfen. Ich öffnete die Tür. Die Nachmittagssonne durchflutete den menschenleeren Raum. Die Bäume der Allee warfen ihr Schattenspiel auf den Zimmerboden. Was hatte ich erwartet? Frau Piringer würde so schnell nicht wagen, wieder in Agnetas Sachen zu wühlen. Der Kleiderschrank stand einen Spalt breit offen. War er das vorher auch schon gewesen? Ich zog an den kupferfarbenen Griffen und öffnete die Türen, die schwerfällig und geräuschvoll ihr Innenleben preis gaben.

In akkuraten Reihen stapelte sich Agnetas Garderobe, an den Kleiderhaken hingen ihre Kleider. Ich sah wie gebannt auf Kittel, Kostüme und Trachten, die merkwürdig leer und unbenutzt aussahen. Es war wie der Blick in eine längst vergessene Bühnengarderobe. Ihr Sonnenhut, ohne den sie im Sommer nie das Haus verließ, lag vor mir, im Fach über der Kleiderstange. Sie hatte sein Band mit einer weißen Sternengirlande verziert. Ein traditionelles siebenbürgisches Muster, das im Platt- oder Kreuzstich angefertigt wurde, und das sich in vielem wiederfand, was sie hergestellt hatte. Die filigranen Sterne schmückten den Saum der Tischdecke im Blauen Zimmer, und auch auf dem Wandbehang im Flur hatte ich sie entdeckt.

Ich fuhr behutsam über den Strohhut. Über Hosen und Röcke, ordentlich gefaltete Blusen, Strickjacken und Pullover. Zwischen die Kleidungsstücke war als Duftspender Seife gelegt, unter den Pullovern lag Mottenpapier. Die Kälte, die darin wohnte, die Nutzlosigkeit der Kleider strahlte eine größere Traurigkeit aus als alles andere in diesem Haus. Ich konnte nicht recht begreifen, warum ich mich von diesem Anblick nicht lösen konnte, ließ die Schranktüre offen und setzte mich auf das Bett an der gegenüber liegenden Wand. Die Federfüllungen der Bettdecken sanken unter meinem Gewicht in sich zusammen und türmten sich zu beiden Seiten wie Armlehnen auf. Staubflocken wirbelten durch die Sonnenstreifen, schwerelos in den Kegeln aus Licht. Plötzlich, und wie durch einen weiten Tunnel, sah ich ein Mädchen in einem Wohnzimmer auf dem Sofa liegen. Die Hände hinter dem Kopf verschränkt, schaute es auf eine bilderlose Wand und folgte den Schatten, die das Spiel von Wind und Bäumen ins Zimmer warf. Um es herum war es still. So still, dass die Gedanken wie lärmende Rufe durch die Wohnung hallten.

Unsere erste eigene Wohnung in Deutschland hatten wir im zweiten Stock eines Hochhauses bezogen. Jeden Mittag nach der Schule machte ich mich alleine auf den Heimweg. Freunde hatte ich noch keine, da ich nach nur einem Jahr erneut die Grundschule wechseln musste. Die Geräusche des Pausenhofs verloren sich immer weiter, ebbten ab, bis nur noch Straßenlärm übrig war. Ich ging an Schaufenstern vorbei, an Passanten, die ihre Einkäufe in Autos luden, an

Industrieanlagen mit großen Hofeinfahrten und orangen Lichtern, die kreisten, wenn Tore wie von Geisterhand auf- oder zugingen. Irgendwann verlor sich auch der Straßenlärm mit seinem gleichförmigen Rauschen, bis meine Schritte durch das Treppenhaus hallten und das Zufallen der Tür die Wohnung als lautes Echo durchdrang. Alle Geräusche lösten sich in jenem Moment auf, da die Haustüre ins Schloss fiel.

Ich war jeden Mittag für einige Stunden allein, bevor meine Eltern von der Arbeit kamen. Mutter arbeitete als Kindergärtnerin, Vater verkaufte seit einem halben Jahr Kochtöpfe. Er hatte einige Sätze auswendig gelernt, die er vor Publikum wiederholen konnte. Niemand war imstande, den Enthusiasmus seiner Vorführung als Trugbild zu durchschauen, der ihn nicht gut kannte. Mutter versuchte immer wieder, ihn für eine Umschulung zu gewinnen, in der er wenigstens einen Teil seines Kunstwissens einbringen konnte. Schließlich brachte sie ihn dazu, dass er sich bei einer Firma für Schilder- und Leuchtreklame bewarb. Doch den Tag des Vorstellungsgesprächs verbrachte er auf dem Balkon, eine Flasche Wein auf dem Tisch, den Aschenbecher voller Zigaretten, auf dem Anrufbeantworter eine Nachricht der Firma, wo er bleibe. Als die Flasche leer war, ging er ins Schlafzimmer und legte sich ins Bett. Am nächsten Tag sagte er ihr, dass er seine Haut nicht zu Markte tragen werde. Allein die Vorstellung, sich in einem Bewerbungsgespräch präsentieren zu müssen, auf Fragen nach seiner Auswanderung, seinem eigentlichen Beruf eingehen zu müssen, würde ihn anwidern. Er würde sich nie, so sagte er, anpreisen und verkaufen.

„Und was ist mit deinen Kochtöpfen?“ Mutter war aufgebracht.

„Das ist etwas anderes“, hatte er gesagt. „Wenn man Töpfe verkauft, spricht man nicht über sich selbst.“

So blieben Leinwände und Malutensilien im Keller verstaut, und die Wände unserer Wohnung kahl, als dürfe nichts an seine Kunst erinnern. Auch die Zimmer standen halb leer, nur nach und nach wurden neue Möbel gekauft, sie sollten gute Qualität haben und ein Leben lang halten. Ich begriff nicht, warum meine Eltern die Wohnung sicherten, als versammelten sich darin Reichtümer. Ich musste den Haustürschlüssel an einem Band um den Hals tragen, seit ich ihn einmal verloren hatte. Vater hatte mit mir den ganzen Schulweg und den Spielplatz um die Ecke abgesucht. Schweigend. Dieses Schweigen und der unterdrückte Zorn in seinen Augen hatte mir mehr Angst gemacht als alles zuvor. Da wir ihn nicht fanden, musste das Schloss unserer Wohnungstür ausgetauscht werden. Ich verstand gar nichts mehr. Zu der Wohnung in Hermannstadt gab es einen geheimen Weg über das Atelier. Das Tor konnte jeder durch ein handgroßes Loch im Zaun aufmachen. Agnetas Haus war immer offen. Wieso mussten hier alle Türen verschlossen bleiben?

Ich erinnerte mich voller Sehnsucht an unser Haus in Hermannstadt. An den baufälligen Holzzaun, die Stiegen zum Vorraum und die Sommerküche mit dem gusseisernen Ofen. An Vaters Atelier im Garten, den Geruch von Terpentin und Ölfarben. Ich sehnte mich nach dem Mobiliar in Siebenbürgen, wo alle Gegenstände eine Geschichte erzählten. Aus meinem Zimmer in Deutschland schien das Leben seltsam ausgesperrt.

Ich hatte erst vor kurzem Möbel bekommen. Bett, Schrank und Schreibtisch aus Kiefernholz, eine komplette Kinderzimmereinrichtung aus dem Möbelhaus. Das Zimmer zeigte zum Gang, der sich über die ganze rückseitige Front erstreckte. Die Fenster lagen erhöht zur Decke, dadurch gab es keine Aussicht, nur die Schritte der Nachbarn, die unter den emporgehobenen Fenstern zu ihren Wohnungen gingen.

Die meiste Zeit verbrachte ich vor dem Fernseher. Ich nahm das Essen aus der Küche, das Mutter immer am Vortag für mich zubereitete, zumeist Salat und Brot, sie mochte nicht, wenn ich den Herd bediente, drapierte einige Kissen auf den Boden und verfolgte das Programm. In Rumänien hatten wir das Fernsehprogramm nur schwarz-weiß empfangen können. Die verfilmten Kinderbücher und Abenteuergeschichten vertrieben das Gefühl der Einsamkeit und jene bleischwere Stille, die sich zu Mittag zwischen die Hochhäuser des Viertels stahl. Wenn ich müde wurde, legte ich mich aufs Sofa, schaute den wandernden Schatten zu, hörte auf das Quietschen der im Wind kreisenden Wäschespinnen und auf das Klappern der auf- und zugehenden Müllcontainer, die unter den Wohnzimmerfenstern lagen. So verstrich Nachmittag um Nachmittag.

Das sollte sich eines Tages ändern.

Ich war zur Mittagszeit gerade die ersten Stufen im Treppenhaus hinaufgegangen, so wie nur Kinder es tun – einmal vor und einmal zurück, als ginge es nicht darum, ein Ziel zu erreichen. Eine Hand auf dem Treppengeländer, dessen Handlauf die Farbe von Elfenbein hatte, horchte ich auf das regelmäßige Klappern, das ein seitwärts abstehender Gurt meines Rucksacks an den Füllstäben der Brüstung verursachte. Da öffnete sich eine Wohnungstür, und eine ältere Frau trat heraus. Ich blieb wie angewurzelt stehen. Noch nie, seit ich hier wohnte, hatte mich einer der Nachbarn angesprochen. Manchmal beobachtete ich vom Balkon, wie jemand Wäsche aufhing oder zum Parkplatz ging. Oft hörte ich Schritte und Stimmen unter meinem Fenster. Doch jetzt stand eine Frau vor mir, kam auf mich zu und begrüßte mich so herzlich, als würden wir uns schon lange kennen. Sie trug eine karierte Kittelschürze, ihr kurzes, weißes Haar war in Dauerwellen gelegt.

„Magst du auf ein Glas Limonade hereinkommen?", fragte sie.

Ich folgte ihr durch einen fensterlosen Flur, vorbei an zahlreichen gerahmten Fotografien in die Küche, wo ein Mann und eine weitere, etwas jüngere Frau saßen. Über die Tischmitte verteilt lagen cremefarbene, rechteckige Plättchen, am Rand waren drei Holzrahmen aufgestellt. Sie spielten eine Partie Rommé.

Ich setzte mich auf die Eckbank und trank die Limonade, die mir die Frau eingeschenkt hatte. Der Mann, in Hemd und Strickweste, rauchte Pfeife und paffte nach jedem Spielzug, den er mit bedächtigem Gesichtsausdruck einleitete, eine Rauchwolke in die Luft. Die Frau, die am Kopfende des Tisches saß, trug eine leuchtend bunte Tunika und auffallenden Schmuck. In eine majestätische Kette waren opake, blaugrüne Steine eingefasst.

„Das ist Indianerschmuck", erzählte sie mir später. „Der Türkis besitzt heilende Wirkung. Er hilft uns, unsere Gedanken und Gefühle klar und deutlich auszudrücken." Frieda-Oma, die zusammen mit meinem

Opa ein halbes Jahr nach uns ausgewandert war, musste auch so einen Stein besitzen, dachte ich damals bei mir, so gut, wie sie sich sprachlich ausdrücken konnte, und wünschte mir insgeheim, dass auch ich eines Tages einen solchen Stein geschenkt bekommen würde.

Ich schaute mich in der Küche um. Die Anrichte war übersät mit Küchengeräten. Aus Weidenkörben quollen Packungen voller Tee, in verschiedenfarbigen Töpfen überwucherten Pflanzen den Fenstersims. Der Wasserkocher brodelte, das Radio lief, die Frau mit dem Indianerschmuck summte leise. In der fremden Küche herrschte eine Ungezwungenheit, die mich glücklich machte.

„Du kannst gerne mitspielen“, forderte mich der Mann auf. „Du kannst doch Rommé spielen, nicht wahr?“

Ich verneinte und hatte Angst, dass ich nun wieder gehen musste. Doch er wies mich freundlich an, ihm über die Schulter zu sehen, und erklärte mir die Spielregeln.

Viele Nachmittage sollte ich von dem Tag an in dieser Küche verbringen. Nach der Schule rannte ich in unsere Wohnung, griff nach dem von Mutter vorbereiteten Essen und raste die Treppen wieder hinunter, um an der Haustür mit der Nummer zwei zu klingeln. Die Sonne schien durch die halb zugewachsenen Fenster auf die Spiel-Plättchen, Rauchwolken schwebten über der Küchenlampe, und Tee dampfte in unseren Tassen. Es war, als ob es nicht anders sein könnte. Als wären wir keine seltsame Spielgemeinschaft gewesen: Ein Rentnerehepaar, eine Frau mit Indianerschmuck und ein kleines Mädchen aus Siebenbürgen.

Die Schatten der Lindenallee flackerten auf dem Holzfußboden. Das Innere der Schranktür gähnte in den Raum. Ein leises Räuspern schreckte mich auf. Vater stand in der Tür zum Blauen Zimmer und sah mir forschend ins Gesicht.

„Sine, geht es dir gut?"

Ich nickte hastig, strich beflissen die Bettdecken und den Überwurf glatt und drängte mich an ihm vorbei. Ich hörte, wie er ins Zimmer trat und die Schranktür schloss, die dabei widerstrebend in den Angeln quietschte. Im Flur streifte ich die Schuhe über und eilte hinaus. Die Wohnungstür schlug hinter mir zu, durch die Korridorfenster sah ich verschwommen die Rebstöcke, den Brunnen neben dem Eingang, und weiter hinten den Kirschbaum auf der Wiese. Warm strömte mir die Luft an der Haustür entgegen. Lautlos standen die Linden in der flirrenden Mittagshitze. Nur das dumpfe Rollen eines Heuwagens durchschnitt die Stille der Straßen.

Ein flaues Gefühl breitete sich in mir aus. Ich lief einige Schritte am Silberbach entlang, ohne zu wissen, wohin ich ging. Manchmal gibt man sich traumwandlerisch seinen Gedanken hin, erledigt mit einigen Handgriffen etwas, das man schon tausende Male zuvor erledigt hat, bis sich plötzlich etwas verändert. Als wäre die Welt einen Schritt nähergekommen, bereit, eine ihrer Täuschungen aufzugeben. Das kleine Mädchen, das Tag für Tag dem Lärm des Pausenhofs entfloh, um sich einer Sehnsucht zuzuwenden, die es in seinem Inneren einschloss, hatte es sich als Frau verändert? War es je hinausgetreten aus seiner begrenzten, genau abgezirkelten Welt? Wie hatte es seine Angst so gut vor sich selbst zu verbergen gelernt?

Ich ging wie betäubt die Bachgasse hinauf. Die einstöckigen Häuser mit ihren bunt getünchten Fassaden, mit ihren Torbögen und lidförmigen Dachluken standen träge in der Mittagsglut. Ich sah in die Seitenstraßen mit ihrem Kopfsteinpflaster, sah Steinröschen, die sich durchs Trottoir ans Licht gruben, und merkte, wie mir Tränen über die Wangen liefen. Ungeduldig wischte ich sie weg. Es war, als würde jede Mauer und jeder Stein, ja selbst die eigentümlich durchlöcherten Strommasten ein längst vergessenes Heimweh wecken. Es war die Art, wie sich die Häuser gegenüberstanden, als würden sie einander begrüßen und ebenso die verwachsenen Gärten mit den Brunnen und Obstbäumen, die sich hinter den Toren erstreckten. Sonne und Regen hatten im Lauf vieler Jahre die Fassaden ausgebleicht und die Eisentore mit Rost überzogen. Die Mauern verloren ihren Putz und legten dabei das Gewebe aus Stein und Holzbalken frei. Uneben wellte sich die Bepflasterung der Hinterhöfe mit den Verwerfungen der Erde. Die Steinstufen vor den Eingangstüren waren abgetreten, die Holztreppen verwittert.

Obwohl die Menschen diese Erde urban gemacht, Stein auf Stein getragen hatten und dicke Kabel in alle Richtungen über die Häuser stoben, war die Natur aus diesen Straßenläufen nicht ausgesperrt. Sie war in sie hineingewoben, überzog als wilde Kamille den Boden oder rankte sich als Wein an Gartenzäunen und Mauern.

Es kam mir vor, als wäre ich einem Traum nachgereist, der sich in die vielen Träume einreiht, von denen die meisten so rasch vergehen, dass wir kaum Zeit haben, ihnen einen Namen zu geben. Einer der Träume, die länger bleiben, heißt Heimat, auch wenn dieses

Wort über die Jahrhunderte mit so unterschiedlichen Bedeutungen verwendet wurde, dass es sich fast gänzlich aufgelöst hat. Ich hatte dieses Wort gehütet und mit mir herumgetragen und hatte es verloren geglaubt, als ich dort ankam, wo ich es vermutete.

Ich blieb stehen und hob einen Stein auf. Er hatte abgerundete Kanten und war von silbernen Adern durchzogen. Ich steckte ihn in die Hosentasche und beschleunigte meine Schritte. Schon bald erreichte ich die letzten Häuser. Zwischen den angrenzenden Hügeln öffnete sich das Tal, bis die Dorfstraße in einen breiten Schotterweg überging. Hinter einer Lichtung tauchte das Schwimmbad auf. Es bestand aus einem Becken, das durch eine Ableitung des Silberbachs mit Gebirgswasser gespeist wurde. Jetzt zur Mittagszeit war es menschenleer, nur ein einziger staubgemusterter Wagen mit offener Ladefläche stand auf dem Parkplatz.

Kurz darauf hob sich die Erde neben der Straße an beiden Seiten zu einem Wall. An dessen Scheitelpunkt zogen hohe Tannen den Blick in den Wald. Die unteren Baumstämme waren kahl, erst auf halber Höhe flochten sich die Zweige zu einem undurchdringlichen Dickicht. Ich entdeckte den Mond, blass und schemenhaft rollte er zu dieser Tageszeit über die Baumkronen und folgte meinen Schritten. Der Weg kam mir nun bekannter vor, und doch hatte ich keine Ahnung, was ich gleich finden würde. Ich umschloss den Stein in meiner Hosentasche und ertastete die nächste Biegung mit dem Blick.

Die hohen Wälle flachten ab und neigten sich zur Uferböschung. In diesem Moment sah ich unvermutet einen Fels am Ufer des Silberbachs. Er glich einer zur

Hälfte abgerissenen, steinernen Brücke, die aus der Erde gewachsen war. Seine Größe stand in keinem Verhältnis zum Bachlauf. Ich rannte zu ihm hin und besah ihn aus der Nähe. Mehrere runde Mulden waren in den Stein gemeißelt. Die Einsenkungen luden zum Klettern ein. Ich ging einige Schritte zur Straße und stieg hinauf. Was für ein reißendes Gewässer der Silberbach gewesen sein musste, um diesen Stein so zu formen. Wie der Kopf eines Drachen wühlte er sich aus der Wiese, ragte über das Ufer und endete im Nichts.

Der Wald umrundete den Stein und gab mir das Gefühl, einen geheimen Ort entdeckt zu haben. Ich sah über die Tannen auf die Berge. In alle Richtungen stoben sie davon, in alle Richtungen bedeckte der Wald ihre gewölbten Rücken. Sonne und Mond standen einander gegenüber und teilten die Hügel in eine Tag- und eine Nachtseite.

Ich setzte mich im Schneidersitz auf den Stein und sah auf den silbrig glänzenden Bachlauf.

Einige Zeilen Joseph Roths kamen mir in den Sinn, die ich in meiner Abschlussarbeit zitiert hatte: „Alles, was wuchs, brauchte viel Zeit zum Wachsen; und alles, was unterging, brauchte lange Zeit, um vergessen zu werden. Alles aber, was einmal vorhanden gewesen war, hatte seine Spuren hinterlassen, und man lebte dazumal von den Erinnerungen, wie man heutzutage lebt von der Fähigkeit, schnell und nachdrücklich zu vergessen."

Ich hatte das Vergessen gesucht. In meiner Weigerung, zurück zu schauen, in dem Ehrgeiz, mein Studium rasch zu Ende zu bringen. Wann hatte ich Agneta den letzten Brief geschrieben? Wann das letzte Mal angerufen? Von dem Augenblick an, da wir ihr Haus betreten hatten, war er da gewesen, der Wunsch, die Zeit zurückzudrehen, die Trennung der letzten Jahre ungeschehen zu machen.

Ich presste die Hände auf den Stein. In meinen Gedanken war eine solche Traurigkeit, lauerte ein solcher Abgrund, dass ich Angst hatte, er zöge mich hinein, ginge ich nur ein kleines bisschen weiter auf ihn zu. Es kam mir vor, als wäre das Leben etwas Unwägbares. Die meiste Zeit hatte ich das Gefühl, auf festem Boden zu stehen. Zu wissen, was für das eigene Leben gilt, was richtig ist und was falsch. Und dann zeigt sich, dass nirgendwo ein Punkt ist, der als Orientierung gelten kann. Dass alles, was wir für unser Leben halten, auch ganz anders sein kann.

Hier empfing mich alles, als wäre ein Teil von mir nie weg gewesen. Alle Straßen und Wege, die ich in meiner neuen Heimat kannte, waren wie mit dem Lineal gezogen. Das Innerste der Häuser blieb verborgen. Die Dächer hatten keine Gauben, diese langgezogenen Augen, die wachsam die Straßen überblickten. Es fehlten die Fensterläden, die freundlich zeigten, ob die Bewohner zu Hause waren oder ob das Klima ihnen behagte. Die Gartentore warfen keine rostigen Blasen, durch die sie einander von ihrem Alter erzählten. Wo etwas sein Eigenleben entwickelte, wurde es zurechtgestutzt. War etwas äußerlich nicht mehr schön, wurde es ersetzt. Hier lebte alles für sich und gleichzeitig wie nach außen gestülpt. Gebändigt und zugleich verwildert. Hier durften die Dinge altern, wie die Stühle in Agnetas Haus, auf denen man zum Teil nicht mehr sitzen konnte. Wie der gesprungene, klappernde Kachelboden im Bad. Mancherorts verfielen die Gegenstände, ja ganze Häuser, bis die Erde sie sich wieder einverleibte, wie das Haus der Burgwächterin. Diese Straßen spiegelten für alle sichtbar die Vergänglichkeit aller Dinge. Leben und Tod, Gegenwart und Vergangenheit waren hier einander so unbegreiflich nah.

Ich dachte an die Kleider in Agnetas Schrank und die Traurigkeit, die darin wohnte. Wenn die Dinge ihren Platz behalten durften, wie war es dann mit den Menschen? Ich fühlte in der Einsamkeit dieser Tage, dass jeder einzelne so einen Ort verdient hatte. Mit all seinen Sehnsüchten und Träumen und dem Willen, dieses vergängliche Leben zu formen. Es kam mir vor, als wisse ich zu wenig über meine Großmutter – wenn man erinnert, kann man nicht verlieren, so schien es mir in diesem Augenblick.

Ich nahm den Stein aus meiner Hosentasche und drehte ihn in meiner Hand. Dann holte ich aus, warf ihn über die Uferwiese ins Wasser und versuchte, etwas von dem Fallen wahrzunehmen, das ihn auf dem Grund ankommen ließ.

Blaues Zimmer

Die Sonne hatte ihren Zenit überschritten. Ich kletterte vom Halben Stein, zog die Schuhe aus und trat den Rückweg an, tauchte die Füße ins eiskalte Wasser, ging über das warme Gras der Uferwiese und den Feldweg, wich im Dorf spitzen Steinen und vereinzelten Glasscherben aus und streifte die Schuhe erst kurz vor unserem Haus wieder über.

Vater wartete im schwarzen Anzug vor dem Tor. Der Leichenwagen fuhr um die Ecke. Ich blieb wie angewurzelt stehen und verlor mit einem Mal allen Mut, weiterzugehen. Vier Männer stiegen aus, öffneten die Heckklappe und luden den Sarg ab. Der Torbogen war zu einer Seite geöffnet. Vater wies den Sargträgern den Weg, entdeckte mich und winkte mich heran. Ich zögerte. Meine Beine wurden schwer, als wurzelten sie im Boden. Vater sah mich gerade an, blieb am Hoftor, bis ich schließlich vor ihm stand. Er legte den Arm um meine Schultern. Gemeinsam folgten wir dem Sarg, zögernd und mit gesenkten Blicken. Sie war wieder bei uns.

Der Sarg wurde im Blauen Zimmer aufgebahrt. Agneta war ganz in Anthrazitgrau gekleidet, das Haar glatt zu einem Knoten zurückgekämmt, die Hände über dem Schoß gefaltet. Sie lag mager und eingefallen auf dem weißen Satin. Die Kälte ihres Körpers war raumgreifend. Mein Magen krampfte sich zusammen. Ich zwang mich, ihren Anblick auszuhalten. Versuchte, sie zu berühren, diese blutleere, weiße Haut, die kühl war und fest, als läge ein steinernes Abbild vor uns. Versuchte, mich nicht abzuwenden, mir ihre Hände anzusehen und den stillen Brustkorb. Die abgezehrten Wangen, über die sich ein unnatürliches Rosé zog. Den Mund, der nichts war als eine verschlossene, gerade Linie. Die eingesunkenen Lider, ihr Gesicht, das ohne jede Regung wirkte wie eine verlassene Hülle.

Das Telefon läutete. Vater verließ das Zimmer. Ich setzte mich auf einen Stuhl neben der Kommode, stützte die Ellenbogen auf die Knie und schloss die Augen. Es kam mir unmöglich vor, jemals wieder aufzuschauen. Ich fürchtete mich, allein mit ihr zu sein. Sie in ihrem Körper nicht wiederzufinden, nicht ansehen zu können. Ich fürchtete mich, ihr in diesen letzten Stunden mit Distanz und Widerwillen zu begegnen. Was hatte ich erwartet? Ich hatte nicht gewusst, was mich erwartet. Ich hatte noch nie zuvor einen Leichnam gesehen.

Ich hörte Schritte. Schwarze, geschnürte Halbschuhe betraten die Holzdielen des Blauen Zimmers. Weite Rockfalten, staubgerändert, fielen auf den Boden. Mein Blick kletterte über Arme und halblange Ärmel, über ein schwarzes, samtenes Mieder mit einer großen Brosche und ein Halstuch. Über ein Muttermal, freundliche Augen und eine bestickte Haube. Eine alte Frau stand vor mir. Ruhig, geradezu abwartend sah sie mich an. Betreten stand ich auf und überragte sie um gut einen Kopf.

„H … Hallo.“ Es hatte mir die Sprache verschlagen. Ich starrte auf das filigrane Muster ihrer Haube. Blütenweiße Platt- und Kreuzstiche formten eine Sterngirlande.

„Mein aufrichtiges Beileid, Sine.“

Eine zweite, weitaus ältere Frau kam durch die Tür. Ihr Rücken war bucklig, ihre Augen lagen hinter dicken Brillengläsern. Von Kopf bis Fuß in Schwarz gekleidet, hätte man sie für einen Schatten halten können, wäre da nicht jenes blasse Gesicht mit den spiegelnden Augengläsern gewesen, das über den dunklen Stoffen zu schweben schien. Sie lächelte mir mit zahnlosem Mund zu und trat, auf einen Stock gestützt, mit der anderen Frau an den Sarg.

Ihre Silhouetten zeichneten sich vor der Fensterfront ab. Die Jüngere der beiden strich beherzt und zärtlich über Agnetas Hände. Sie war in Großmutters Alter, klein und schlank und hielt den Rücken gerade. Ihre Haltung sprach von Beherrschtheit und Disziplin, ihr Gesicht von Großzügigkeit und Nachsicht. Ihre Haut war übersprenkelt von Muttermalen. Ein größeres schwebte anmutig wie ein Schönheitsfleck auf ihrem Wangenknochen. Ich hatte das Gefühl, sie zu kennen. Sie glich der Frau, die ich nachts in unserer Küche gesehen hatte, doch ich konnte nicht mehr unterscheiden, ob das belauschte Gespräch Traum oder Wirklichkeit gewesen war.

Vater hatte für ausreichend Stühle gesorgt und war in die Küche gegangen, um Kaffee zu kochen. Die Frau mit dem Schönheitsfleck verschränkte die Hände über den weiten Falten ihres Rocks, und drehte sich zu mir. Ihre bestickte Haube zog mich in den Bann. Die Sternengirlande verzierte in drei Reihen den schwarzen Samt. Ein akkurat gesetzter Plattstich verband die einzelnen Sterne zu einer Bordüre. Es gab für mich keinen Zweifel, Agneta hatte die Stickereien angefertigt.

„Sine, ich freu mich so! Schon seit Tagen hab ich mir gewünscht, dich wiederzusehen. Ich bin froh, dass ich dich noch vor dem Menschenauflauf heute Abend zu Gesicht bekomm'."

Ich sah verlegen in das Gesicht mit den freundlichen Augen und dem Muttermal, das sich mit ihrem Lächeln in zahllosen Fältchen wiegte.

„Ich bin Regine Homm, aber bitte nenn mich Jinni, so wie früher."

Ich räusperte mich, als müsse ich zuerst meine Stimme wiederfinden.

„Und das ist meine Schwester Paya", sie wies auf die bucklige Alte, die sich inzwischen gesetzt hatte. Sie war auf dem Stuhl zusammengesunken, mit dem blassen runzeligen Gesicht und der übergroßen Brille versetzte sie mir einen Schrecken wie ein nächtliches Traumgebilde.

„Du bist eine hübsche junge Dame geworden", sagte Jinni.

Mehr als ein leises „Danke" brachte ich nicht heraus, denn mein Blick fiel immer wieder hinter sie auf den Sarg. Der Kontrast zwischen ihr und dem leblosen Körper meiner Großmutter war unerträglich. Ich entschuldigte mich und ging zu Vater in die Küche.

„Wer sind die beiden?", fragte ich noch im Türrahmen.

Vater schüttete kochendes Wasser über einen Kaffeefilter aus Porzellan und sah kurz auf.

„Jinni war die beste Freundin deiner Großmutter."

„Ich kenne sie also?"

„Sehr gut sogar", sagte er.

Für einen Moment flammte Wut in mir auf. Wie leichtfertig er das sagen konnte. Ich besann mich, öffnete den Kühlschrank und stellte Milch und Zucker auf ein Tablett. Als die Kaffeekanne voll war, gingen wir zurück ins Blaue Zimmer. Ich versuchte mich so zu setzen, dass ich den Sarg nicht sah, nahm einen hastigen Schluck und verbrühte mich. Dampf kräuselte sich über dem heißen Gebräu. Ich setzte die Tasse ab und kühlte die Lippen mit den Fingern.

„Singst du immer noch gern?“, durchbrach Jinni das Schweigen.

Ich fühlte mich ertappt. Gerade als ich antworten wollte, lehnte sie sich nach vorne, als würde sie mir ein Geheimnis anvertrauen, und sagte: „Aggi hat dich darin unterstützt. Sie war ebenso musikbegeistert wie dein Großvater. Er spielte Gitarre, und besonders gut das Akkordeon.“

An dieser Stelle krächzte ihre Schwester etwas, was einer Zustimmung ähnelte.

Jinni sprach von dem Akkordeon, als wäre es ihr eine Brücke in die Vergangenheit. Sie beschrieb die elfenbeinfarbenen Tasten und den rotgoldenen Balg und erinnerte sich daran, dass Vater als kleiner Junge seinen Namenszug in krakeliger Schrift darauf hinterlassen hatte. Nach dem Krieg hatte Agneta das Akkordeon für Großvater unter dem Nussbaum vergraben, doch als er aus der Gefangenschaft zurückkam, rührte er es nicht mehr an.

Als Jinni von dem Akkordeon zu sprechen begann, war Vater kaum merklich zusammengezuckt. Jetzt stand er auf und ging ans Fenster.

„Entschuldige, Sine, ich komme ins Schwadronieren. Deinen Großvater hast’ ja nicht einmal gekannt“, sagte Jinni mit einer abwinkenden Handbewegung.

„Nur aus Erzählungen“, antwortete ich zögernd.

Vater drehte sich zornig um: „Und wenn sie ihn gekannt hätte, ich bezweifle, dass er Zeit für sie gehabt hätte. Für ihn gab es doch nur die Arbeit. Zum Teufel mit der ganzen Familie Seraphin! War seine Brautwahl der Familie je standesgemäß genug?"

Als Vater den Teufel in den Mund nahm, hatte die bucklige Alte aufgestöhnt.

Ich erinnerte mich, dass Mutter einmal erwähnte, dass sich die Familie meines Großvaters eine wohlhabendere Partie für ihren einzigen Sohn gewünscht hatte. Den Seraphins gehörte einer der größten Höfe des Dorfes mitsamt der angrenzenden Färberei. Sie hofften auf eine Verbindung mit der Tochter des Bürgermeisters, und waren enttäuscht, als die Wahl ihres Sohnes auf ein Mädchen aus einer einfachen Bauernfamilie fiel.

„Das stimmt", entgegnete Jinni erstaunlich ruhig. „Doch du darfst nicht alles über einen Kamm scheren. Zur Schwiegermutter hatte Aggi ein gutes Verhältnis. Von ihr hatte Misch die Liebe zur Musik. Sie sorgte dafür, dass er Instrumente spielen lernte."

„Sonst hätten sie nie zusammengefunden", sagte Vater mit scharfem Unterton.

„Wie meinst du das?", fragte ich.

„Dein Großvater hat wundervoll Akkordeon gespielt", antwortete Jinni in meine Richtung, und doch war klar, dass ihre Worte Vater galten.

„Man könnte auch sagen, dass er ansonsten nicht fähig war, Gefühle zu zeigen", sagte Vater.

„In jungen Jahren hatte er mehr von der Mutter", antwortete Jinni. „Erst als er aus dem Krieg zurück kam, überwog die herrische Seite des Vaters."

Ich konnte sehen, wie Jinnis Augen feucht wurden. Sie trat an den Sarg, beugte sich über das leblose, blasse Gesicht und strich über Agnetas Wangen, energisch und gründlich, als wische sie die Schminke ab. Dann zog sie den Kragen glatt und küsste zuletzt ihre Stirn. Vaters Gesicht war in diesem Moment ebenso weiß wie die Hände meiner Großmutter. Ich schwieg beschämt. Ihr Körper lag vor uns wie ein unwirkliches, viel zu schmales, viel zu starres Götzenbild. Diese Hülle war unbewohnt, ihre Seele war nun woanders. Konnte mich dieses unbestimmte ‚woanders' trösten? War Agneta in den letzten Jahren einsam gewesen? Hatte sie Freunde gehabt, die ihr darüber hinweghalfen, dass ihre Familie nicht bei ihr war?

„Warum hat sie nie darüber nachgedacht, auch nach Deutschland zu kommen?", fragte ich.

„Und ob sie das tat!", antwortete Jinni.

Ich sah sie überrascht an.

„Deine Großmutter hatte sogar schon die Papiere eingeholt. Die Trennung von euch fiel ihr so schwer, dass sie sich ein Jahr nach eurer Auswanderung zu diesem Schritt durchrang. Sie wurde verhört, sie musste, wie es üblich war, Beamte bestechen, doch sie bekam die Bewilligung."

„Du hast mir nie erzählt, dass sie auswandern wollte!"

„Nein, sie wollte es nicht. Ich wollte es. Ich allein." Die Antwort kam schnell und hastig, als habe Vater sie schon viele Male gegeben.

„Und doch wäre sie fast nachgekommen." Wütend stand ich auf.

„Ein ‚fast' hilft nichts, Sine. Ein ‚fast' ist gar nichts." Er kam auf mich zu, um mich zu besänftigen, hielt jedoch inne als er sah, dass ich zurückwich.

„Aber warum ist sie dann nicht gekommen?", wandte ich mich an Jinni.

„Drei Monate vor der geplanten Abreise wurde sie zum Direktor der Ausreisebehörde zitiert. Lazăr war berüchtigt wegen seiner Verhörmethoden und seiner Skrupellosigkeit. Ich habe sie beschworen, ja nichts Falsches zu sagen, denn ich wusste, dass ein solcher Mann ihren Stolz herausfordern wird."

„Was ist passiert?"

„Lazăr hat sie befragt, als hätte es alle vorherigen Befragungen nicht gegeben. Warum wolle sie ausreisen? Gefalle ihr etwa der Kommunismus nicht? Ihr Mann sei gestorben, aber es gäbe so viele Männer in Rumänien, fände sie keinen neuen? Diese Verhöre gingen immer im Kreis, waren voller Sticheleien und Beleidigungen. Ich weiß nicht, wie es genau passiert ist, aber zuletzt übergab er ihr die Ausreisepapiere mit den Worten, dass alle Sachsen zur Hölle fahren sollten. Aggi sah ihn an und entgegnete: Dann sehen wir uns wieder, Genosse, denn Sie werden für ihre Taten ebenfalls in der Hölle schmoren."

„Das hat sie ihm gesagt?" Ich ging zögernd auf den Sarg zu.

„Ja, Lazărs Augen bekamen, wie sie sagte, einen unberechenbaren Glanz. Dann donnerte er mit der Faust auf seinen Schreibtisch und warf sie aus dem Zimmer. Sein Sekretär starrte sie beim Hinausgehen entsetzt an. Sie hätte für diesen Satz bitter bezahlen können."

„Was hat sie gerettet?"

„Ihr Mut, Sine. Ich glaube, sie hat ihm, trotz allem, imponiert."

Ich wagte noch einen Schritt, beugte mich über das Gesicht meiner Großmutter und streckte eine Hand aus. Ihre Haut war kalt, aber immer noch weich und glatt. Bei dem Gedanken, sie wäre beinahe Teil unseres Lebens in Deutschland geworden, konnte ich meine Tränen nicht mehr zurückhalten.

„Sie ist nicht gefahren …", sagte ich tonlos.

„Es hat nicht sollen sein", sagte Vater mit leiser Stimme.

„Sie kam nach Hause und stoppte die Vorbereitungen für die Ausreise."

Jinni hielt mir ein Taschentuch hin. Mit einem langgezogenen Räuspern machte sich die Alte bemerkbar und nickte mir aufmunternd zu. Eine Weile hing jeder seinen Gedanken nach, bis Jinni lachend die Stille unterbrach.

„Eben ist mir eine Geschichte wieder in den Sinn gekommen. Willst du sie hören?"

Ich nickte, rührte mich aber nicht von Agnetas Seite.

„Es war Winter, einer der schneereichsten, die wir je hatten. Wir saßen im Roten Zimmer, Johann, du hast gelesen, wenn ich noch recht weiß, ich hab gestrickt, und Aggi und Hermine kochten zu Mittag. Sine, du hast für dich alleine im Haus gespielt, betrübt, dass du wegen der Kälte nicht hinaus konntest, erinnerst du dich?"

Ich wiegte unentschlossen den Kopf. Agneta war verändert. Durch die Maskenhaftigkeit ihres Äußeren drangen ihre lebendigen, weichen Gesichtszüge. Wie schön sie gewesen war. Wie blau ihre Augen waren … und mit diesem Blau, das mir mit einem Mal so gegenwärtig war, als hätte ich sie eben noch gesehen, traten die Schneemassen hervor, von denen Jinni erzählte. Zuerst war alles weiß, doch je klarer meine Erinnerung wurde, umso mehr Details konnte ich wahrnehmen. An den Wegseiten türmten sich die aufgehäuften

Schneeberge, an manchen Stellen so hoch, dass man Höhlen darunter ausheben konnte. Bänke, Mauern und Dächer hatten runde Hauben, der Silberbach fror von den Seiten zu, seine Strömung auf das Eis zeichnend. In den Löchern des Trottoirs entstanden spiegelglatte Seen. Der Boden war gemustert von den Kanten der Schneeschaufeln. Die Wege wurden dadurch frei, die Schritte sicher, und doch bedeckte eine gepresste Schicht Schnee die Straße. Ich liebte diese feine Maserung und mochte es nicht, wenn Salz gestreut wurde und die Wege unter der schmelzenden Masse durchnässten.

Die unzähligen Kristalle hatten jeden Zweig der Bäume und Sträucher nachgebildet, waren jedem noch so kleinen Ast in seinem Wuchs gefolgt, bedeckten die kahlen Gestalten, die wie dunkle Scherenschnitte in der Landschaft standen. Die Sträucher und Gräser sahen aus, als wären sie mit Zuckerguss überzogen. Die Dachrinnen schmückten Eiszapfen. Man hatte den Eindruck, könnte man die Bäume und Häuser darunter wegtragen, so würde eine tupfengleiche weiße Welt bestehen bleiben. Wenn die Sonne in diesen Tagen aus dem kieselgrauen Himmel hervorkroch und sich durch die weiß eingefassten Äste stahl, verwandelte sich die Schneedecke in einen fließenden Strom. Umhüllt von der pudrigen Masse verloren sich alle Formen. Sie gingen ineinander über, als wäre es Tag und zugleich helle, lichte Nacht. Viele Farben waren aus der Welt verschwunden und alle Dinge bestanden aus Licht und Schatten.

Ich hatte eine Weile den Funken der Holzscheite zugesehen, die im Ofen brannten, während die Erwachsenen sich unterhielten und das Essen zubereiteten. Schließlich trieb es mich in eines der Zimmer, die hinter dem rechtwinkligen Knick des Korridors lagen, und ich entdeckte gerade das Innere eines geräumigen Schrankes, als ich Schritte auf dem Gang hörte. Ich hatte nicht die Erlaubnis erhalten, mich in diesen Räumen aufzuhalten, so kletterte ich schnell in den Schrank und zog hastig die Türe von innen zu. Erregt, weil die Schritte auf das Zimmer zusteuerten, ließ ich mich nach hinten fallen, um mich möglichst klein zu machen, wenn jemand ins Zimmer treten sollte.

„Ein lautes Schreien ließ uns aufhorchen", sagte Jinni, „dein Vater fand dich weinend im Lagerraum deines Großvaters, und ich sehe noch heute das Bild vor meinen Augen …"

„Ich trug dich über den Korridor mit dem Kopf nach unten und dem Hintern in die Höhe, in dem über und über Glasscherben steckten", unterbrach Vater sie lachend. Es war ein ausgiebiges, grollendes Lachen, das erste, das ich seit Tagen von ihm gehört hatte.

Ich hatte mich in einen Lampenschirm gesetzt, dessen Glaskegel sich in meine Haut bohrte, als er in Scherben ging. Es dauerte lange, bis Vater mich beruhigt hatte und Mutter meinen Po von den Glasscherben befreien konnte. Nur mit vielem Zureden durfte sie die Wunden mit Spiritus reinigen, und Agneta musste mir versprechen, *Gresämälch* zu kochen. Immer wieder streichelte Mutter mir über die Wangen, wenn sich meine Augen erneut mit Tränen füllten, da mir der schreckhafte Moment in Erinnerung kam, in dem ich mich rückwärts ins Dunkel fallen ließ.

Das Haus füllte sich mit Gästen. Jinni war mit ihrer Schwester in der Küche, um gemeinsam mit Nachbarn und Freunden die letzten Vorbereitungen für das

Tränenbrot zu erledigen. Ein Kuchenbüffet war aufgebaut, viel üppiger, als ich es mir vorgestellt hatte. In der Speisekammer standen Töpfe mit Krautwickeln, eingelegte Gurken und Brotlaibe. Ich hatte mich umgezogen und die Haare hochgebunden. Als ich im schwarzen Kleid wieder ins Blaue Zimmer trat, stand Vater mit einem fremden Mann bei Agneta. Er winkte mich heran.

„Sine, das ist Mircea Costin, ein Ziehsohn deiner Oma."

Der Mann deutete eine Verbeugung an. Sein Haar war mit Pomade zurückgekämmt. Der Nadelstreifenanzug hing ein wenig unförmig um die hagere, unsicher wirkende Gestalt.

„Mirceas Vater hatte ihn mit elf Jahren zu uns gebracht, zunächst auf Sommerfrische für drei Wochen, zuletzt wurden daraus sechs Monate", sagte Vater mir zugewandt.

„Mein Vater war froh, die Last meines Besuchs los zu sein. Aber ich will nicht klagen, für mich war dies", er machte eine ausladende Handbewegung, „ein Zuhause".

Herr Costin sprach diese Sätze in ernstem, feierlichen Ton. Dann strich er sich über Gesicht und Krawatte, sah zu Agneta und fragte: „Was wird mit diesem Haus geschehen, Johann? Hast du schon Pläne?"

„Was soll damit geschehen?", hörte ich eine Stimme hinter mir. „Es wird natürlich verkauft."

Ich drehte mich um und sah Onkel Georg im Türrahmen. Seine Frau Karin reichte mir die Hand: „Du hast Farbe bekommen, Sine."

Die Begrüßung zwischen Vater und Onkel Georg fiel frostig aus. Er ging an uns vorbei, blieb eine Minute reglos am Sarg stehen, dann schweifte sein Blick umher, als suche er das Zimmer ab. Er war der Jüngere und hatte bereits weiße Haare, die er, im Gegensatz zu Vater, kurz trug. Sie sahen einander nur ähnlich, wenn man ihre Gesichter aufmerksam verglich. Dann konnte man sehen, dass sie dieselben Augen hatten und dieselbe hohe Stirn. Doch Onkel Georg fehlte Vaters Entschlossenheit, und sein Mund trug einen selbstgefälligen, zuweilen gelangweilten Zug.

Immer mehr Menschen drängten in den Raum. Das ganze Dorf schien meiner Großmutter die letzte Aufwartung machen zu wollen. Von draußen hörte man leises Murmeln, bis in den Korridor standen schwarzgekleidete Besucher, einige ältere Frauen in Tracht. Im Blauen Zimmer wurde es unerträglich heiß. Auf Agnetas Stirn begannen sich Perlen zu bilden – es war, als würde die Körperwärme der Anwesenden ihren Leichnam von innen wärmen. Die Fenster beschlugen, die Gäste setzten sich auf die Stühle und lehnten sich an die seitwärts gerückten Möbel. Am Eingang zum Haus postierte sich der Posaunenchor. Der Pfarrer, ein untersetzter Mann mit Halbglatze und eigenwilligem sächsischem Akzent, betrat das Blaue Zimmer. Als einer der wenigen evangelischen Geistlichen widmete er sich den pfarrerlosen Gemeinden der Hermannstädter Gegend.

Er begrüßte mich mit einem Händeschütteln und nahm Vater zur Seite. Sie legten kurzerhand fest, dass die Ansprache hier im Zimmer stattfinden sollte. Die eigentliche Zeremonie würde, wie ursprünglich geplant, im Hof erfolgen und sich einer kurzen Pause anschließen, in der die Gäste sich bei Getränken und Kuchen stärken konnten. Als Vater dies mit lauter

Stimme bekanntgab, entstand ein geräuschvoller Andrang. Viele versuchten noch einen Platz im Blauen Zimmer zu ergattern. Ich stahl mich zu einem Fenster, darauf bedacht, Agneta im Blick zu behalten. Langsam ebbten die Gespräche ab, es wurde ruhig, nur ab und an erklang ein leises Husten hinter vorgehaltener Hand.

„Wir müssen Abschied nehmen von Agneta Maria Seraphin, geborene Segedin, die am 25. September im Alter von fünfundachtzig Jahren verstorben ist." Pfarrer Roth räusperte sich und fuhr dann fort: „Die Vergänglichkeit vor Augen, fragen wir in dieser Stunde nach Gott, suchen Trost und Hoffnung, die über den Tod hinausreichen. Jeder Todesfall erinnert uns an die Vergänglichkeit des Lebens und daran, dass auch unser Dasein jederzeit enden kann. Wir vergessen gern, wie zerbrechlich unser Leben eigentlich ist."

Er hatte eine tiefe, kehlige Stimme, ohne ausgeprägte Höhen, aber mit einer markanten Melodie. Gerade deswegen schaffte er es, den ganzen Raum zu erreichen.

„Was bleibt, wenn ein Mensch von uns geht? Über allem Trennungsschmerz, liebe Trauerfamilie, bleibt das Gefühl einer tiefen Verbundenheit. Es fällt uns schwer, uns vorzustellen, dass sie nicht mehr bei uns ist. Doch in der Liebe sind wir mit der Verstorbenen für alle Zeit verbunden."

Sein Gesicht nahm eine leichte Röte an. Es sah aus, als würde er seine Ansprache mit diesen Worten beenden, doch dann schob er nach: „Der Herr schenke ihr Ruhe und Frieden in seinem ewigen Reich."

Zwischen Anzügen und Trachtenröcken sah ich, wie Pfarrer Roth zum Segen anhob. Agnetas Gesicht wirkte in diesem Moment, als wäre es ohne Alter, als hätten sich alle Lebensjahre in ihren Händen gesammelt, in der welligen, weißen Haut und den Altersflecken. Ich war dankbar, dass mir ihr Anblick wieder vertraut geworden war, dass ich sie in diesem Körper wiedererkannt hatte, bevor sie beerdigt würde.

Reihum murmelten die Anwesenden ein Gebet. Im nächsten Augenblick schoben sich alle in Richtung Küche, wo *Hånklich*, Nuss- und Mohnstriezel gereicht wurden. Eben noch andächtige Stille, schon verteilten sich die Gäste mit Kuchentellern über die Räumlichkeiten. Das Gesicht des Pfarrers glänzte, er versuchte, sich mit einem Taschentuch Luft zuzufächeln.

„So viele Leute … Friedesine, bringst du mir ein Glas Wasser“, bat er.

Meine Hände wurden unter Beileidswünschen geschüttelt, als ich mich durch die Küche zwängte.

Julian saß auf der Fensterbank, die zum Korridor zeigte. Mein Herz machte einen Sprung. Unser Gespräch auf den Feldern, der Aufstieg zur Basilika war erst gestern gewesen, und doch kam es mir für einen Moment unmöglich vor, einfach auf ihn zuzugehen. Ich nahm ein Glas Wasser von einem Tablett ohne richtig hinzusehen. Das Durcheinander der Menschen schob mich vorwärts. Er bemerkte mich erst, als ich vor ihm stand.

„Möchtest du?“, fragte er einladend und zeigte auf den Platz neben sich.

Ich sagte, dass ich zurück müsse und berührte flüchtig, fast beiläufig seine Hand. Aus den Augenwinkeln bemerkte ich, wie er mir nachsah.

Pfarrer Roth, der als einziger im Blauen Zimmer verblieben war, nahm das Wasserglas dankbar entgegen.

Als ich mich umwandte, konnte ich beobachten, wie Frau Piringer, ein Kuchentablett balancierend, im Flur unwirsch an einem Mann vorbeiging. Jinni hatte ihn mir vorhin als den ‚alten Medu' vorgestellt und gesagt, dass er ein guter Freund Agnetas gewesen sei. Er trug ein weißes, kurzärmeliges Hemd, ein blaues Halstuch und eine Matrosenmütze, und hatte einen stockenden, abwägenden Gang, wie viele alte Menschen – als würde er etwas suchen oder als habe er Angst zu fallen. Seine Hand, die sich nach dem Kuchen streckte, griff ins Leere. Mit einer mürrischen Bemerkung auf Sächsisch und einer Geste, als wolle sie eine lästige Fliege verscheuchen, ließ Frau Piringer ihn stehen und ohne Kuchen zurück. Kurzentschlossen ging ich auf sie zu und sagte, sie solle dem Mann ein Stück Kuchen geben.

„Davon verstehst du nix, Fräulein", zischte sie mir zu. „Er hat es nicht anders verdient. Ich weiß nicht einmal, wie er es sich herausnimmt, hier zu erscheinen."

„Ich kenne ihn nicht, doch ich bin mir sicher, dass er sich wie jeder andere Gast einen Kuchen verdient hat", sagte ich nun etwas lauter.

Sie sah mich missbilligend an und wollte weitergehen. Ich nahm ihr wütend, und ohne zu zögern, das Tablett aus der Hand.

„Hieschen Dånk, meng Medchen", der alte Medu lüftete seine Matrosenmütze, als ich wieder vor ihm stand. Seine grauen Haare waren zerzaust, seine Augen hatten einen trüben, freundlichen Glanz. Er sah vernachlässigt aus, wie ein Weltenbummler, den es nur zufällig hierher verschlagen hatte, und der nach langer Zeit des Alleinseins wieder unter Menschen war. Ich konnte verstehen, dass meine Großmutter ein Herz für ihn gehabt hatte. Man konnte ihn leicht unterschätzen,

doch seine Hilfsbedürftigkeit täuschte nicht über seine Lebenserfahrung hinweg.

Zurück in der Küche entdeckte ich Frau Piringer hinter dem Kuchentisch. Sie schenkte Wasser aus, räumte die Platten ab und sah nicht einmal hoch, als ich das Tablett laut zwischen die Gläserreihen schob. Ich fasste den Entschluss, sie im Auge zu behalten. Doch ich sollte sie nicht mehr zu Gesicht bekommen, plötzlich ging alles sehr schnell.

Ein dumpfes Klopfgeräusch drang aus dem Blauen Zimmer. Der Sarg wurde im Beisein des Pfarrers zugenagelt und von vier schwarz gekleideten Männern in den Garten getragen. Vereinzelt standen Klappstühle im gemähten Gras, vor allem von den älteren Gästen dankbar angenommen, doch die meisten verteilten sich in Gruppen über den Hof. Freunde, Nachbarn, viele Gemeindemitglieder waren gekommen. Dennoch fehlten einige: Meine Cousins und mit ihnen viele Verwandte, die sich so schnell nicht auf die lange Reise machen konnten. Auch Mutters Abwesenheit wurde mir zu dieser Stunde schmerzlich bewusst. Ich sah zur Eingangstür in den langen Korridor, durch den die Gäste in den Garten strömten, und mir fiel Onkel Georgs Bemerkung wieder ein, mit der er uns begrüßt hatte. Für einen Moment vergaß ich, wo ich war und was der heutige Tag brachte. Der Wind wurde stärker. Es war, als ob der Garten mir etwas anvertraute. Ich konnte mir nicht vorstellen, diesen Ort zu verlieren. Wo ich ihn doch eben erst wieder geschenkt bekommen hatte.

Pfarrer Roth betrat den Hof. Er hatte Talar und Beffchen angelegt. Nachdem der Posaunenchor gespielt hatte, ging ich nach vorne und sah mich nach Vater um, konnte ihn jedoch nirgendwo entdecken. Jemand drückte mir ein Gesangbuch in die Hand, und schon wurde das erste Lied angestimmt. Nach der letzten Strophe begann die Beerdigungsansprache.

„Die Zeit des Abschieds ist gekommen. Das gilt besonders für Sie, lieber Johann und lieber Georg Seraphin, und Ihre Familien." Der Pfarrer sah sich suchend um und zuletzt, da er beide nicht fand, erstaunt zu mir. Ich wurde unruhig. Wo mochten sie nur bleiben?

„Wenn wir heute auf Agnetas Leben zurückblicken, so tun wir es in Liebe und in Dankbarkeit. Ich möchte kurz die wichtigsten Stationen ihres Lebens anführen."

Er räusperte sich, trat näher an den Sarg und las aus einem handbeschriebenen Heft vor: „Agneta Maria Segedin wurde am 2. Dezember 1921 in Michelsberg geboren. 1938 heiratete sie Michael Seraphin, ein Jahr darauf kam ihr Sohn Johann zur Welt. Nach fünf Jahren Ehe zog ihr Mann in den Krieg. Als er sechs Jahre später aus der Kriegsgefangenschaft in Russland zurückkehren konnte, waren beide Elternpaare gestorben, viele Verwandte und Freunde deportiert. Doch Agneta hatte durch Fleiß und Einfallsreichtum die hofeigene Färberei erhalten können und 1950 erblickte der zweite Sohn Georg das Licht der Welt."

Der Pfarrer sah erneut auf, entdeckte aber nur dessen Frau Karin. Aus den Reihen hörte man verhaltenes Tuscheln. Neben mir wechselten zwei Frauen in Tracht tadelnde Blicke.

„Im folgenden Jahrzehnt führten die beiden Eheleute die Färberei zu neuer Blüte. Der Betrieb wurde mit einem Anbau erweitert. Doch bereits 1960 starb Michael bei einem tragischen Unfall in den Bergen. Johann übernahm die Färberei – erst als er sein Kunststudium aufnahm, wurde sie endgültig geschlossen. Agneta ließ die Werkstatt abreißen, und widmete sich ihrem Garten. Was mich an ihr am meisten beeindruckte, war ihre positive Lebenseinstellung. Auch in den dunklen Zeiten des Lebens blieb sie immer voller Hoffnung."

Der Pfarrer ließ sich von einer älteren Dame mit aufgetürmter Dauerwelle ein Blatt reichen. Ich hörte, wie eine Tür laut in die Angeln fiel. Köpfe drehten sich. Vorne an der Mauer entdeckte ich Julian mit seiner Mutter und sah, dass Onkel Georg neben seiner Frau stand, als wäre er nie weg gewesen. Mit einem Mal bemerkte ich, dass auch Vater zurück war. Auf seinem Gesicht glühten dunkelrote Flecken. Er mied meine fragenden Blicke und starrte geradeaus auf den Sarg.

Der Pfarrer verlas die persönlichen Abschiedsworte: „Im Namen der beiden Söhne: ‚Niemand zündet ein Licht an und setzt es in einen Winkel, auch nicht unter einen Scheffel, sondern auf den Leuchter, damit, wer hineingeht, das Licht sehe'. Danke, Mutter, für deine Fürsorge und Weisheit. – Im Namen von Hermine und Karin: ‚Gott ist die Liebe, und wer in der Liebe bleibt, der bleibt in Gott und Gott in ihm'. Hab Dank, liebe Schwiegermutter, für die innige Aufnahme in die Familie. – Im Namen der Enkelkinder Friedesine, Arist und Fabian: ‚Wo euer Schatz ist, da wird auch euer Herz sein.' Die Liebe, die du uns geschenkt hast, wird uns immer begleiten."

So ging es eine ganze Weile weiter, im Namen der Verwandten, Freunde und Nachbarn wurden Bibelverse und persönliche Worte vorgetragen, die der Pfarrer in den Tagen zuvor gesammelt hatte. Er hatte mich gebeten, einen Spruch aus der Bibel auszusuchen und stellvertretend für alle Enkelkinder einen Dank zu formulieren. Diese eigenen, ganz schlichten und berührenden Worte waren es, die mir mehr als alles andere Zeremonielle vergegenwärtigten, welche Lücke Agneta hinterlassen würde.

Das Schluchzen im Hof wurde merklich lauter. Einige Frauen weinten hinter vorgehaltenen Schnupftüchern. Ich sah Jinni etwas abseits. Ihre Schwester saß auf einem Klappstuhl neben ihr.

„Nun ist ihr Leben ans Ziel gelangt. Möget ihr mit Bonhoeffer sprechen können: Je schöner und wertvoller die Erinnerung, desto schwerer die Trennung. Aber die Dankbarkeit verwandelt die Erinnerung in eine stille Freude. Amen."

Die Männer, die den Sarg in den Garten gebracht hatten, traten nach vorne und hoben ihn erneut auf ihre Schultern. Weiße Blumen schmückten das dunkle Holz. Die Sargträger gingen hinter dem Posaunenchor zum Tor. Der Pfarrer und die Angehörigen folgten, dann schloss sich die restliche Trauergemeinde an. So ging die ganze Versammlung durch den Torbogen auf die Straße. Die Prozession durchschritt zuerst die Allee, bog dann in das Gässchen ein und nahm den leicht ansteigenden Weg der Ackergasse zum Friedhof. Fenster öffneten sich, an Hoftore gelehnt beobachteten Dorfbewohner den Trauerzug. Eine Staubwolke umspülte die Beine, die Blasmusik verfing sich in diesen Wölkchen, spielte eine Weile mit dem aufgewirbelten Sand. Sonst war es still, nur der Silberbach murmelte leise.

Ich ging mit Vater hinter dem Sarg. Es folgten mein Onkel und dessen Frau. Die Anspannung zwischen den Brüdern war greifbar. Ich fragte mich, was vorgefallen war. An der Seite entdeckte ich Edda Zakel. Sie war ganz in Schwarz gekleidet, ein breiter Chiffonschal in leuchtendem Türkis hing über ihren Schultern. Ihr blond gefärbtes Haar stach unter der Menschenmenge hervor. Ich sah auf den langen Zug Menschen, auf Hüte und schwarze Kopftücher, auf die Frauen in Tracht und die Kinder, die an der Seite mitliefen. Der Anblick war überwältigend. Der Abschied war persönlich und zugleich feierlich, würdevoll und herzlich – er wurde all dem, was Agneta gewesen war, gerecht.

Wir passierten den toten Brunnen, jemand öffnete das Gatter zum Friedhof. Es war, als wänden sich die Steinplatten zwischen dem Gestrüpp unter Mühen hervor, um besser sehen zu können. Wie durcheinandergebrachte Schachfiguren staken sie in alle Himmelsrichtungen. Nahe dem Hügelplateau postierten sich die Träger neben Großvaters Grabstein um die bereits ausgehobene Vertiefung. Schwarze, lederne Handschuhe blitzten unter den Ärmeln hervor. Der Sarg wurde an den Seilen ins Grab gelassen. Das scharrende Geräusch der Lederhandschuhe und der Seile stieg über dem Friedhof auf. Die Anwesenden umrundeten das Grab, standen im hohen Gras, auf Steinplatten, auf Gestrüpp und Dornenranken.

„Erde zu Erde, Asche zu Asche, Staub zu Staub“, sagte Pfarrer Roth und ließ eine Handvoll Erde auf den Sarg prasseln. Dann gab er den Umstehenden Zeit, noch einmal persönlich in der Stille Abschied zu nehmen. Aus den hinteren Reihen drängte sich Edda Zakel zu uns nach vorne. Sie blieb an Vaters Seite stehen, schwang ihren auffälligen Schal um den Hals und faltete die Hände. Vater wirkte verlegen. Ich atmete geräuschvoll ein. Wie kam sie dazu, unaufgefordert Mutters Platz einzunehmen?

Der Pfarrer segnete den Sarg mit einer weiten Bewegung seiner Arme, der Talar spannte sich auf wie zwei große schwarze Flügel, dann klang das Vaterunser über den Friedhof. Nacheinander traten alle vor, um Erde und Rosen aufs Grab zu streuen. Ich nahm wie betäubt die Schaufel, wählte eine Blume, sagte Agneta Lebewohl und machte dem langen Zug Platz, der dieses Ritual wiederholte. Jeder, der an Vater und mir vorbei kam, schüttelte uns die Hände. Die Gesichter zogen wie im Traum an mir vorbei. Einzig Jinni und Julian nahm ich bewusst wahr, alle anderen gingen ineinander über: Augen, Münder und Hände, Kopftücher, Hauben und Hüte, bis, nach einer kleinen Ewigkeit, die Sargträger damit begannen, das Grab zuzuschaufeln. Die Erde bedeckte das Grab, als würde sie eine frische Wunde schließen. Zuletzt wurden die Blumenkränze im Oval an den Hügel gelehnt. Der Kranz der Enkelkinder trug den Spruch: „Geliebt und unvergessen."

Es dauerte eine Weile, bis Vater sich für das letzte Geleit bedankt und zum Tränenbrot eingeladen hatte, dann löste sich die Versammlung auf. Wie verschüttete schwarze Flüssigkeit rann der Zug an Trauergästen bergab. Am Friedhofstor wurde er gestaut, um sich dann, wie durch ein Nadelöhr gebündelt, als Rinnsal auf den Straßen Michelsbergs zu verteilen. Ich blieb stehen und sah ihm hinterher. Niemand nahm Notiz von mir. Der Wind strich über meine Augen und meine vor Hitze und Anspannung geröteten Wangen. Er griff mit ruhigen Händen in die Blumensträuße und befühlte die Kranzschleifen mit den silbernen Buchstaben.

Mit dem Wind lösten sich die Töne einer Spieluhr aus meinen Gedanken. Langsam, unendlich langsam spielte eine Melodie, mechanisch nach dem inneren Takt der

Uhr. Ich sah eine alte Frau und ein Mädchen auf dem Boden eines Zimmers. Wolken glitten an den Fensterscheiben vorbei, schnell wie eine rollende Murmel verschwand die Sonne in ihren watteweißen Armen. Die Vorhänge im Blauen Zimmer blähten sich auf, wölbten ihre Wangen, als würden sie vor Erregung schnauben. Die Frau trug einen gesteppten blauen Morgenmantel, löste die Hände des Mädchens, stand auf und ging hinaus. Als die Tür hinter ihr zufiel, hörte das Toben im Zimmer auf. Die Spieluhr verebbte mit einem einrastenden Geräusch, mitten in der Melodie. Die Zugluft erstarb, und die Vorhänge senkten sich, scharrten nur noch ganz leicht über den Boden wie die Schleppe eines Kleids. Das Mädchen legte die Spieluhr wieder in die Kommode und öffnete die Tür. Sofort schwoll das Wüten des Zimmers wieder an. Mit aller Kraft zog sie an der Tür, schloss sie im starken Wind, der durch das Haus ging, als wolle er es aus den Angeln heben.

Ich suchte Agneta.

Die Küche war leer, die Badezimmertür angelehnt. Das Rote Zimmer war verwaist und ebenso das Grüne Zimmer, in dem die Fenster gekippt waren und das Öffnen der Tür wieder jenen Sturm verursachte. Eine Vase fiel herunter, zerbarst auf dem Fußboden, und als ich versuchte, die Scherben aufzusammeln, schnitt ich mir in die Hand.

Ich hatte Agneta noch nie weinen gesehen, und ich spürte, obgleich ich nicht verstand, warum, dass ich mit dem Hervorziehen der Spieluhr Schuld daran hatte. Ich presste ein Taschentuch auf die Schnittwunde, lief über den Korridor und rief ihren Namen, nahm im rechten Winkel die Tür und preschte durch die Rebstöcke zum Brunnen. Der Kirschbaum ächzte, die Tür zum Maisschober wurde aufgerissen, der ganze Garten schien in Aufruhr zu sein. Am Horizont sammelten sich Gewitterwolken, frühe Dunkelheit schluckte den Tag. Ich rannte durch die Eingangstür wieder hinein und nahm die Tür zum Dachboden. Es roch nach alten Möbeln und würzigen Kräutern. Durch die kleinen Dachfenster fiel Licht. Dort war sie. Ganz hinten vor einem Fenster im rechten Winkel. Ich rannte auf sie zu und versank in ihren Armen. Sie wischte mir die Tränen aus dem Gesicht, und blindlings verflog alle Traurigkeit.

„Warum hast du geweint?"

Der Wind tobte um das Haus, erste Tropfen prasselten gegen die Fensterscheiben. Sie hielt inne und sah hinaus auf die schiefen, rinnenden Regenspuren.

„Weil derjenige, der mir die Spieluhr geschenkt hat, nicht mehr da ist."

„Warum ist er nicht mehr da?"

„Manchmal sind die Menschen töricht, Sine. Weil sie das, was ihnen begegnet, nicht annehmen können. Weil sie sich einen Plan machen fürs Leben und daran festhalten, komme, was wolle."

Ich sah sie mit großen Augen an.

„Versprichst du mir etwas, Sine?"

Ich nickte eifrig.

„Öffne deine Hände. Verstehst du das?"

Vorsichtig schüttelte ich den Kopf.

„Öffne deine Hände. Nimm die Liebe an, wenn sie dir begegnet."

Der Regen setzte die Welt lautlos unter Wasser. Irgendwo schlug eine Tür auf und zu. Wir saßen zwischen Kartons, Uhren und Möbelstücken, die nur undeutlich aus dem Dunkel hervortraten. Wir waren in die Stille des Dachbodens versunken, als hätten wir das geheime Herz des Hauses gefunden, und als gewährte es uns einen Augenblick jenseits aller tosenden, beständig rauschenden Zeit.

Ich hob benommen den Kopf. Das Eisentor des Friedhofs schlug im Wind auf und zu. Die Kirchenburg thronte auf dem Michaelsberg. Eine langgestreckte Wolke verschwand hinter der Burgmauer. Die Sonne stand schon weit am Horizont. Ohne dass ich es bewusst wahrgenommen hatte, war der Nachmittag in den Abend übergegangen. Eine merkwürdige Ruhe lag über dem Dorf, über den dunkelgrünen Bergrücken und angrenzenden Kirschbaumfeldern. Sie schien alles zu erfassen, glättete das Blau des Himmels und das Flimmern der Hitze über den Ziegeldächern.

Ich wollte mich gerade wieder zum Grab drehen, als ich einer Gestalt gewahr wurde. Unter einer Weide außerhalb des Friedhofs stand ein Mann. Seine Hand, ausgestreckt vor dem Körper, umschloss einen Hut, als könne er sich daran festhalten. In der anderen Hand hielt er einen Strauß roter Astern. Er hatte dunkle Augen, weißes halblanges Haar und einen Bart, der fast gänzlich schwarz geblieben war. Er trug einen Mantel mit Pelzbesatz am Kragen, trotz der Hitze.

Mit Augen, die kaum zu blinzeln schienen, schaute er zu mir. Ich hielt seinem Blick stand. Er kam nicht zum Grab, er rührte sich nicht, blieb wie angewurzelt stehen, in der einen Hand den Hut, in der anderen den flammend roten Asternstrauß. Wie lange hatte er dort gestanden? Hatte er die ganze Beerdigungszeremonie verfolgt? Und warum? Ich sah fragend zum Grab, als warte dort die Antwort, und dann wieder zu dem eigenartigen Fremden, der immer noch unter der

Weide stand, als beabsichtigte er nicht, seinen Platz zu verlassen.

Zögernd löste ich mich vom Grab meiner Großmutter und ging zwischen den Steinplatten hinunter. Etwa in der Mitte drehte ich mich um und sah, dass der Mann meinen Weg aufmerksam verfolgte. Eindringlich, fast beschwörend schaute er mich an. Ich verstand, dass er wartete. Er hörte nicht auf, mich anzusehen, mit diesem flehenden und ergebenen Blick. Erst als ich das Friedhofstor hinter mir zugezogen hatte und ein letztes Mal über die Hecken spähte, sah ich, dass er begonnen hatte, auf das Grab zuzugehen.

Ziel des Gehens

Im Garten spielte der Posaunenchor. Fackeln säumten den Weg vom Hoftor zum Brunnen. Die letzten sichtbaren Wolken glitten wie lange Schleppen über den einsetzenden Nachthimmel. Das Haus mit seinen offenen Fenstern sah aus, als würde es atmen. Die Türflügel am Eingang waren zur Seite geklappt, der lange Korridor führte wie ein Schacht ins Innere eines Berges. Noch vor wenigen Stunden war alles verwaist und leer gewesen, jetzt drängten sich in den Zimmern Menschen und hoben die Stille auf.

Ich spazierte mit Julian zum Kirschbaum. Auf dem Brunnen neben den Rebstöcken saßen Kinder. Sie lachten und riefen Julian etwas hinterher. Wir gingen über die ungemähte Wiese auf die Seile zu, die lose vom stärksten Ast hingen, und vor langer Zeit einmal zu meiner Schaukel gehört hatten. Ich griff nach einem der Enden. Die Hintertür ging auf, einige Gäste traten rauchend auf die Stufen. Ihr Gelächter, ihre Stimmen klangen wie von weither.

„Ich weiß wieder, woher du die Narbe über deinem Auge hast. Wir wurden verfolgt, das heißt", berichtigte ich, „wir haben es uns vorgestellt."

Julian lachte. Ein kurzes, erinnerndes Lachen.

„Du hattest uns wieder eine Geschichte erzählt."

Ich wusste nicht mehr, welche Geschichte, doch genau, wie wir durch die Straßen gerannt waren, in diesem übermütigen, selbstvergessenen Laufen, bei dem die Welt nur noch aus dem Atem und dem Geräusch der Füße besteht. Eine ganze Horde Verfolger war in unserer Phantasie hinter uns her, und wir kamen auf die Idee, Zuflucht in der Kirche zu suchen. Wir hatten den Schlüssel vom Pfarrerssohn. Er stahl ihn aus der Schreibtischschublade seines Vaters und verlieh ihn regelmäßig für ein paar *Lei* an die Kinder des Dorfes.

Der Anblick war unheimlich und geheimnisvoll. Die Bankreihen lagen in der Dämmerung und hinter der Tür zur Sakristei war eine beunruhigende Schwärze. Der aufgemalte Sternenhimmel, den ich so liebte, streute sich nur für uns über die Decke. Schwarzsamtene, schmucklose Sterne, die auf der weißen Kirchendecke wie das verkehrte Abbild des Universums anmuteten. Wir stiegen in den Glockenturm. Eine schmale Holztreppe führte hinauf, oben gurrten Tauben. Ich wollte immer höher steigen, wollte aus dem obersten Fenster über Michelsberg sehen, denn jene Stunde war am schönsten, wenn der Tag die Nacht ablöste.

„Wir stiegen hinauf, du voran und ich hinterher. Von oben rieselten Taubenfedern …“ Julian umfasste das andere Seil und rückte ein wenig näher.

„Wir lachten, ich weiß nicht mehr über was. Vielleicht, weil es war, als stiegen wir zu Frau Holle, die ihre Betten zur Nacht ausschüttet. Überall waren Federn. Und vor uns, auf einmal, hingen die beiden Seile, mit denen die Glocken geläutet wurden.“

„Du wolltest sie läuten“, sagte Julian.

„Nein, du wolltest“, widersprach ich.

Er lachte kopfschüttelnd.

„Nur einen Glockenschlag, ganz kurz, fast lautlos, so hab ich mir's vorgestellt. Du hast am Seil gezogen …“

„Du hast gezogen, Sine. Du warst es.“

„Aber …“, ich hielt inne. „Ich sehe beide Gesichter. Wenn ich mich daran erinnere, sehe ich dich, dann mich, und schließlich kann ich beides nicht mehr auseinanderhalten."

Julian sah über den Garten und die Mauer zur Kirche, dessen Turm man zu dieser Uhrzeit nur noch erahnen konnte. Dann nickte er, als fände er dort etwas bestätigt.

„Ich erinnere mich noch an den Klang der Glocke. Sie war so laut, überraschend laut in der Stille des Turms, dass ich hastig rückwärts lief. Die Tauben flogen auf und drängten durch die Luken nach draußen. Ohne weiter zu überlegen, hasteten wir die Treppen hinunter. Ganz unten bist du dann gestürzt, der Länge nach, direkt mit der Stirn auf die Lehne der letzten Bankreihe. Ich habe mich so erschrocken, als ich das Blut auf deinem Gesicht sah, doch du hast keine Sekunde gezögert, nahmst meine Hand und ranntest hinaus. Draußen hing der Glockenschlag noch über dem Dorf. Wir liefen geradewegs zu Agneta, denn die Wunde blutete immer noch und ich hatte Angst, du könntest versehrt bleiben. Sie hat dich verarztet …"

„Und meinen Eltern nie ein Sterbenswörtchen davon erzählt", vollendete Julian.

„Auch meinen nicht. Ein Geheimnis war bei ihr immer sicher", sagte ich und sah zum Haus, in das sie heute das letzte Mal zurück gekehrt war.

„Was hast du eigentlich zu Hause erzählt?"

„Dass ich beim Spielen in eurem Garten gestürzt bin."

„Und der Pfarrer? Hat niemand nachgeforscht, warum die Glocke mitten in der Stunde läutete?"

„Ich weiß es nicht, immerhin hat danach keiner von uns je wieder den Schlüssel zur Kirche zu Gesicht bekommen."

Es war zu dunkel, als dass ich Julians Narbe hätte sehen können. Nur seine Augen nahm ich wahr und das Aufblitzen seiner Zähne, wenn er lachte.

„Du erinnerst dich." Er ließ das Seil los und sah mir gerade in die Augen.

Ich zögerte, merkte, wie meine Wangen glühten, und trat einen Schritt zurück.

„Gehen wir wieder ins Haus?"

Das Tränenbrot glich einem Fest. Im rechten Winkel des Hauses, auf den Treppen zum Hinterhof, war der Rauchertreffpunkt. Im Roten Zimmer spielte jemand Akkordeon. In der Küche, in der es vor einer halben Stunde noch Krautwickel gab, wurden wieder Kuchen und Getränke ausgeschenkt. Jinni hatte eine *Doboschtorte* gebacken, Agnetas Lieblingskuchen. Obwohl es zu so einem Anlass nicht den Konventionen entsprach, musste sie ihn unter großem Andrang verteilen. Die Gäste schienen sich wohl zu fühlen. Nur Edda Zakel war schon fort. Sie hatte sich lange mit Vater im Korridor unterhalten, und war, ohne sich zu verabschieden, bereits vor dem Essen gegangen.

Julian kam von der Treppe zum Hinterhof zurück, verstaute seinen Tabak in der Hosentasche und besorgte uns eine Flasche Wein. Wir suchten wieder den Fensterplatz in der Küche auf. Ich trank das erste Glas in großen Schlucken. Julian zog erstaunt eine Augenbraue hoch. Wir hatten auf dem Rückweg unsere Blicke gemieden.

Es ging immer fröhlicher und lauter zu, ein Menschenknäuel versammelte sich um den Schnaps, der neben dem Kachelofen bereitgestellt war. Ein Mann mit Hosenriemen über einem ansehnlichen Bauch verteilte randvolle Stamperl.

„Er wird getrunken wie Honigwasser“, sagte Julian und pfiff anerkennend durch die Zähne.

Man hörte ausgelassenes Gelächter. Der schmerbäuchige Mann erntete Beifall für eine Anekdote über ein Banater Pfarrerehepaar, das vom Presbyterium zum Einstand auf die Probe gestellt wurde – er verbeugte sich geschmeichelt, die Runde prostete ihm zu und leerte die Schnapsgläser in einem Zug. Onkel Georg war auch darunter. Er hatte im Lauf des Abends ein Zimmer nach dem anderen begutachtet und war Vater dabei aus dem Weg gegangen.

Pfarrer Roth betrat die Küche. Er hatte den Talar abgelegt. Mit einer Geste der Erschöpfung zog er sich einen Stuhl heran. Ob er sich nach der Zeit sehnte, in der er nur eine einzige Gemeinde zu betreuen hatte? Er sah energisch aus und gewissenhaft, nur die Mundpartie, vor allem die vollen Lippen verrieten einen weichen, leicht melancholischen Zug. Doch wenn es galt, seine Meinung zu verteidigen, war er beharrlich und entschlossen, wie sich an diesem Abend zeigte.

„Pfarrer Roth, können Sie mir sagen, warum die nach Deutschland ausgereisten siebenbürgischen Pfarrer drei Jahre ihren Beruf nicht ausüben durften?“

Onkel Georg hatte von der Schnapsrunde abgelassen. Ich bemerkte die Streitlust in seiner Stimme. Er hatte bereits einiges getrunken.

Der Pfarrer zögerte einen Moment, sah meinen Onkel an, als wolle er seine Absicht prüfen, und erklärte dann, dass es ein Abkommen mit der Evangelischen Kirche in Deutschland gegeben hatte, siebenbürgische Geistliche drei Jahre nicht in den Dienst zu nehmen.

Damit sollte das Fortbestehen der Evangelischen Kirche A.B. in Siebenbürgen gesichert werden.

Für Onkel Georg war diese Maßnahme nichts anderes als eine Bestrafung, da die Pfarrer in Deutschland nicht wussten, wie sie für den Lebensunterhalt ihrer Familien sorgen sollten. Ich erinnerte mich daran, dass auch mein Großvater mütterlicherseits nach der Auswanderung eine Umschulung zum Bürokaufmann absolviert hatte, bevor er von der Landeskirche seine erste Pfarrei zugewiesen bekam.

„Gedacht war diese Maßnahme als Gegenkraft zur Ausreisewelle. Der Bischof wollte seine Leute im Land behalten. Er wusste: Ohne Pfarrer wächst die Bereitschaft in der Gemeinde, zu gehen“, sagte Pfarrer Roth.

Als Onkel Georg antworten wollte, kam von anderer Seite überraschend ein Einwand.

„Wenige Landsleute haben sich klargemacht, was sie aufgeben und was sie sich erhoffen in der neuen Heimat.“ Ein bärtiger Mann zwängte sich unter mehrmaligem Pardon durch die Tür. Er trug eine Brille und ein weißes Einstecktuch am Revers. „Wäre es nicht ratsamer gewesen, Aufklärungsarbeit zu leisten? Die Kirche hätte eine Auseinandersetzung über die Konsequenzen der Auswanderung anstoßen können, statt auf die Abschreckung des Berufsverbots zu setzen.“

Der Mann schien nur ein wenig jünger als Jinni oder Agneta zu sein, doch seine Augen hinter den Brillengläsern waren die eines jungen Mannes. Der Mund verschwand hinter einer imposanten, grauweißen Bartfülle. Er hatte eine jener Stimmen, die das Erzählen liebten. Eine Stimme, die in den Pausen zwischen den Sätzen und Wörtern für den Zuhörer das Gefühl eines fortdauernden Tons erhielt. Man wagte nicht, zu schnell in diese Pausen einzuhaken und das Wort zu ergreifen.

„Die Sachsen hätten nur noch ein, zwei Jahrzehnte die Repressionen im Kommunismus aushalten müssen." Pfarrer Roth saß jetzt aufrecht auf seinem Stuhl. „Dann hätten sie wieder ungehindert ihre Religion ausüben, ihre Traditionen pflegen, reisen können."

„Aber wären wir denn geblieben?" sagte Vater, der sich mit einem Glas Wein zu uns gesellt hatte. „Oder wären doch alle nach dem Zusammenbruch des kommunistischen Regimes in den Westen ausgewandert?"

Eine Weile hing jeder seinen Gedanken nach.

„Nach dem ‚Was wäre wenn' zu fragen ist sinnlos. Wir sollten nach vorn schauen und die Vergangenheit hinter uns lassen", sagte Onkel Georg.

„Das sehe ich anders. Ohne den Blick zurück verlieren wir unsere Identität. Gerade weil sich die siebenbürgisch-sächsische Kultur in Deutschland, wie wir jetzt wissen, nicht ohne weiteres fortführen lässt", entgegnete Vater.

„Ja, denn in der neuen Heimat kennt man uns nicht, werden wir als Ausländer wahrgenommen. Wer weiß im Westen schon etwas über uns?" Onkel Georg sah auffordernd in die Runde.

„Ich finde, es ist zu viel verlangt, dass jeder unsere Geschichte kennen muss. Die Wirren des zwanzigsten Jahrhunderts haben viel Leid verursacht, viele Minderheiten hätten mehr Aufmerksamkeit verdient", sagte Vater mit ungeduldigem Unterton.

Ich warf Julian einen raschen Seitenblick zu. Politische Auseinandersetzungen gehörten bei unseren Familienfesten zur Tagesordnung. Doch der Wortwechsel zwischen Vater und seinem Bruder galt nur vordergründig der Auswanderung, ich wusste, dass sie beide an diesem Tag etwas anderes umtrieb. Julian schien nichts zu bemerken, ich hatte den Eindruck, als würde er es genießen, der Kontroverse zu folgen.

„Ich bin es leid, immer wieder erklären zu müssen, dass ich kein deutschstämmiger Rumäne bin“, sagte Onkel Georg.

„Aber das ist doch nur eine ungenaue sprachliche Bezeichnung.“

„Da bin ich anderer Meinung, Johann. Wenn man den Namen der Dinge nicht kennt, weiß man nicht viel über sie.“ Die Stimme des bärtigen Mannes glitt unwillkürlich ins Sächsische. „Nehmen wir die Natur als Beispiel: Erst wenn man die verschiedenen Sträucher, Blumen und Bäume kennt, wenn man weiß, dies hier ist ein Goldregen, dies ein Hahnenfuß, und das eine Akazie, treten sie aus der Masse hervor und werden sichtbar.“

Ich begann mich zu fragen, wer der Mann war und in welcher Beziehung er zu Agneta gestanden hatte. Er bemerkte, dass ich ihn neugierig musterte, und lächelte mir zu.

„Siebenbürgen kennt kaum jemand, und unseren Akzent können die Leute nicht zuordnen. Ich habe mir angewöhnt, zu sagen, dass ich aus dem Norden Deutschlands komme.“

Onkel Georg ließ nicht ab. So war es immer, wenn er seinen Standpunkt in der Öffentlichkeit vertrat. Doch heute sah Vater ihm dies, wie er es sonst gerne tat, nicht nach.

„Das kann ich beim besten Willen nicht nachvollziehen“, antwortete er. „Wir sind zwar nicht der Mittelpunkt der Welt, aber wir blicken auf eine reiche und bewegte Geschichte zurück – warum sollten wir unsere Herkunft leugnen? Du kannst nicht …"

Es schien, als habe Vater den Faden verloren. Stattdessen sprach der Mann mit dem Bart weiter. An seinem Ringfinger sah ich einen Siegelring mit den Initialen BW.

„Ich stimme dir zu, Johann, wenn Geschichten weitererzählt werden, rückt das Trennende in den Hintergrund. Unsere Geschichte ist gleichzeitig unsere Zukunft."

Die Kirchenglocken schlugen zehn Mal, ein dumpfer, regelmäßiger Klang inmitten der lärmenden Abendgesellschaft. Ich lehnte mich zurück und dachte über die Worte des bärtigen Mannes nach. Waren nicht viele Geschichten imstande, das Trennende zu überwinden? Egal, ob es ein Buch, ein Lied oder ein Bild ist, oft zeugt die fast körperliche Berührung, die sich einstellt, wenn einen ein Kunstwerk anspricht, von jener Nähe. Ob es in einer Beziehung ebenso sein könnte? Ich sah rasch zu Julian, der meinen Blick auffing. Wenn man einander beständig seine Gedanken erzählte, würde dann dieser unendlich weite Weg zwischen zwei Menschen kleiner werden?

Ich fasste den Entschluss, mich an dem Gespräch zu beteiligen, und fragte Pfarrer Roth nach seiner Meinung zu den Gründen der Auswanderung. Der Pfarrer streckte energisch das Kinn vor, eine Geste, mit der er, wie ich inzwischen mutmaßte, eine zeitweilige Unsicherheit verbarg.

„Die Sachsen waren ihre Privilegien und ihre Freiheit gewohnt. Die Enteignung nach dem zweiten Weltkrieg hatte tiefe Narben hinterlassen, es folgte die Deportation durch die Russen – der Kommunismus war dann der Tropfen, der das Fass zum Überlaufen brachte. Vielleicht würden sich heute einige anders entscheiden. Denn es ist absehbar, dass die Auswanderung zur Auflösung der sächsischen Kultur führt."

„Unser Tod wird uns seit vielen Jahren vorhergesagt", sagte der bärtige Mann. „Doch vielleicht leben wir einfach an der Schwelle zu etwas Neuem. Man darf nicht vergessen: Wir hatten schon immer eine bewegte Geschichte. Wie oft mussten die Sachsen ihre Staatsbürgerschaft wechseln! Unsere Urgroßeltern waren österreichische, dann ungarische Staatsbürger. Die Großeltern königlich-rumänisch, die Eltern sozialistisch-rumänisch, aber wie heißt es so schön: Wenn eine Kuh im Pferdestall geboren wird, was ist sie dann?", er hob fragend seine Augenbrauen. „Eine Kuh oder ein Pferd?"

Frau Piringer drängte sich mitten durch die Runde. Geschäftig ging sie von einem Raum zum anderen, balancierte das Kuchentablett, auf dem jetzt frisch geschnittener Nussstrudel lag. Sie schien ihre Rolle als Hausherrin zu genießen.

„Ob Kuh oder Pferd, es ist ganz gleich, wenn sie nur noch im Museum ihren Platz hat. Was zeichnet uns denn noch als Sachsen aus? Unser Zusammenhalt ist fort, unsere Dörfer sind verfallen und von anderen Nationalitäten bevölkert", sagte der Pfarrer.

„Wenn ich ehrlich bin, so ist es mir gleich, was mit den Dörfern passiert. Es ist alles sowieso nicht mehr, wie es einmal war."

Ich kannte Onkel Georgs Einstellung, seine barsche und oftmals auf Provokation zielende Abwertung Siebenbürgens, die er in Gesprächen gerne kund tat. Mir kam am heutigen Abend der Gedanke, dass dies nichts anderes war, als seine Art, mit dem Verlust umzugehen, vielleicht auch mit den Hoffnungen, die er in die neue Heimat gesetzt hatte, und die enttäuscht worden waren.

„Der Fortgang der Sachsen ist eine Tragödie“, entgegnete der Pfarrer. „Ich bedauere vor allem die Alten. Sie haben alles zurückgelassen, leben jetzt in Mietwohnungen und vermissen die Nachbarschaftskontakte. Von denen, die hier geblieben sind, oft die letzten im Dorf, möchte ich gar nicht anfangen. War es nicht unser Gemeinschaftsgefühl, das uns auszeichnete? Ähnlich wie die Familie, waren einem die Nachbarn von Gott als Nächste gegeben. Die Gleichgültigkeit einiger Sachsen will mir nicht in den Kopf. Kann man so schnell vergessen? Woher kommt das?“

„Ich kann nur sagen, wie ich es erfahren habe“, antwortete ich. „Menschen können grausam sein, wenn man sich anders kleidet, einen anderen Akzent hat, irgendwie fremd ist. Da leugnet man schnell seine Herkunft, um akzeptiert zu werden und nicht als Außenseiter dazustehen.“

Vater bedachte mich mit einem erstaunten Blick.

Ich fragte den Pfarrer erneut, und in der Hoffnung, dass nicht allein politische Gründe als Antwort kamen, warum die Sachsen ausgewandert seien.

Der Pfarrer führte den, wie er sagte, am häufigsten genannten Grund an: das Wohlergehen und die Zukunft der Kinder. Der bärtige Mann, den Vater mit Balduin ansprach, ergänzte, dass es wie ein Sog war, der alle erfasste. Man wollte in den Familien zusammenbleiben, zog einer fort, folgten die anderen. Getragen von der Hoffnung, endlich zurück in das ehemalige Mutterland zu kommen, lockte die Reisefreiheit, die medizinische Versorgung und der materielle Wohlstand.

„Wenigen war bewusst", sagte Vater, „dass sie damit eine jahrhundertealte Tradition abschnitten. Doch viele Sachsen versuchen auch in der neuen Heimat ihre Bräuche zu pflegen. Manche haben ihre Häuser wieder gekauft, und kommen über die Sommermonate zurück."

„Sommersachsen", sagte der Pfarrer mit ironischem Unterton.

„Katz wie Mitz!", erwiderte Onkel Georg. „Die Wahrheit ist: Unsre Zeit ist vorbei."

„Ja, die Auswanderung war der Todesstoß für unser kleines Völkchen. Eine Zukunft als Siebenbürger hätt's nur gegeben, wenn wir hier geblieben wären." Der füllige Mann aus der Schnapsrunde hatte sich uns zugewendet. Auf seinen Hosenriemen zeichneten sich Alpenrosen ab, sein kurzärmeliges Hemd war nass geschwitzt.

Jetzt war es Julian, der widersprach. „Die Geschichte der Siebenbürger Sachsen in diesem Land wird nicht so schnell vergessen werden. Inzwischen gibt es viele Rumänen, die sich für die deutsche Kultur interessieren. Ausländische Firmen investieren in diesen Landstrich, eben wegen der Kontakte nach Deutschland. Und was ich aus Deutschland höre, so gibt es viele Jugendliche, die sich zu ihrer siebenbürgischen Herkunft bekennen."

Seine Mutter, eine große Frau mit dunklen Haaren, die gerade am Kuchentisch stand, sah auf. Wir hatten einander nach der Beerdigung begrüßt. Sie machte auf mich einen reservierten und zurückhaltenden Eindruck.

„Geschichte endet nie. Es gibt Geburt und Tod, Wachstum und Verfall, Schöpfung und Zerstörung." Balduin bekräftigte Julians Ansicht. „Alles was entsteht, vergeht auch wieder, und wenn man an etwas festhält, bedeutet das Leid."

„Gleichzeitig kann man die Phase des Verlusts und der Trauer nicht einfach überspringen. Der Abschied einer ganzen Generation von ihrer Heimat braucht Zeit. Spätere Generationen werden es da leichter haben. Sie werden sich an die Eltern und Großeltern erinnern, vielleicht einmal hierher reisen und ihre Wurzeln suchen. Aber auch das wird irgendwann aufhören. Eines Tages sind wir nur noch ein Kapitel in Gottes unendlicher Geschichte."

Der Pfarrer stand auf und verabschiedete sich. Der füllige Mann mit den Hosenträgern wandte sich wieder der Schnapsrunde zu. Es blieben nur noch Julian, Balduin, Vater und Onkel Georg übrig, der aber bald von seiner Frau Karin in Beschlag genommen wurde.

Ich sah es in ihren Gesichtern: Der Bruch mit der achthundertfünfzigjährigen Geschichte hatte Trauer hinterlassen. Bei jedem anders. Onkel Georg verschanzte sich hinter Zorn und bewusster Abkehr. Vaters Wehmut galt der Landschaft, den Farben und den Wegen. Meine Sehnsucht war die um das verlorene Paradies der Kindheit. Balduin und Julian wussten um den Verlust, und sahen doch voller Zuversicht in die Zukunft. So erinnerte sich jeder anders, vermisste anderes. Ich schaute durch die Küche, sah zu den verbliebenen Gästen, wie sie in Grüppchen bei Wein und Schnaps standen, hörte, wie sie sich auf Sächsisch unterhielten, und dachte, dass man seine Heimat niemals verlieren kann. Heimat ist vielleicht dazu da, verlassen zu werden. Heimat ist vielleicht nicht Ziel des Bleibens, sondern Ziel des Gehens. Was bleibt, ist die Frage nach der anderen möglichen Wirklichkeit. Welches Leben liegt unmittelbar neben dem jetzigen? Man schmeckt die Luft, sieht die Landschaft, hört die Geräusche, die irgendwo im Inneren eine Tonspur hinterlassen haben, die man wiedererkennt, wenn man da ist. Aber es gibt kein Zurück, weil es eben nicht nur die Häuser und Straßen und Städte sind, sondern auch die Menschen, die Heimat ausmachen. Ich fühlte, dass diese Gedanken etwas Tröstendes hatten.

„Unsre Städte und Kirchenburgen behüten unsere Geschichte noch viele Jahrhunderte", sagte Balduin. „Doch erzählen können sie nur Menschen. Nicht zu dem Zweck, sich hervorzuheben, sondern mit dem Ziel, Verbindung zu schaffen, damit die Dinge ihren Namen behalten und diese Namen gekannt werden. Erzählungen sind das Sinngefüge, das wir unseren Erfahrungen geben. Wenn Geschichten erzählt werden, wächst die Fähigkeit, die darin enthaltenen Bilder zu erkennen. Dann wächst das Verständnis untereinander, denn jede Geschichte, jede Kultur ist voller Symbole, die auf grundlegende menschliche Sehnsüchte hinweisen."

Er schaute über den Flur zum Blauen Zimmer. „Und diese Sehnsüchte sind unter allen Menschen gleich."

Der Stern

La steaua care-a răsărit
E-o cale-atât d lungă,
Că mii de ani i-au trebuit
Luminii să ne-ajungă.

Poate de mult s-a stins în drum
În depărtări albastre,
Iar raza ei abia acum
Luci vederii noastre.

Icoana stelei ce-a murit
Încet pe cer se suie:
Era pe când nu s-a zărit,
Azi o vedem, şi nu e.

Tot astfel când al nostru dor
Pieri în noapte-adâncă,
Lumina stinsului amor
Ne urmăreşte încă.

„Eminescu hat es mit den Sternen."

Vater sah von seinem Buch auf, legte den Zeigefinger als Lesezeichen hinein und hielt so den Gedichtband halb geschlossen auf seinem Schoß. Seine Augen sahen müde aus, doch seine Haltung war gerade, als bezwänge er dadurch die Anstrengungen der letzten Tage. Sein Weinglas hatte er auf dem Tisch neben dem Sofa mit dem rot-schwarz gewebten Überwurf abgestellt.

„Hier", sagte er und klappte das Buch an einer anderen Stelle auf, „schon im Gedicht *Luceafărul*, beschreibt er die Liebe des Abendsterns zu einer Sterblichen."

Ich saß unter einem Fenster im Roten Zimmer und kühlte mir mit einem Glas Wasser die Stirn. Es kam mir vor, als wäre der heutige Tag der heißeste bislang gewesen. Vater hatte darum gebeten, die Kränze auf Agnetas Grab zu wässern, damit sie nicht schon am ersten Tag nach der Beerdigung verwelkten. Ich hatte, wie jeden Abend, Agnetas Blumen gegossen und im Garten nach dem Rechten gesehen. Mir gefiel die anhaltende Hitze, ich liebte es, schon am Morgen das Gefühl zu haben, man brauche nichts als Luft, um sich zu kleiden, und die Ungezwungenheit des Gartens, in dem ich meinen Tee auf den Treppenstufen im Nachthemd trinken konnte. Den ganzen Tag waren Fenster und Türen offen gestanden, der Wind trug die letzten Gerüche der Abschiedsfeier fort.

Das Rote Zimmer war das kleinste Zimmer der Hauptwohnung. Gleich links neben der Tür stand ein aufgeklappter Sekretär mit einem Schafsfell unter dem dazu gehörenden Stuhl. Die Stirnseite wurde von Agnetas Bibliothek eingenommen. Sie war nicht groß, doch gewissenhaft nach Epochen und Gattungen sortiert. Goethe neben Schiller, Hesse neben Mann und Novalis neben Eichendorff. Viele Gedichtsammlungen, aber auch Biographien sowie Kunst- und Reisebildbände. Zwischen den zwei Fenstern hing eine prunkvolle Pendeluhr und darunter stand eine Vitrine. Eine der Porzellanfiguren hinter Glas zog immer wieder meine Aufmerksamkeit an sich: Eine zierliche Tänzerin, eben in der Drehung begriffen, den Rock im Schwung der Bewegung, elfenbeinfarbene Haut und Hände, dazu langes welliges Haar. Ihre Arme hoben sich in eine Richtung, der Rock wehte in die andere – in dieser Momentaufnahme, in diesem flüchtigen Augenblick, der in Porzellan gegossen war, lag so viel Lebendigkeit, dass man in der Erinnerung unweigerlich nach dem Gefühl des letzten Tanzes suchte.

Ich stand auf und ging zum Diwan neben Vaters Sofa. Hier konnte man in der Winterzeit direkt neben dem Kachelofen liegen, der rechts an die Tür anschloss. Ein eigentümlicher Geruch hing in dem Zimmer, ein Geruch, der sich in den Überwürfen und Decken, zwischen den Holzdielen und Bilderrahmen sammelte. Es roch nach Staub und reifen Äpfeln, nach Federn und Holz, ein Geruch, der das Tagträumen leicht machte und eine Müdigkeit verströmte, die kein Schlaf vertreiben konnte.

Es war nach Mitternacht, als Vater und ich uns am Abend zuvor mit unseren Weingläsern auf die Stufen des Haupteingangs gesetzt hatten. Mein Zungenschlag war schwer, ich stützte den Kopf auf die Knie und sah in den Garten. Vereinzelt brannten noch Fackeln. Einige Glühwürmchen tanzten vor uns. Ich war barfuß, die Schuhe hatte ich ausgezogen, als wir uns nach dem Fortgang der letzten Gäste vor die Eingangstür gesetzt hatten. Es waren Julian, Jinni und Mircea Costin gewesen. Wir begleiteten sie zum Tor und wünschten uns gegenseitig eine gute Nacht. Mircea Costin bedankte sich mit jener angedeuteten Verbeugung, die in dem übergroßen Anzug feierlich und doch unsicher wirkte. Jinni lud mich herzlich ein, sie bald besuchen zu kommen. Der Kuss, den mir Julian zum Abschied gegeben hatte, war ein wenig länger gewesen als bisher. Die Dunkelheit der Straße verschluckte seine Augen ein wenig zu früh. Ich berührte meine Lippen mit den

Fingern und sah über die Hecken zum Blumenbeet. Wie schön Agneta ihren Garten bepflanzt hatte. Rosen und Astern, Sonnenhut und Anemonen sahen aus, als habe sie mit ihnen ein Muster entworfen. Die Rosen schimmerten bläulich und die gestutzten Hecken warfen mondgereifte Schatten auf den Weg zum Schuppen.

„Wieso möchte Onkel Georg das Haus verkaufen?"

Vater nahm einen Schluck aus dem dunkelroten Kristallglas.

„Das ist eine lange Geschichte, Sine."

Die Glühwürmchen stäubten durch die Dunkelheit wie funkelndes Feuer.

„Dann erzähl doch nur den Anfang fürs erste."

Er verengte die Augen und trippelte mit den Fußspitzen auf den Treppenstufen. Ein Glühwürmchen kam uns jetzt so nah, dass es über meinem Weinglas kreiste. Ich blies es sanft mit meinem Atem zurück.

„Georg ist elf Jahre später geboren, ein Jahr nach Vaters Rückkehr aus der Gefangenschaft", sagte er schließlich. „Das war eine andere Zeit als die, in der ich zur Welt kam. Vater war nur noch ein Schatten seiner selbst. Er sprach nie über den Krieg und über die Jahre in Russland. Verbrachte die Abende im Wirtshaus oder flüchtete für Wochen in die Berge. Wie soll ich es meinem Bruder verdenken, dass er keine familiäre Bindung aufbauen konnte? Als Vater starb, war Georg erst zehn."

Er schwenkte gedankenverloren sein Glas. „Und jetzt sag mir, wo der Anfang ist. – Ist es die Zeit, in der sich unsre Eltern kennenlernten? Sind es die Jahre, in denen Mutter allein war, ohne Gewissheit, ob ihr Mann noch lebte? Ist es das, was sie getrennt voneinander erlebten? Sind es die Jahre nach Vaters Heimkehr? Wo ist der Anfang, Sine? Wo soll man anfangen zu erzählen … Jede Geschichte hat ihren Anfang in der Geschichte, die ihr vorangeht."

Vater trank sein Weinglas leer und schenkte uns beiden nach. Man hörte kaum Stimmen und Straßenlärm, nur die Geräusche der umliegenden Natur. Den Ruf einer Eule und Hundebellen, das sich zwischen den Höfen verlor.

„Georg und du, ihr habt so selten Kontakt, das habe ich schon lange bemerkt."

Es war mir aufgefallen, doch ich hatte mich bis zu diesem Zeitpunkt nie nach dem Grund gefragt. Die Familie meines Onkels lebte nur vierzig Kilometer von meinen Eltern entfernt, dennoch blieben die gemeinsamen Treffen auf große Familienfeste beschränkt. Meine Cousins Arist und Fabian, die nur einige Jahre jünger als ich waren, hatte ich fast ganz aus den Augen verloren.

Ich fragte, wie es kam, dass Mircea Costin für einen Sommer hier gelebt hatte, und erfuhr, dass sein Vater, Cornel Costin, ein Industrieller aus Kronstadt gewesen war. Er führte die landesweit größte Fabrik für Gasflaschen und wurde über die Jahre zu einem der wichtigsten Kunden. Die gesamte Baumwolle für die Arbeitskleidung seiner Angestellten wurde von der Färberei Seraphin gefärbt. Den unehelichen Sohn von seiner Mitarbeiterin Dorina, einer jungen Frau aus einfachen Verhältnissen, die in seinem Betrieb am Fließband arbeitete, versuchte er zu verheimlichen. Doch einen Sommer lang brachte sie ihn mit der Bitte zu seinem Vater, er möge einen Luftwechsel für ihn organisieren, denn der kleine Mircea, neben Gasflaschen gezeugt, war mit einer schwachen Lunge auf die Welt gekommen.

„Agneta hatte für diesen Gast harsche Kritik einstecken müssen“, sagte Vater. „Rumänien hatte eine ganze Generation seiner deutschen Staatsbürger in die Sowjetunion deportieren lassen, und sie maßte sich an, ein Kind der Verräter zu beherbergen. Als wir eines Tages mit Mircea zu einer versteckten kirchlichen Versammlung gehen wollten, wurde uns der Einlass verwehrt. Warum sei sie nicht in Russlands Kohlegruben, wie die anderen deutschen Frauen? Geld von den Rumänen nehmen, wie eine Madam allein residieren und dann hier Einlass verlangen, wo andere mit Müh und Not für das tägliche Brot und die Enkelkinder sorgen mussten. Ab dem Tag wurden jeden Sonntag zwei Kerzen im Roten Zimmer angezündet, und wir lasen gemeinsam in der Bibel. Mircea lernte Deutsch, das er bis zum heutigen Tag pflegt, und Agneta ging fortan mit hoch erhobenem Kopf durch die Straßen Michelsbergs.“

„Deswegen sagtest du auf den Feldern, dass sie anders war.“

Vater lächelte.

„Wieso ist Agneta eigentlich von den Deportationen verschont geblieben?“

„Mutter hatte gute Kontakte zu rumänischen Industriellen, wie zu Mirceas Vater. Sie wurde als unabkömmlich erklärt und von den Listen der Russen gestrichen, während etwa ihre ältere Schwester und Jinni mit den anderen nach Russland verschleppt wurden. Ihre Schwester Sigrun ist, wie so viele, dort gestorben.“

Der Pfarrer hatte erzählt, dass im Januar 1945 alle Frauen im Alter von achtzehn bis dreißig und alle Männer von sechzehn bis fünfundvierzig Jahren zur Zwangsarbeit in die Kohlen- und Erzgruben der

Ukraine und des Ural verschleppt worden waren, um Wiederaufbauarbeit nach dem zweiten Weltkrieg zu leisten. Menschen aus anderen Teilen des Landes wurden als Besitzer der deutschen Höfe eingetragen, und die übrigen Sachsen, zumeist Alte und Kinder, in Elendshütten umquartiert. Erst zehn Jahre später, im politischen Tauwetter nach Stalins Tod, bekamen die Sachsen ihre Häuser zurück, doch sie hatten ihr komplettes privates und öffentliches Vermögen verloren. Für den Pfarrer waren Deportation und Enteignung die Hauptgründe, warum die Sachsen den Glauben an eine Zukunft in Rumänien verloren hatten. Er bedauerte, dass in der Öffentlichkeit bis heute nicht über dieses Thema gesprochen wurde.

Wie viel ich heute erfahren hatte – durch meinen Kopf schwammen unaufhörlich einzelne Sätze und die sachte und wiegende Melodie der sächsischen Mundart. Ich begriff, dass nichts, was auf den ersten Blick abwegig und befremdend schien, in Wirklichkeit weit weg war. Es gab so vieles, was man nachempfinden, mitfühlen konnte. Selbst in den Lebensgeschichten, die zeitlich und räumlich entfernt waren, lag Nähe. Alle Anwesenden waren, jeder auf seine Art, weiter mit Agneta verbunden. Vor meinen Augen sah ich Mircea Costin im übergroßen Anzug und dachte an die Dankbarkeit, die er Agneta gegenüber empfand. Ich sah Jinnis bestickte Haube und erinnerte mich, wie sie Agneta gestreichelt hatte, als entferne sie die Schminke auf dem hohlwangigen Gesicht. Ich hörte Balduins Erzählerstimme und dachte daran, wie er über die Sehnsüchte gesprochen hatte, die alle Menschen verbanden. Ich spürte Julians Kuss und erlaubte es mir vorzustellen, wie seine Lippen schmeckten. – An diesem Tag schien alles näher zu rücken. Vielleicht war es der Wein, der meinen Gedanken Flügel gab. Vielleicht war es die Tatsache, dass meine Füße auf Steinen ruhten, die über die Jahre glattgeschliffen waren, und ich das Gefühl hatte, dass selbst die Zeit hier ihre Schuhe abstreifte und barfuß das Haus betrat.

„Sine, es hat mir gefallen, wie du dich am Gespräch in der Küche beteiligt hast. Du hast mehr Erinnerung, mehr Reflexion über das Vergangene, als für mich offensichtlich war."

Lächelnd neigte ich den Kopf an seine Schulter. Wir wiegten uns für einen Moment wie zwei Matrosen auf See.

„Das passiert erst jetzt", antwortete ich stockend und bekämpfte einen beginnenden Schluckauf. „Ich habe vorher nie darüber nachgedacht, was von mir hier ist. Was von uns hier ist und immer bleiben wird. So ist man halb und weiß nicht warum, ja weiß nicht einmal, dass man halb ist."

Die Worte kamen mir so schnell über die Lippen, als hätte ich sie schon den ganzen Tag aussprechen wollen. Ich umfasste meine Zehen und sah zum Himmel. Der Mond hing als halbvolle Sichel über dem Michaelsberg, schaukelte in seinem Bett aus Federwolken. Irgendwo weit hinter dem Dorf, am Silberbach, lag der Halbe Stein. Umrundet von Bergen und Wäldern, ragte er aus der Uferwiese hervor. In seinen Mulden sammelten sich die Gerüche der Nacht. In seinem Schatten schliefen meine Träume.

Ein Krähenschwarm hob sich von den Dächern. Flügelschlagen brandete auf und verebbte. Einige der Straßenlaternen gingen mit einem kurzen Knacken aus. Zwei flirrende Punkte waren noch im Garten zu sehen.

Hinten beim Maisschuppen verloren sich die Glühwürmchen zwischen den Holzplanken. Dann tänzelten sie noch einmal hervor, umkreisten einander und verschwanden schließlich in der Schwärze der Nacht.

Feststimmung und Trauer, Stimmengewirr und Stille wechselten sich von einem Tag auf den nächsten ab. Die Größe des Hauses wirkte wieder bedrohlich, die ungenutzten Zimmer verwaist. Vaters heutige Ruhe überraschte mich. Seit ich am späten Nachmittag aus meinem Zimmer gekommen war, brütete er in der Roten Stube über einem Buch. Als ich ihn nach dem Abendessen durch die angelehnte Tür immer noch dort sah, fragte ich, ob er Gesellschaft wolle. Wir saßen auf den roten Polstermöbeln und beobachteten, wie der Abend ins Zimmer fiel. Es gab nichts zu tun, und Ernüchterung und Übermüdung waren nicht so stark wie das Verlangen, sich einen freien Abend zu stehlen. Vater sprach wenig, sah konzentriert in sein Buch, und nur sein Blick, der immer wieder über die Buchseiten hinweg zum Fenster ging, verriet, dass ihn etwas beschäftigte. Meine Aufmerksamkeit wanderte wahllos von einem Gedanken zum anderen. Immer wieder, beständig und berauschend, der Gedanke an Julian unter dem Kirschbaum und den Abschiedskuss am Tor.

Ich stellte das halbvolle Glas auf den Boden und streckte mich auf dem Diwan aus. An der Wand war ein Tuch befestigt, bestickt mit Sonnenrad- und Eichelmustern aus braunem und rostrotem Garn. An der Zimmerdecke wellte sich die Tapete. Ich hatte eine Position gefunden, in der ich die Müdigkeit meines Körpers nicht spürte, verschränkte die Arme hinter dem Kopf und schloss die Augen.

„Schreibt Eminescu viel über die Liebe?"
„O ja, vor allem über die unerfüllte Liebe. Er suchte das Absolute in der Religion, in der Kunst und, wie die meisten Menschen, in einer erfüllten Liebe"
„Was ist an der Suche nach der Liebe verkehrt?"
„Wenn man anfängt, auf die Liebe zu hoffen, weil man mit ihr einen Schmerz an der Welt betäuben will, kann sie nicht gelingen. Liebe ist ein Geschenk. Wenn man traurig ist und hofft, dass der andere einen glücklich macht, dann wird sich die Liebe in Besitzanspruch, Eifersucht oder Kontrolle äußern. Dann wird sie zu einer Bedürftigkeit, zu einem Klammern."
Zugluft öffnete auf einmal die Tür zum Flur. Frau Piringer stand in der Türschwelle und teilte uns nach einem kurzen, merkwürdigen Zögern mit, dass sie nach Hause gehen werde. Ich tat, als ginge mich das nichts an. Vater stand auf, verabschiedete sie und setzte sich wieder auf das Sofa. Diesmal ans andere Ende, das zu meinem Diwan zeigte.
„Ich sage nur, dass jeder Mensch selbst für sein Glück sorgen sollte. Es liegt nahe, den Partner als Ursache unserer Gefühle anzusehen, und wenn es uns schlecht geht, zu denken, dass es mit einer anderen Liebe besser wird. Aber eigentlich lenkt man nur von dem eigentlichen Problem ab und betäubt sich, indem man sich in eine neue Beziehung stürzt."
Ich starrte an die Decke und dachte an die zaghaften Versuche, die Liebe zu finden. Wie gelingt Vertrauen? Wie hält ein Versprechen? Die Bilder der Liebe beschwören Sicherheit, wo es keine gibt. Die Zeit geht über alles weg, nimmt alles mit sich, als wäre es nie gewesen. Allein der erste Kuss hatte seinen Geschmack nie verloren. Es war der Kuss einer Frau gewesen, eines

dunkelhäutigen Mädchens, in das ich als Jugendliche verliebt gewesen war. Der Kuss schmeckte nach Honig und schwarzem Tee, nach Räucherstäbchen und dem Vanilleduft ihres Haars und war nichts mehr als das lustvolle Ausprobieren unserer Lippen, da dieser Weg zu jener Zeit um ein vieles leichter war als zu einem Mann. Die Erinnerung an diesen Kuss war geblieben. Doch was war mit den Hoffnungen, Enttäuschungen und Wegen, die nirgendwohin geführt hatten? Ich dachte an die vielen Worte, die es braucht, um sich dem anderen hingeben zu können, und an das lange, verletzende Schweigen, wenn man sich wieder trennt. Löste man sich nicht meist aus einer Beziehung, wenn es galt, einander auch seine dunklen Seiten zu offenbaren? Wenn es daran ging, auch Wesenszüge des anderen anzunehmen, die nicht unseren Vorstellungen entsprachen? Spätestens wenn einem bewusst wird, dass man sich zu lange verstellt hat, scheint Trennung die einzige Möglichkeit, sich selbst wieder nah zu sein. Die Bilder der Liebe waren unbewusst und rätselhaft. Sie lagen vor mir wie das Haus mit seinem rechten Winkel und den vielen Zimmern, mit seinen Heimlichkeiten und Widersprüchen.

Ich richtete mich auf und bemerkte, dass Vater mich beobachtet hatte.

„War Agneta mit Großvater eigentlich glücklich?“ fragte ich mit beiläufiger Stimme.

Zwischen Vaters Augen hob sich eine senkrechte Falte.

„Es gibt eine Übersetzung des Sternen-Gedichts von Alexander Benedict, die ich dir vorlesen möchte“, sagte er statt einer Antwort und klappte das Buch auf:

Er ist so weit, ihr wisst es nicht,
Der Stern, der aufgegangen,
Dass Ewigkeiten braucht sein Licht,
Zur Erde zu gelangen.

Vielleicht ist er mit einem Mal
In jener blauen Weite
Erloschen längst, jedoch sein Strahl,
Der leuchtet uns erst heute.

Hinan die ewgen Höhen schwebt
Des toten Sternes Wesen,
Nie sah man ihn, da er gelebt,
Heut strahlt uns, der gewesen.

Wenn unsre Sehnsucht auch versank
Hinab in Nacht und Trübe,
Es folget unsrer Bahn entlang
Das Licht erloschner Liebe.

„Der Stern ist eine Metapher für unsere unerfüllten Sehnsüchte, für geliebte Menschen, die wir verloren haben, nicht wahr?"

„Ja. Der Stern ist die Liebe. Heute am Tag nach Mutters Beerdigung ist er das Wissen, dass in unser aller Erinnerung ein Bild von ihr entsteht. ‚Erloschen längst, jedoch sein Strahl, der leuchtet uns erst heute' heißt es im Gedicht. Kann man etwas erst verstehen, wenn es vergangen ist? Wieso fangen uns die Dinge erst nach einem Ereignis zu leuchten an, wo sie doch bereits die ganze Zeit unserer Bahn, unserem Weg gefolgt sind?"

Eine Weile sagte keiner von uns beiden ein Wort. Auf den Straßen erwachten die Geräusche der Nacht. Die

Schritte der Fußgänger klangen um diese Zeit lauter, das Echo der Autos ferner. Der Kampf zweier Katzen drang vom Marktplatz zu uns herein. Es war grauenvoll anzuhören.

Ich fragte mich, warum ich keine Antworten bekam, immer nur weitere Rätsel. Warum ich mühselig die Spuren von Agnetas Leben zusammensuchen musste, wo ich mich ihr in diesem Haus so nahe fühlte. Wenn ich sie noch einmal sprechen könnte, würde sie mir sagen, was ich wissen wollte? Oder hatte sie mir nicht bereits alles gesagt, was wichtig war? Meine Gedanken drehten sich im Kreis. Ich dachte an meinen Großvater, der nicht mehr zu seiner Musik gefunden hatte. Ich dachte an den fremden Mann unter der Weide auf dem Friedhof und an das Bild, das Vater im letzten Zimmer des Hauses von Agneta malte. Mutters Gesicht tauchte aus meiner Erinnerung auf, ihr Kummer und die Spur Erleichterung, als sie uns verabschiedet hatte. Sie hatte nur gewunken, bis wir auf der Höhe des Spielplatzes waren, dann war sie stehen geblieben, die Arme halb erhoben, als wolle sie etwas freilassen.

Vielleicht war das Schweigen nicht mein Widersacher, vielleicht war die Stille in diesen Tagen wichtig, genauso wie die weißen Stellen auf dem Papier wichtig sind, die unwesentlich erscheinen und doch letzten Endes erst ein Gedicht zum Gedicht machten.

Vater stand auf, um das Fenster zu schließen. Augenblicklich verstummte das Kreischen der Katzen. Ich sah, wie er über den Fensterrahmen strich. Nachdenklich und ein wenig zerstreut. Bevor er etwas malte, erkundete er es zuerst mit den Händen. In unserem letzten Urlaub an der Ostsee hatte er angeschwemmtes Holz, Steine und Muscheln gesammelt, bevor er an die Staffelei ging. Was dann entstand, war nicht nur eine Abbildung des Wassers und der Felsen, es war eine unmittelbare, persönliche Äußerung, eine bewusste und zugleich sich selbst vergessende Geste. Ich bewunderte ihn für dieses Können. Für die Hingabe, die man spüren konnte, in solchen Momenten. Er wusste um die durch jahrelange Studien anerzogenen Regeln und konnte sie doch während des Malens vergessen. Ich hatte den Eindruck, als sei er irgendwann mit etwas so stark in Berührung gekommen, dass diese Berührung reichte, um ein ganzes Leben lang daraus tätig zu sein. Als hätte er einmal etwas begriffen, das ihn nie wieder loslassen konnte. Jeder Kunstschaffende schien dieses Geschenk empfangen zu haben, ebenso den Mut, diese Erfahrung weiter zu geben, mit der unverwechselbaren Perspektive, die allein man selbst schenken kann.

Auch Agneta hatte über die Dinge mit den Händen nachgedacht. Wenn sie etwas beschäftigte, griff sie zu Garn oder Wolle. Dann entstanden Sterngirlanden, Blumenrosetten und gestickte Sinnsprüche. Ihr Blick aber war in sich gekehrt, als würde sie offenen Auges träumen. Als gäbe es rings um sie einen schützenden Kreis, den man nicht überschreiten konnte. Während meines Studiums hatte ich bemerkt, dass ich auf dieselbe Art mit Texten umging. Der magische Kreis zog sich wie von selbst auf, wenn ich etwas las. Dann verflogen alle Gedanken, alles rückte fort, als gäbe es nicht einmal den Stuhl, auf dem ich saß. Der Körper vergaß sich. Und in diesem Vergessen lag etwas so Befreiendes, dass ich es immer dann aufsuchte, wenn mir etwas schwer zu werden begann. In diesem Kreis konnte man denken, ohne zu urteilen, sprechen, ohne sich festzulegen, anschauen, ohne etwas zu entscheiden. Ein gutes Buch hob jede Begrenzung auf. Ebenso das Blinken des Cursors auf dem Monitor. In diesem Aufflackern waren wie in einem Keim alle denkbaren Worte, alle Sätze und Gedanken verborgen. Es lag keine Richtung, kein Wegweiser darin, keine Vorgabe, wie das Malmaterial es dem Kunstschaffenden gab. Mit Pastellkreide sahen Gegenstände anders aus als mit Kohlestiften. Wasserfarben verteilten sich anders auf dem Papier als Ölfarben, und Pinsel gaben der Hand eine andere Richtung als Bleistifte. Der schlichte flackernde Balken auf dem Bildschirm jedoch erzählte nicht. Ich liebte diese Unbestimmtheit, bevor die Worte aufs Papier flossen. Und ich wusste, dass Agneta die Handarbeit so geliebt hatte, weil es darin diese Versunkenheit gab, diese Besinnung, aus der alles entstehen konnte. Wie gern hatte ich ihr als Kind zugesehen. Im monotonen Nadelklappern unzähliger Nachmittage hatte ich das Träumen gelernt. Später, als ich größer war und sie uns in Deutschland besuchte, hatte sie mir das Sticken beigebracht. Ob ich es wohl noch konnte?

Ich erinnerte mich an einen Moment während unserer Anreise. Es war vor Sonnenaufgang, die zweispurige Straße dennoch voller Autos und Lastwagen. Vater setzte den Blinker und fuhr ab. Auf der Nebenstraße musste er einen Pferdewagen überholen, und ich beobachtete im Rückspiegel, wie Kutscher und Pferde in einer Staubwolke verschwanden. Als ich wieder durch die Windschutzscheibe sah, hielt ich überrascht inne. Was meine Aufmerksamkeit fesselte, waren die spärlichen Schneepunkte auf dem Gebirge. In 2500 Metern Höhe schienen sie wie verlorene Wolken über der Erde zu schweben. Was diese Täuschung entstehen ließ, war die unfassbare Einsamkeit. Soweit das Auge reichte, war kein Dorf, keine Stadt zu entdecken. Nur die schneebedeckten Berggipfel leuchteten, gleichsam abgeschnitten vom Rest der Welt, und teilten den Horizont wie eine riesenhafte glänzende Klinge. Hier sind die Bilder anders, dachte ich auf jener Fahrt, und spürte, wie ich es jetzt wieder tat, eine unbändige Lust, sie einzufangen. Das Sternenlicht aus Eminescus Gedicht war hier nicht nur Schwärze auf dem weißen Grund des Papiers – hier war es Wirklichkeit.

Ich nahm das Glas Wasser vom Boden und trank es in einem Zug leer. Der Mond breitete seinen silbergrauen Mantel über die Dächer des Dorfes. Sterne besprenkelten den Himmel, verteilten sich ebenmäßig im Fensterrahmen, als wären sie eigens für dieses Rechteck über den Himmel gestreut. In diesem Licht sah das Zimmer aus, als wäre es bereits sich selbst überlassen und wir die letzten Gäste auf lange Zeit. Die roten Decken und Polster wirkten aschengrau. Die Vitrine mit den Porzellanfiguren schien von innen zu leuchten. Es war, als könne ich die Knochen der Tänzerin sehen. Als hätte der unbarmherzige Verfall des Hauses eingesetzt, jetzt, da Agneta nie wieder über diese Schwelle gehen würde.

Vater zog seinen Skizzenblock hervor und begann die Szene im Fensterrahmen festzuhalten. Langsam, ohne von seiner Zeichnung aufzusehen, sagte er: „Eminescus Idee von der Liebe als himmlischem Funken kommt aus dem orthodoxen rumänischen Volksglauben. Dort heißt es, dass dieses Feuer in unserem Herzen uns erst zu Menschen macht, sonst wären wir leblose Materie. Ist das nicht ein wunderschöner Gedanke? Nach einer alten religiösen Lehre ist das

Schicksal der Menschen eng mit der Sternenwelt verbunden. Wenn der Mensch stirbt, erlischt auch sein Stern. Aber es kann auch umgekehrt sein. Wenn der Stern in den Tiefen des Weltalls untergeht, dann muss auch das Menschenleben enden."

„Irgendwie tröstlich, finde ich."

„Was?", fragte Vater.

„Dass selbst die Sterne, wie die Menschen, vergehen müssen."

Im Tannenwald

Am Sonntag nach der Beerdigung fuhr ich mit Julian in die Berge. Er hatte sich einen Wagen geliehen und schon früh am Morgen vor unserem Haus auf mich gewartet. Ich bat ihn, zunächst die Straße zum Friedhof zu nehmen. Er hielt vor dem Brunnen am Tor. Wir gingen schweigend zu Agnetas Grab. Die Kränze, noch nass vom Morgennebel, bedeckten die aufgeschüttete Erde. Inzwischen war es hell geworden, zarte Pastelltöne legten sich mit der aufgehenden Sonne auf die Berge. Onkel Georg war abgereist, ohne einen weiteren Besuch in Agnetas Haus, ohne ein weiteres Wort an Vater. Sie waren sich uneins, was mit dem Haus geschehen sollte. Ich sah auf die braune, lockere Erde und die langsam trocknenden Kränze und äußerte einen stillen Wunsch. Dann zog ich die Schleifen glatt, suchte eine der schönsten Rosen und zog sie vorsichtig aus dem Kranz der Enkelkinder.

Wir verließen die Hermannstädter Region und näherten uns in wenigen Stunden den höchsten Bergen der Südkarpaten, dem Fogarascher Gebirgsmassiv. Julian hatte einen Ausgangspunkt für uns gewählt, von dem wir zum Bulea-Gletschersee wandern würden. Ich sah auf die sich stetig verändernde Landschaft vor den Wagenfenstern. Steile Serpentinen ließen die Städte und Dörfer schnell kleiner werden. Die vielen Ortschaften, mit ihren gleichfarbigen Ziegeldächern, den langgestreckten Bauernhöfen und den symmetrischen Straßenläufen sahen aus wie gewellter Sand am Meeresboden. Wie kostbares angeschwemmtes Strandgut, die Kirchenburgen mit ihren kreisrunden Mauern. Die

Rose hatte ich in ein Buch eingelegt. Das nasse Violett löste die Druckerschwärze aus den Seiten. Ich wollte etwas bei mir haben, was dem genau bemessenen Platz seinen Schrecken nahm, der jetzt Agnetas Körper zugewiesen war.

Wir hielten auf einem Parkplatz. Die Fahrt war vergangen, ohne dass sich mehr als kurze Gespräche zwischen uns entwickelt hätten. Julian wies mich auf Sehenswürdigkeiten hin, wir sprachen über unser Reiseziel, über den Zustand der Straßen und den säumigen Herbst. Die Luft war frisch und deutlich kühler als unten in der Zibinsebene. Julian schlug, nach dem Studium der gefalteten Wegkarte und der Beratung mit einem Mann, der auf seiner Motorhaube Getränke feilbot, einen Pfad durch den angrenzenden Tannenwald ein. Der Waldboden verschluckte unsere Schritte. Verzweigtes Wurzelwerk fasste den Weg ein, und ich musste aufpassen, dass ich nicht stolperte. Als wir den Wald hinter uns ließen, blieb ich stehen und schaute ins Tal. Es war ein kristallklarer Morgen, der mit seinen zarten Blautönen alles umfing, Täler, Himmel und Berge.

Die Natur war in unserer Familie ein immerwährender Begleiter. Sie sah uns aus alten, verzierten Rahmen zu, füllte unzählige Leinwände, manchmal zart aufgetragen und mit seidenmattem Firnis überzogen, manchmal sperrig und zäh, aus dicken Tuben direkt aufs Leinen verteilt. Hier als kobaltblaues Wellenspiel, dort als lehmbraune Erdlandschaft oder in schnell hingeworfenen Bleistiftstrichen. Im Sommer hatte Vater nur Wolken gemalt. Er experimentierte mit Salz und Aquarellfarben, die er auf feuchtes Papier auftrug. Wenn man das angetrocknete Salz entfernte, blieben filigrane kristalline Strukturen zurück. Wie mochte sich Mutter neben einem Mann fühlen, der alles um sich vergaß, wenn ihn eine neue Leidenschaft erfasst hatte?

„Die Berge sind herrlich, nicht wahr?“, unterbrach Julian meine Gedanken.

Ich nickte und ging den steilen Pfad weiter. Auf den Weg konzentriert, verlor ich mich allmählich im gleichförmigen Takt unserer Schritte. Der Pfad wurde breiter, die Berggipfel verschwanden hinter satten Wiesen. Wir kamen an einer Hütte vorbei. Ein Mann saß auf einer Holzbank, die, von der Witterung ausgebleicht, wie versteinert wirkte. Durch die Tür sah ich eine Frau *Palåkes*, den traditionellen Maisbrei, zubereiten. Zahlreiche Pfannen und Töpfe hingen wie Wandschmuck in der Küche. Hinter dem Haus, auf einer umzäunten Weide, grasten Schafe.

Der Mann stützte den Oberkörper auf einen Stock und begrüßte uns: „*Bună ziua.*“

Julian blieb stehen und fing eine Unterhaltung an. Ich verstand nicht, worüber sie sprachen, vielleicht über das Wetter oder über das heutige Befinden, es war gleich. Ich hatte schon öfter beobachtet, wie wichtig, fast zeremoniell in Siebenbürgen der Austausch zwischen Fremden betrieben wurde. Es war unhöflich, an jemandem wortlos vorbeizugehen. Besonders auf dem Dorf gehörte es zum Protokoll, stehenzubleiben, um miteinander zu plaudern. Dabei wurde häufig gelächelt und genickt, die Männer führten die Hand zum Gruß an Hut oder Mütze, die Frauen wiegten den Kopf, als würden sie etwas bedauern oder sich an etwas erinnern. Ich hatte noch nicht herausgefunden, was das Geheimnis jener Unterhaltungen war, was es ihnen erlaubte, niemals auszuufern oder lästig zu werden, sondern immer gerade so lange zu dauern, wie man seinen Weg unterbrechen mochte.

Julian war in seinem Element. Er wies zum Berg, dann zum Parkplatz, schnalzte mit der Zunge und zuckte mit den Schultern. Offensichtlich gab er dem Mann bei irgendetwas Recht und sie schienen sich einvernehmlich über etwas zu mokieren. Der Alte schüttelte kritisierend den Kopf, machte eine Handbewegung, als ob er etwas wegwischte, hob dann das Ende seines Stocks und zeichnete einen Strich in den Sand. Das war das Zeichen. Jetzt verabschiedeten sie sich. Ich lächelte, und der Mann erwiderte meinen Gruß mit zahnlosem Mund.

„Das war einer der wenigen Schafhirten, die noch hier oben in den Bergen leben", sagte Julian, als wir die Hütte hinter uns gelassen hatten. „Meistens werden Kühe hier hoch getrieben, sie brauchen allerdings keine Aufsicht. Am Abend laufen sie zurück ins Dorf, und jede Kuh biegt in die jeweilige Hofeinfahrt hinein und geht in ihren Stall."

Ich lächelte bei dem Gedanken an die Kühe, die ihre Hausnummer kannten. Dann entdeckte ich etwas abseits, an einen Hang gebaut, mehrere Holzhütten, die unbewohnt und leer schienen. Als ich Julian nach ihrem Zweck befragte, antwortete er: „Ich glaube, es waren Ferienhütten, doch irgendwann kamen keine Besucher mehr, und nun lässt man sie verfallen."

„Wenn alle hier so reisefreudig sind wie du, kein Wunder."

Er ging voraus. Ich bereute noch im selben Moment, dass ich dem Einfall nachgegeben hatte. Meine nachlässige Bemerkung hatte ihn getroffen. Rasch, und um es wieder gutzumachen, erkundigte ich mich nach seiner

Schwester. Ich wusste immer noch nicht viel über ihn. Manchmal schien es mir, als hätte ich einen vertrauten Freund an meiner Seite. Und doch konnten wir nicht einfach dort anknüpfen, wo wir uns aus den Augen verloren hatten.

Er sagte, dass er sie nicht mehr so oft sehe, seit sie in Mediasch wohne.

„Wo ist dein Vater?“, fragte ich.

Er zuckte mit den Schultern.

„Wann hat er euch verlassen?“, fragte ich, trotz der Gefahr, jetzt zu viel zu fragen.

„Zwei Jahre nach eurer Auswanderung.“

„Dann warst du zwölf“, unterbrach ich ihn, „und wenn deine Schwester sechzehn ist, dann …“

„Du hast es erfasst“, sagte er. „Ein Jahr nach Vaters Auszug hatte Mutter eine Liebschaft.“

„Verzeih mir, Julian“, sagte ich und blieb stehen. „Ich wollte nicht …“

„Ist schon gut. Ich bin froh um meine Schwester. Ich hoffe nur, dass ich für sie sorgen kann.“

Ich erfuhr, dass Julians Mutter im Michelsberger Elimheim aushalf, da der Ertrag des Bauernhofs nicht zum Leben reichte. Ich meinte herauszuhören, dass sie seinen Wunsch, Geschichte zu studieren, nicht unterstützte, und Julian nicht wusste, wie er sich seinen Traum erfüllen konnte. Mich beschlich ein trostloses Gefühl, als ich hörte, wie viel Verantwortung er tragen musste. Er hatte sich in seine Rolle als Mitversorger der Familie hineingefunden. Vielleicht hatte er vorgehabt, Michelsberg zu verlassen, und hätte längst studiert. Ich suchte Bitterkeit in seinen Augen und fand nur eine Spur Entsagung, als habe er einen heimlichen Pakt mit sich selbst geschlossen. Wie viel Kraft er ausstrahlte –

ich hingegen hatte nicht einmal den Mut gefunden, eine längst fällige Entscheidung zu treffen.

„An den unüberschaubaren Möglichkeiten liegt's", war Mutters Erklärung gewesen. „Sich für etwas zu entscheiden bedeutet, all die anderen Möglichkeiten auszuschließen."

Vor der unvorhergesehenen Fahrt nach Rumänien, an Großvaters Geburtstag, hatte die versammelte Familie einmal wieder meine Berufsfindung diskutiert. Der Wohnzimmertisch meiner Großeltern stand voller Marmeladenkrapfen und Gitterkuchen. Ich richtete den Blick beharrlich und betont uninteressiert auf das Stillleben über der Couch. Mutter nestelte an den Fransen des Tischtuchs. Es beunruhigte sie, dass ich seit meinem Studienabschluss wieder zu Hause wohnte. Sie konnte ich nicht mit meiner Gleichgültigkeit täuschen. So sehr ich es auch nach außen zu verbergen suchte: Ich hatte Angst. Es war, einmal mehr, eine Pause in meinem Leben eingetreten. Ich hatte keine Vorstellung von der Zukunft und das Gefühl, nirgendwohin zu gehören.

Nur Vater war unbesorgt. Er sah mich aufmunternd an, beugte sich über den Tisch und hortete gleich mehrere Krapfen auf seinem Teller. Er schien grenzenloses Zutrauen in mich zu haben. Sein Gleichmut in diesen Dingen hatte mir immer viel Kraft gegeben. Es war, als ob nichts, was ich tat oder unterließ, ihn enttäuschen konnte. Doch in diesen Wochen konnten weder Mutters Sorge noch Vaters Optimismus einen Weg zu mir finden.

Es sei wider die Natur, so lange untätig zu bleiben, immer nur zu spintisieren, wer wisse, ob das nicht als Charakterzug bleiben könne, hatte Frieda-Oma in ihrer gewohnt kühlen und präzisen Art zu bedenken gegeben. Meine Lethargie sei jedoch nicht allein meine Schuld und nähme nicht wunder, das sei ja Mode unter der Jugend hier im Westen. Vater unterbrach ihre Ausführungen, sagte, dass ich noch Zeit hätte, einen Beruf zu finden, und verlangte nach dem Wein, den Großvater aus den Trauben seines Schrebergartens gekeltert hatte.

Die kleine Wohnung, die meine Großeltern, nachdem sie in Rente gegangen waren, bezogen hatten, war bis in jeden Winkel ausgefüllt. Überall sah man Bücher, Ordner und zierliches Geschirr ‚zum Schönstehen'. Zeitlebens hatten sie in stattlichen Pfarrhäusern gewohnt, doch ihre jetzige Mietwohnung glich einem Trödelladen. Mutter schüttelte angesichts des Chaos jedes Mal den Kopf. Großvater war ein leidenschaftlicher und ausdauernder Sammler. Unter seinen Büchern fanden sich Kuriositäten wie ein siebenbürgisches Pfarrer-Lexikon und Karteikarten, auf denen alle Hermannstädter Familien nach den Straßen sortiert wurden, in denen sie gewohnt hatten. Je älter er wurde, desto zahlreicher wurden die Erinnerungsstücke, die er um sich herum versammelte. Er trug sie auf Flohmärkten zusammen, durchsuchte die Zeitung nach Haushaltsauflösungen und machte, obwohl er im Ruhestand war, Geburtstagsbesuche in seiner letzten Gemeinde. Vielleicht versuchte er dadurch die Geschichtslosigkeit der Drei-Zimmer-Wohnung zu bemänteln, in die er mit seiner Frau gezogen war. Und manchmal kam es mir vor, als brauche er seine Sammelwut, um sich abzugrenzen.

Frieda-Oma war schon ihr halbes Leben eine strenge alte Dame gewesen. Ihre Art zu sprechen war außergewöhnlich, klug und selbstgefällig zugleich. Sie wirkte bisweilen gefühlskalt, selbst innerhalb der Familie überwog angesichts ihrer Äußerungen oft Irritation vor Wohlwollen. Ihr Lieblingsbuch war Ludwig Reiners „Stilkunst", das auf dem Tisch neben ihrem Lesesessel seinen angestammten Platz hatte. Wie eine Devotionalie thronte es auf dem kunstvoll gewebten Deckchen, um keinen Millimeter verrückt, es sei denn, es lag in ihrem Schoß oder in ihren andächtigen Händen. Stundenlang las sie im Schein der Leselampe, ihr Haar zu einem lockeren Dutt auf der Kopfmitte hochgesteckt, und mahnte die Familie zu besserem Deutsch. „Dein Zeitwort hinkt nach!", hatte man vorhin etwa ihre Stimme aus der Küche gehört. Großvater saß im Wohnzimmer, schüttelte den Kopf und verdrehte die Augen. Als hätte sie die Gabe, durch Wände zu sehen, hörten wir: „Du musst den Kopf nicht schütteln, es ist leichter, Stillaster abzulegen, als Stiltugenden zu erlernen, lieber Wolfgang." Sie zitierte Reiners und parierte so Großvaters ausdauernde, aber duldsame Kritik an ihrer ewigen Nörgelei.

Die beiden führten einen stillen Krieg. Zeichen dafür war Frieda-Omas ‚Kopfweh-Tuch'. Ein dunkelrotes Seidentuch, das sie immer dann um die Stirn band, wenn sie der Kopfschmerz übermannte. Setzte sich mein Opa über dieses Zeichen hinweg, ärgerte sie mit seinem *Kucheldeutsch*, und schenkte ihr mit dem Stirnband nicht genug Aufmerksamkeit, klang die Schelte durch die Wohnung: *„Te måchst mich gånz katholesch!"* An solchen Tagen saß sie kerzengerade, als würde sie ein Buch auf dem Kopf balancieren, im Ohrensessel, und blätterte im „Bildwörterbuch der deutschen Sprache", in dem man anhand zahlreicher

Abbildungen seinen Wortschatz schulen konnte. Wer hätte sonst eine Strohschütte von einer Krippe unterscheiden können? Frieda-Oma konnte es, und sie wusste zwanzig Wörter für das, was Wasser außer ‚fließen' noch tat.

Ich war bei dem Gespräch über meine berufliche Zukunft immer stiller geworden und hatte mir sehnlichst gewünscht, nicht mehr im Zentrum der Aufmerksamkeit zu stehen. Mein lieber Großvater, mit seinem weißen, nach hinten gekämmten Haar und dem sorgfältig rasierten Gesicht, sagte mitfühlend: „Bist du müde, Sine, willst du ausrasten?"

Vater verschluckte sich fast an seinem Krapfen.

„Du meinst ‚ausruhen', Tata", Mutter wischte sich Lachtränen aus den Augen. Ich stimmte bereitwillig ins Gelächter ein. Ob jemand ahnte, wie sehr der dialektgefärbte Ausspruch meiner Stimmung entsprach? Ich sah dankbar zu meinem Großvater und war froh, als endlich ein anderes Thema angeschnitten wurde.

Zwei Wochen später sollte Großvater einen Herzinfarkt erleiden, und Mutter würde nicht mit uns nach Rumänien fahren können. Selbst die Dinge, die in naher Zukunft vor einem liegen, so nah, dass man sie eigentlich spüren müsste, waren doch auf beunruhigende Weise nicht einsichtig.

„Weißt du eigentlich", richtete ich das Wort an Julian, „auf wie viele sprachliche Feinheiten man in Deutschland achten muss, wenn man den siebenbürgischen Dialekt gewöhnt ist?" Ich war immer noch bemüht, ihn nach unserem vorherigen Gespräch aufzuheitern. „Es gibt eine Anekdote, in der eine siebenbürgische Frau an den Schalter einer deutschen Bank geht und sagt: ‚Ich möchte gerne Geld gewinnen.' Der

Bankangestellte empfiehlt ihr höflich, eine Lottoannahmestelle aufzusuchen." Ich ergänzte, da ich sah, dass Julian mir nicht folgen konnte: „In Deutschland heißt es ‚abheben', und nicht ‚gewinnen', wenn man Geld von seinem Konto haben will."

„Wie rasch gewöhnt man sich an diese sprachlichen Unterschiede?"

„Es war nicht einfach", sagte ich nachdenklich. „Doch man lernt schnell."

Für Frieda-Oma jedoch, die schon alt und daran gewöhnt war, sich präzise und verständlich auszudrücken, die dafür bekannt war, dass ihre Sätze wie durch Wetzsteine geschärft auf die Ohren ihrer Zuhörer trafen, war es schwer zu akzeptieren, dass es in Deutschland anders sein sollte. Als meine Großeltern zum ersten Mal in einem deutschen Supermarkt eine Nektarine entdeckt hatten, sagte sie überrascht: ‚Schau mal, Wolfgang, hier gibt es Pfirsiche ohne Haare.' Eines musste man ihr lassen: Sie hatte in all der anfänglichen sprachlichen Verzweiflung ihren Humor nicht verloren.

„Erzählst du mir heute von deiner ersten Zeit in Deutschland?" Julian reichte mir die Hand, um mir über einen Spalt zu helfen.

Mitten in der Bewegung hielt ich inne. Seine Hand griff ins Leere. Eine vage Erinnerung regte sich. Der Horizont verschwand, ebenso die von Geröll durchzogenen Wiesen, und vor meinen Augen tauchte ein Tannenwald auf. Ein Mädchen saß unter den Tannen, wie in einer dunklen, verborgenen Höhle, inmitten lärmender Straßen und Hochhäuser und öffnete seine Hände …

Meine Knie wurden weich, als hätte jemand von hinten dagegen geschlagen. Etwas verspätet nahm ich

Julians Hand und kletterte über den Spalt. Wir überwanden einen letzten, kurzen Anstieg und erreichten unser Ziel. Ich blieb gebannt stehen. Das undurchdringliche Blaugrün eines Gletschersees lag vor uns. Die Berge umrundeten ihn im Halbkreis, eine einzelne Wolke hob sich fast senkrecht über der spiegelglatten Oberfläche in die Luft. Büschelweise lila Enzian und Silberdisteln, soweit das Auge reichte. Vereinzeltes Geröll lag übers Gras verstreut, das nicht wie in Michelsberg verdorrt und ausgebleicht die Erde bedeckte, sondern hellgrün leuchtete. Ich hatte mehr noch als unten in der transsilvanischen Ebene das Gefühl, der Herbst habe sich zwischen den Jahreszeiten verloren.

Ich ging zum Seeufer und beugte mich übers Wasser. Meine Haare fielen nach vorne. Die zahlreichen Sommersprossen waren im spiegelnden Wasser nicht zu sehen. Dafür die hellen Augen und der Mund mit der Unterlippe, die etwas größer als die obere war. Meine Kette aus Bernstein baumelte nach vorn. Kreisrunde Wellen breiteten sich aus. Julians Spiegelbild erschien neben meinem.

„Sine?"

Ich spürte seine Hand. Eine feste, weiche Hand. Ich betrachtete aufmerksam sein Gesicht im Wasser, seine vollen Lippen und Augenbrauen, das kluge, sinnliche Lächeln. Wie schön er war. Ich wusste nicht, woher diese Schönheit kam. Es lag etwas Unberührtes darin, aber auch Entbehrung und Stolz. Bereits als Kind hatte er diese Augen, allein damals waren sie mir nicht so fremd gewesen, und ihnen hatte die Ungeduld und der Spott gefehlt, die jetzt ab und zu in seinem Blick aufflackerten. – Wie mochte ich auf ihn wirken nach all den Jahren? Früher war ich diejenige gewesen, die uns zu neuen Streichen verleitet hatte, waghalsig, manchmal blindlings begeistert von einer Idee. Ich wusste, dass er es gemocht hatte, wenn ich Geschichten erfand, wenn ich ihn so tief in ein ausgedachtes Abenteuer verstrickte, dass er zuletzt nachgeben und den Streich mitmachen musste. Und im Gegenzug wusste er, dass mir seine Besonnenheit gut tat und dass ich im Zweifel auf ihn hörte. Seine Narbe, dieser feine Strich über seiner Augenbraue, hatte er meinem Übermut zu verdanken. Er wäre nicht in die Dämmerung des Glockenturms hinaufgestiegen, höher und höher, und er hätte nie die Glocken läuten wollen. Jetzt sah ich es ganz deutlich: Ich war es, die sie läutete, und nicht er und auch nicht wir beide, wie mir meine Erinnerung weismachen wollte. Ich umfasste seine Hand. Wie sehr hatte ich ihn vermisst. Wir hatten einander nicht Lebewohl sagen können. Aber wie auch? Wir hätten uns ebenso verabschiedet, als gälte es, die Wochen bis zu den nächsten Ferien zu überbrücken, denn was wussten Kinder schon über eine Trennung.

„Sine?", wiederholte er.

Mir wurde bewusst, dass wir unsere Hände hielten. Rasch drehte ich mich um und ließ seine Hand los. Die Passstraße, die über das Gebirge ins südlich gelegene Muntenien führte, verlief in der Nähe. Ich bat Julian, mich zu begleiten. Am Straßenrand sammelten sich Händler und boten gekochte Maiskolben und Baumkuchen mit karamellisierter Zuckerglasur an. Manche Wagen sahen aus, als hätten sie den Weg nur unter Mühen geschafft und als wären sie ohne erkennbare Ordnung stehengeblieben. Etliche betagte VW-Busse in Orange und Grün, rollende Warenlager, parkten am

Straßenrand. An Wäscheleinen, die zwischen die Fahrzeuge gespannt waren, hingen traditionelle rumänische Trachtenhemden. An den Ständen wurden handgetöpfertes Geschirr, Schmuck, geflochtene Weidenkörbe und Möbel verkauft, dazwischen Touristenartikel wie Dracula-Tassen oder Vampir-T-Shirts.

An jedem Stand wurden wir angesprochen, Julian musste die angepriesene Ware immer wieder entschieden zurückweisen. Es zog mich zu den bestickten Trachtenhemden. Sie waren aus weißem, halb transparentem Stoff gefertigt und konnten an Hals und Ärmeln durch Kordeln verstellt werden. Ich entdeckte eines, das, untypisch für die schlichten Hemden, unterhalb der Brust gerafft war. Weiße Stickereien liefen als Kreuzmuster zweireihig über den Stoff. Sofort bestürmte mich eine Frau, um meine Wahl zu bekräftigen. Sie hielt mir das Hemd hin, strich über den Stoff und lobte die Stickereien. Dann wies sie auf mich und sagte: *„Frumos, frumos.“* Ihr Lächeln entblößte golddurchsetzte Zähne. Als ich bejahend nickte, fing Julian an zu handeln. Nach einem kurzen Schlagabtausch hatten sie sich geeinigt. Ich bezahlte und bekam mein Hemd in einer Plastiktüte überreicht. Die Frau bedankte sich noch mit lauter Stimme, als wir schon über die halbe Wiese zurückgegangen waren.

„Du hast es ja gar nicht anprobiert“, sagte Julian.

„Ich weiß auch so, dass es mir passt“, antwortete ich mit einem Lächeln.

Wir breiteten eine Decke am Ufer des Bergsees aus. Ich legte mich auf den Rücken und schloss die Augen unter der warmen Mittagssonne. Die Geschäftigkeit der Passstraße verebbte, und zurück blieb jene sirrende, klangvolle Ruhe, die es nur in den Bergen gab. Die Luft war kühl, doch die Wärme sammelte sich am Seeufer wie in einem Bassin. Julian hatte sich ebenfalls auf der Decke ausgestreckt. Ich folgte seinem Atem und blinzelte kurz über den tiefblauen See. Wenn man lange auf so eine Landschaft schaute, dann war es, als würde die Natur einem etwas von ihrer Stärke gewähren.

In der Zeit im Übergangswohnheim hatte ich einen Lieblingsplatz: Vor den Balkonen, die wie eine Reihe vertäuter Ruderboote aussahen, und der Straße, die in die Innenstadt führte, waren Tannen gepflanzt. Kaum mehr als ein Streifen Grün, durchsetzt von Brombeersträuchern und Gestrüpp, war dieser Ort für mich ebenso groß und dicht wie ein Wald.

Damals kam ich oft mit einem Gefühl bleierner Schwere von der Schule, legte mich auf das Hochbett, froh, dass meine Eltern später nach Hause kamen. Der Kühlschrank unter dem Fenstersims summte monoton, ansonsten war es sehr still in dem Zimmer mit den drei Betten, dem Esstisch und der Schrankwand. Ich trat auf den Balkon und sah zu den Bäumen, deren Schatten wie Zugbrücken zum Wohnheim fielen. Meine liebste Hörspielkassette war in jenen Tagen das Märchen ‚Sterntaler'. Das kleine Mädchen, das ihr letztes Hab und Gut an Fremde verschenkte, ging mir nicht aus dem Sinn. Um ihr näher zu sein, nahm ich den Pfad zum Wald, zuerst gebückt an Hagebuttensträuchern vorbei, dann auf Knien weiter bis zu den Tannen. Kaum einige Schritte ins Dickicht getan, fühlte ich mich, als gäbe es keine Häuser, Balkone und Straßen, die diesen Streifen begrenzten. Ich kroch bis zur Mitte, Tannennadeln klebten an meinen Knien und hinterließen rote Vertiefungen, die man mit geschlossenen Augen nachfahren konnte. Über mir verloren sich die Äste in ein immer dunkler werdendes Grün. Der Nachtwald des Sternenmädchens hatte sich darin verfangen. Es lag etwas von jener Verschwiegenheit in der Luft, wenn die Bäume jedes Geräusch verschlucken und alles wie durch einen dicken Teppich gedämpft geschieht. Das Wohnheim mit seinen engen Zimmern, langen Fluren und fensterlosen Bädern rückte fort. Die Sträucher und Bäume schirmten meinen Platz nicht nur vor fremden Blicken ab, sondern vor der ganzen Welt, so kam es mir damals vor.

Mitten im Schuljahr war ich in die dritte Klasse der Grundschule gekommen. An jenem Montagmorgen, an dem der Rektor mich mit den Worten „unsere neue Mitschülerin aus Rumänien" in die Klasse begleitete, hatten fünfundzwanzig Augenpaare aufmerksam verfolgt, wie ich zu dem mir zugewiesenen Platz ging. Ich fürchtete mich vor dem Unterricht. Schon in Siebenbürgen war ich nicht gern zur Schule gegangen. Mutter erzählte manchmal von meinem ersten Schultag, an dem ich als einzige weinend zwischen den anderen Kindern vor der Grundschule in Hermannstadt auf den Einlass gewartet hatte. Alle in vorgeschriebener blau-weißer Uniform, die Mädchen mit weißem Haarband und geflochtenen Zöpfen. Jeden Morgen gab es Turnübungen auf dem Pausenhof, und in der Klasse sprach man nur, wenn man aufgerufen wurde, es sei denn, man wollte eine quälende Schulstunde lang in der Ecke stehen. – In Deutschland gab es keine Schläge auf den Handrücken, jeder trug, was er wollte, und auf den Gängen war es laut vom Lärm der Kinder.

Doch es machte sich etwas anderes bemerkbar, etwas, das ich bis dahin noch nicht kannte: das Gefühl, nicht dazuzugehören, fremd zu sein, weil die Worte anders klangen, weil das „r“ auf der Zunge rollte. Alles kam zutage, wenn ich an die Tafel gerufen wurde, dann konnte jeder sehen, wie ich rot wurde in der abwartenden Stille, wenn mir die Lösung der Aufgabe nicht gelang. Und sie gelang mir nie. Vorne an der Tafel war alles fort, was ich wusste. Mein Kopf wurde heiß, die Kreide zitterte in meinen Händen. Ich fürchtete den Tadel der Lehrerin und den Spott der Schüler. Allein ein Mädchen in der Klasse, die wegen ihrer Sehschwäche gehänselt wurde, nahm sich meiner an. Für alle war sie das Mädchen mit den Marmeladengläsern auf den Augen. Für mich war sie ein Rettungsanker in der ersten Zeit.

Wir waren mitten im Winter ausgewandert. Ich hatte die letzten Wochen bei Agneta verbracht, bemerkte gleich die Nervosität in den Gesichtern meiner Eltern, als ich nach Hause zurückgeholt wurde. Die Zimmer schienen leer zu sein, obwohl noch alle Möbel standen. Mutter schaute mir nur lang und ernst ins Gesicht und sagte, dass wir nach Deutschland ausreisen würden. Dieser Satz bedeutete nichts, war wie aus farb- und tonlosen Worthülsen gebaut. Ich verstand die unterdrückte Aufregung nicht, die allen in den Augen stand. Ich hatte mich verabschiedet, als käme ich bald zurück. Dem Nachbarmädchen, meiner besten Freundin, hatte ich meinen Schlitten geliehen, in meiner Vorstellung fuhren wir schon nächste Woche wieder gemeinsam damit. Agneta war in Michelsberg geblieben, sie hatte geweint, als Vater mich mit dem Auto abholte, und ich hatte mitgeweint, aber nicht, weil mir bewusst war, was auf uns zukam, sondern weil sie und Vater so traurig ausgesehen hatten.

Am späten Abend waren wir in Hermannstadt in den Zug gestiegen. Ein halber Meter Neuschnee war gefallen. Über jeden Straßenpfosten zog sich eine runde Haube, in die ich auf unserem Weg zum Bahnhof mit meinen Fäustlingen Löcher schlug. Unser Gepäck, die Lederkoffer und Taschen, wurde vom Zugpersonal in den Waggon geladen. Die Holztruhen mit dem wichtigsten Hausstand hatten meine Eltern nach Nürnberg vorausgeschickt.

„*Repede! Repede!*", ein wenig schneller, rief der Schaffner uns zu. Freunde und Verwandte hatten uns begleitet, Tränen standen meiner Mutter in den Augen, als sie sich von ihren Eltern verabschiedete und aus dem Zugabteil winkte. Der Zug setzte sich langsam in Bewegung, da sackte sie auf ihrem Sitz zusammen, als wäre sie der Neuschnee unter meinen Fäustlingen. Vater streichelte ihr wie mechanisch über den Rücken. Der Bahnhof wurde rasch kleiner, ich sah durchs Fenster, sah, wie die Lichter der Stadt sich in ein flammendes Band verwandelten und die Häuser den angrenzenden Feldern wichen. Nach einer Weile schlief ich ein, Mutter hatte die Arme um mich gelegt, als könne ich aus dem Zugabteil fallen.

Ein lautes Geräusch weckte mich. Wir fuhren in einen Bahnhof ein. Vor den Fenstern herrschte trotz der späten Stunde Geschäftigkeit. Wir waren in Arad. Züge rauschten an uns vorbei, fremde Menschen saßen hinter erleuchteten Fenstern, der Bahnsteig war bevölkert von Reisenden, suchend, zeitungslesend, wartend. Vater zog unsere Papiere aus der geblümten Tasche auf den Sitz.

„Sine, du musst keine Angst haben, es wird dir nichts passieren“, flüsterte mir Mutter ins Ohr. Vor was soll ich Angst haben, dachte ich, und sah durch die beschlagenen Fensterscheiben, in die ich mit meinem Ärmel ein Schauloch gewischt hatte. Eine Ampel leuchtete auf, eine unverständliche Stimme schepperte durch die Lautsprecher am Bahngleis und der Zug setzte sich wieder in Bewegung.

Unmittelbar danach wurde die Tür zu unserem Abteil abrupt aufgeschoben. Zwei uniformierte Männer kamen herein und fingen an, meinen Eltern Fragen zu stellen.

„Was haben Sie zu verzollen?“

„Nichts.“

„Was befindet sich in der Tasche?“, mit einem Griff hatte einer von ihnen die geblümte Tasche ausgeleert. Heraus fielen das Portemonnaie meines Vaters, belegte Brote und ein kleiner Spiegel meiner Mutter, auf dessen Vorderseite ein prachtvoller Pfau zu sehen war. Die beiden Männer waren nicht zufrieden. Nacheinander wurden die Koffer durchsucht. Alles wurde herausgezogen, unser Abteil sah aus, als hätte ein Sturm darin gewütet. Meine Eltern ließen alles geschehen, es hatte keinen Zweck, sich der Willkür der Zöllner zu widersetzen. Von der Schatulle aus geschnitztem Holz, die Agneta Vater geschenkt hatte, ließen die Zöllner nach langem Bitten ab und auch von den Winterstiefeln meiner Mutter, sie nahmen schließlich die aus Deutschland besorgten Seifen und den Kaffee entgegen.

Zuletzt, ein Zöllner ging schon zur Tür, beugte sich der andere zu mir. Es war der größere, mit dunklem Haar und kantigem Gesicht, er nannte mich süßlich „*Drăguţa*“ und nahm mir mit einer Handbewegung die Mütze vom Kopf.

„Ich möchte ihre Ohrringe“, sagte er zu meiner Mutter.

Unter den Tannen konnte ich ganze Nachmittage verbringen. Der Geruch von Erde und Tannennadeln, die Höhle aus Sträuchern und Zweigen waren mir näher als unsere neue Umgebung. Die Straßen der Stadt waren mir fremd, das Schulgebäude ebenso, ja selbst meine Eltern waren anders. Nirgends war Halt. Nicht in unserem Zimmer, nicht in Mutter und Vater und nicht in mir selbst. Nur bei dem Mädchen mit dem schwarzen Haar – ich schloss die Augen, ging mit ihr durch den Nachtwald und fühlte, wie sein Herz klopfte. Wie es barfuß und alleine durch den Schnee lief und dennoch Vertrauen zu seinem Weg fasste.

„Nicht … nicht die Ohrringe“, hatte Mutter mit einem flehenden Blick auf Vater geflüstert.

„*Ce vreţi*?“, fragte der kleinere der beiden Zöllner. Er hatte die einbehaltenen Sachen in einem Beutel verstaut, und wartete an der Tür, bereit zu gehen, die Hände locker in den Hosentaschen.

„Nicht die Ohrringe, sie sind ein Geschenk ihrer Großmutter. Unsere Tochter trägt sie schon seit ihrer Taufe. Bitte …“

Ich presste die Hände, so fest es ging, auf die kleinen, rotgoldenen Kreolen und fing an, den Kopf zu schütteln, als könne dadurch alles verschwinden, was mir Angst machte. Als löste sich das Zugabteil auf und die Zöllner, die Dunkelheit vor den Fenstern und die Angst, Agnetas Ohrringe fortgeben zu müssen.

Doch Mutter hatte in ihrer Verzweiflung das Richtige gesagt. Der Zöllner ließ von mir ab. Die Taufe war im rumänischen Volksglauben heilig. Die beiden verabschiedeten sich, als wäre nichts geschehen, mit einem zwanglosen „*Noapte bună*“, und ließen uns im Zugabteil zurück, vor dessen Fenstern wieder sanfte Hügel im Mondlicht schwammen.

Oft saß ich in meinem Tannenwald, die Knie bis an die Brust gezogen, die Hände um die Beine geschlungen, Stunde um Stunde, bis der Abend hereinbrach. In dem Waldstreifen lärmte die Welt nicht in ihren neuen Geräuschen, dort war es still. Nur leises Vogelzirpen drang zu mir, manchmal ein Hupen oder Stimmen aus der Ferne. In dieser Stille, in dieser Zurückgezogenheit konnte mich zum ersten Mal das Gefühl berühren, das mich mein halbes Leben begleiten sollte: Wenn die Gedanken das nächste Ziel suchen, auf das sie sich richten können, immer dann, in Zeiten des Stillstands, wuchs die Unruhe im Inneren. Das Gefühl des Einhalts war wie ein Fallen aus der Welt, als würde das Leben zu einer Atempause ansetzen und dabei vergessen festzuhalten, was es in den Händen hielt.

Das Leben, wie ich es kannte, gab es nicht mehr. Und was an dessen Stelle getreten war, konnte ich nicht begreifen. Fast dieselben Dinge und täglichen Arbeiten umgaben mich, und doch war mit einem Schlag und für alle Zeit das Gefühl der Geborgenheit verschwunden, und trotz allem Suchen zwischen den vertrauten Tannen fand ich es nicht. Es war eine Pause eingetreten, und ich hatte mich darin verloren, in dem unmerklichen, kaum greifbaren Moment, in dem die letzten Sätze eines Kapitels ausklangen und das nächste noch nicht begonnen hatte.

Wenn ich an Siebenbürgen dachte, tat sich in meinem Magen ein brennendes Loch auf. Manchmal war der Schmerz überwältigend und ich weinte. Doch es lag keine Linderung darin, und immer öfter versagte ich mir das Weinen. Dann war es, als bliebe ich wenige Zentimeter vor einem Abgrund stehen. Ich sah hinein, als wären meine Füße in Zement gegossen. Es dauerte lange, bis ich ein paar Schritte zurückgehen konnte, lange, bis ich mich jenseits dieses Abgrunds wiederfand. Als ich aufsah, waren alle Erinnerungen und alle Bilder fort.

Klie wäld Vijelchen

Ungewöhnlich früh weckte mich die Morgensonne. Zugvögel stiegen gellend übers Dorf. Ich haderte mit dem Aufstehen und genoss das Gefühl, immer wieder einzunicken. Als die Zeiger gegen neun Uhr gingen, gab ich mir einen Ruck und stand auf. Barfuß und im Schlafhemd betrat ich die Küche und füllte den Teekessel mit Wasser.

Es war Abend gewesen, als Julian mich vor dem Haus abgesetzt hatte. Minutenlang dröhnte der Motor des Wagens in der Dämmerung. Ich konnte mich nicht dazu entschließen auszusteigen. Als hätte dieser Tag ein Versprechen gegeben, das nun eingelöst werden musste. Doch keiner rührte sich. Zögernd legte ich die Hand auf die Wagentür.

„Warte", sagte Julian.

Ich hielt inne und sah sein Profil vor dem heruntergekurbelten Fenster. Die einsetzende Nacht wurde nur dürftig von den Straßenlaternen erhellt. Meine Gedanken drehten sich im Kreis und kamen immer wieder zu jenem Moment zurück, an den ich die halbe Rückfahrt gedacht hatte: Vor uns der See und die Gipfel der Karpaten. Die Geräusche der Passstraße verloren sich in der Weite des Bergeinschnitts. Ich schaute zum Himmel, ins tiefe Kornblumenblau, das zum Horizont heller wurde. Ich hatte Julian von meiner ersten Zeit in Deutschland erzählt. Mit der Erinnerung an das kleine Mädchen im Tannenwald hatte ich noch etwas anderes zurückgerufen. Es war kaum mehr als ein Bild, ein Bruchstück eines Traums, der während meiner Kindheit ständig wiederkehrte.

Ich sank. Um mich herum war Wasser, tiefblauer Ozean. Ich tauchte ein in gletscherblaue Weiten und sank. Dieser Augenblick war ewig, schien sich dauerhaft zu erneuern und Sekunde um Sekunde gleichförmig aneinanderzureihen. Es war ebenso ein Untergehen wie ein Hinauffallen. Meine Arme und Beine schwebten haltlos in die Höhe, und in meinem Rücken konnte ich die Schwärze des grundlosen Ozeans spüren. Hier unten gab es nur eine Ahnung, was Licht war, was Zeit war und Raum. Es gab nichts, das eine Orientierung ermöglichte. Alles, was sich herausschälte aus den endlosen Weiten, waren Farben. Gewitter und Nebel, Rauch und Wolken, Kornblumen und Veilchen schienen sich im Wasser aufgelöst, es gefärbt zu haben.

Es gab keine Geräusche, nur einen einzelnen, sirrenden, klangvollen Ton, der einem Rauschen glich oder einem Seufzer, kurz bevor er verstummte. Aber dieser eine Laut verging nicht, er quoll unter meinen Händen und Füßen hervor, als ob es die Berührung mit dem Wasser selbst wäre, die ihn auslöste. Nichts anderes geschah, nur dieses unaufhörliche Sinken in eine bodenlose Tiefe. Nur dieser alles umfassende, klagende Ton. Und während ich weiter fiel, wurde das Wasser dunkler, und ich spürte Angst, doch sie drang nur wie aus weiter Ferne zu mir. Ich fühlte Ergebenheit und Gleichmut, Hoffnung und Lebenswillen. Und gleichzeitig erwachte der Wunsch, sich aufzulösen, nicht mehr weiter zu fallen, dort anzukommen, wo alles begann.

Der Himmel über den Karpaten nahm ein unnatürlich strahlendes Blau an, und ich versuchte, zu blinzeln und einen Halt zu finden. Ich presste die Hände auf den Boden und merkte, wie sich meine Augen mit Tränen füllten. Das Blut schoss mir in den Kopf, und jener rauschende, klangvolle, verführerische Ton brandete vom Seeufer zu unserer Decke. Ich konnte mich nicht vom Himmel abwenden, der tiefer und dunkler wurde, als überflute er innerhalb von Sekunden.

Plötzlich tauchte Julians Gesicht über mir auf. Einzelne Haarsträhnen berührten meine Wangen. Ich sah die Narbe auf der Stirn, seine Augen und Lippen, die sich bewegten, obgleich ich nichts hören konnte. Eingefasst von diesem unbegrenzten Blau und der klaren Luft, beharrlich und fest, als würde er etwas in meinen Augen suchen, schaute er mich an. Wie viel Zeit so vergangen war, konnte ich nicht sagen. Er blieb über mich gebeugt, sah mir fortwährend in die Augen, bis es mir gelang, von den Bildern des Traums loszulassen und wieder dort zu sein, in jenem Augenblick, auf der sonnengewärmten Decke, an einem Bergsee in den Karpaten.

Als ich wie aus unruhigem Schlaf erwachte und mich aufrichtete, sah ich in einen hellblauen, von einzelnen Wolken durchsetzten Himmel. Julian lag mit geschlossenen Augen neben mir auf der Decke. Ich hätte glauben können, nur geträumt zu haben, wäre da nicht der dumpfe Schrecken gewesen, und das undeutliche Gefühl, dass er mich auf dem Rückweg oftmals länger ansah, wenn er sich unbeobachtet fühlte. Während der Heimfahrt versuchte ich mich zu erinnern, ob ich sein Gesicht tatsächlich mit jenem Ausdruck von Fürsorge gesehen hatte. War das alles nur eine launenhafte Erinnerung, in der sich verschiedene Bilder übereinanderschoben, oder hatte er mich wirklich aus jenem vergessen geglaubten Traum zurückgeholt?

Michelsbergs Straßenlaternen gewannen an Licht. Ein Paar ging, in ein Gespräch vertieft, nahe an unserem

Wagen vorbei. Ich räusperte mich und schüttelte den Kopf, als könne ich dadurch meine Gedanken vertreiben. Julians Hand ging zum Zündschlüssel, als wolle er den Motor abstellen. Dann hielt er inne, beugte sich nach hinten und zog den Tabak aus seinem Rucksack.

„Es war ein schöner Tag“, sagte er.

„Ja“, erwiderte ich und öffnete die Wagentür.

„Bis bald, Sine.“

Nach dieser flüchtigen Verabschiedung schulterte ich meinen Rucksack, ging im Halbdunkel der Straße zum Hoftor und hinein ins Haus. Als ich im Grünen Zimmer war, sah ich aus dem Fenster und bemerkte, dass das Auto noch immer am Straßenrand parkte. Der Motor war abgestellt und die Glut einer Zigarette glomm in unregelmäßigen Abständen im Innern des Wagens.

Außer dem siedenden Wasser war an diesem Morgen im Haus nichts zu hören. Ich schaute kurz ins Rote Zimmer, wo Eminescus Gedichte auf dem Tisch lagen, und ins Blaue Zimmer, in dem die Möbel wieder so standen wie vor der Beerdigung, und setzte mich mit meinem Tee und einem Buch auf die Treppe, die aus dem rechten Winkel zum Garten führte. Von hier aus war das ganze Grundstück einsichtig: Links die Wiese mit dem Kirschbaum, der Maisschober und die Quittenbäume. In der Mitte die Rebstöcke mit den Muskattrauben, dann der Brunnen, Agnetas Blumenbeete und der Geräteschuppen. Die flachsgelbe Mauer schloss direkt ans Haus an, sodass von den Nachbarhäusern nur die Ziegeldächer sichtbar waren.

Die sommerliche Wärme schien ungebrochen. Doch das Licht veränderte sich von Tag zu Tag und war durchmischt von einer zarten, feuchten Kühle. Trotz des Zögerns, das in der Luft lag, und der Kraft des Spätsommers, schlich bereits der Geruch von gefallenem Laub durch die Gärten. Er trug das Aroma von feuchter Erde und reifen Limonen und erinnerte an frisch angezündete Streichhölzer. Allein die Würze fehlte noch, die die feuchte, von Blättern bedeckte Erde in wenigen Wochen mit sich bringen würde. Wenn der Wind stärker wurde und achtlos offen gelassene Hofgatter auf und zu schlugen, war es fast, als träumte das Dorf bereits der Ruhe und Abgeschiedenheit der Wintermonate entgegen.

Etliche Minuten verstrichen, die Seiten des Buchs ruhten noch immer festgeklemmt unter der Hand. Mein Blick wanderte zwischen den Weinreben in den Garten, über Mauern und benachbarte Dächer. Krähen zogen ihre Kreise, fächerten sich über dem Himmel auf und sanken in langen Reihen auf die Strommasten. Wie lange würden wir noch bleiben? Jetzt, wo Agneta begraben war, lag das Ziel der Reise hinter uns und die Gedanken an Deutschland nahmen zu. Vor wenigen Tagen war ich morgens im Haus meiner Eltern aufgewacht, hatte mir Tee gekocht und mich gleich wieder in mein Zimmer zurück gezogen. Noch vor wenigen Tagen hätte ich mir nicht träumen lassen, dies alles wiederzusehen.

Ich legte das Buch zur Seite und ging in mein Zimmer, zog ein knielanges Kleid an, das inmitten meiner verstreuten Garderobe über einer Stuhllehne lag und schlüpfte in Sandalen. Als ich auf dem Korridor war, kehrte ich wieder um, ging ins Blaue Zimmer und öffnete den Kleiderschrank mit seinen kupfernen Griffen. Langsam schälten sich Farben aus dem anfänglichen Grau. Ich strich zögernd, vom sachten Klappern der

Kleiderbügel begleitet, über Agnetas Garderobe. Dann ging ich zur Blauen Kommode mit den Familienbildern und öffnete eine der Schubladen. Dünne Stoffe glitten durch meine Finger. Spitzenbesetzte Nachthemden und Unterröcke, Tücher in hellem Grün und zartem Türkis, weiße Handschuhe und gehäkelte Strümpfe mit Lochmuster. Meine Hände tauchten in die Schublade und befühlten die vielen Kostbarkeiten, die eine Frau hier gesammelt hatte, die ich zeitlebens nur einfache Kleidung hatte tragen sehen. Mit geschlossenen Augen streckte ich eine Hand aus und zog ein rotes, mit Sterngirlanden besticktes Tuch hervor. Ich band es mir ins Haar und ging aus dem Haus.

Der Herbst war gegenwärtig an diesem Tag. Die Menschen waren anders gekleidet, ich sah wollene Strickwesten, und einige Frauen trugen lange Ärmel unter ihren Kitteln. Ich grüßte fast jeden Fußgänger, denn es war wahrscheinlich, dass die meisten von ihnen bei der Beerdigung zu Gast gewesen waren. Schließlich wurde ich dessen müde, beschleunigte meine Schritte und heftete den Blick auf den Boden.

Ich war schon fast am Schwimmbad, da hörte ich Musik. Mehrere Instrumente ließen sich ausmachen, darunter Akkordeon und Gitarre. Neugierig blieb ich an einem Gartenzaun stehen. In dem von Pflaumenbäumen durchsetzten, nach Holz und vergorenen Trauben duftenden Garten stand eine Weinpresse. An dem brusthohen runden Fass war ein Drehkreuz befestigt, unten führte ein Schlauch den gekelterten Rebensaft in den Kanister. Vier Männer saßen mit ihren Instrumenten um einen abgesägten Baumstumpf und sangen, in leicht versetzter Tonlage, ein siebenbürgisches Volkslied:

Et såß e klie wäld Vijelchen,
af enem gränen Neestchen.
Et sång de gånz long Wänjternuecht,
de Stämm, dä mosst äm klänjen.

Sänj ta mer mih, sänj ta mer mih,
ta klenet wäldet Vijelchen.
Ech wäll der schreiwen af denje Flijel,
mät giëlem Guld uch gräner Segd.

Hålt ta denj Guld, halt ta denj Segd,
ech wäll der nämmih sänjen.
Ech bän en klie wäld Vijelchen,
und nemmest kån mich zwänjen.

Gånk ta eruof äm deffen Duof,
der Reif wird dech uch dräcken. –
Dräckt mech der Reif, der Reif äs kålt,
Frä Sann wird mech erquäcken.[2]

Zuletzt ließen sie ihre Instrumente sinken und sahen zu einem Mann mit schwarzem Hut. Er hob eine eindrucksvolle Flöte vom Boden und führte sie zum Mund. Ein Laut klang an, tief und tönend, als dränge er durch jeden Stein und jede Mauer, als nähme er

2 Es saß ein kleines wildes Vögelein, auf einem grünen Ästchen. Es sang die ganze Winternacht, die Stimm, die musste ihm klingen. Sing du mir mehr, sing du mir mehr, du kleines wildes Vögelein. Ich will dir auf dein Gefieder mit gelbem Gold und grüner Seide schreiben. Behalte dein Gold, behalte deine Seide, ich will dir nimmer singen. Ich bin ein kleines, wildes Vögelein und niemand kann mich zwingen. Komm du herab, im tiefen Tal, der Reif wird dich auch drücken. – Drückt mich der Reif, der Reif ist kalt, Frau Sonne wird mich erquicken.

von jedem Gegenstand, auf den er traf, einen Ton mit. Ich lief einige Schritte zur Seite und sah, dass es eine Bassblockflöte war. Die Musiker hörten dem Ausklang des Liedes zu, und auch ich war zuerst nicht imstande, meinen Weg fortzusetzen. Vielen siebenbürgischen Volksliedern war diese Melancholie zu eigen und ich fragte mich, woher sie rührte. Entsprang sie dem Bewusstsein, dass den Menschen diese Erde nie gehört hatte? Dass alles, was sie sich aufbauten, nur auf Zeit und dazu bestimmt war, wieder zerstört zu werden? Der einfache Text von einem wilden Vogel erzählte von den entbehrungsvollen Zeiten, in denen die Siebenbürger stets auf ihre Unbestechlichkeit und Freiheit beharrt hatten.

Schweren Herzens riss ich mich los, da ich nicht bemerkt werden wollte. Als ich mich umdrehte, sah ich, dass die Männer auflachten und sich mit dem Most zuprosteten, als hätten sie gerade das fröhlichste Lied der Welt gesungen. Den Zaungast hatten sie nicht bemerkt, der jene schwermütige Melodie dagegen nicht so schnell abschütteln konnte.

Am Schwimmbad verlangsamte ich erneut mein Tempo. Ein Hund bellte, als er meine Witterung aufnahm. Der Wald rückte näher und begann, die Geräusche des Dorfes zu verschlucken. Die Stämme der Tannen warfen ihre Schatten in regelmäßigen Abständen über die Straße und gaben ihr das Aussehen einer mächtigen Leiter. Die wenigen nicht verdorrten Grasflächen zogen sich wie ein Mosaik über die Wiese am Silberbach. Ich nahm mit schnellen Schritten die Stufen der Schattenleiter. Die letzten Meter zum Halben Stein rannte ich fast. – Endlich sah ich ihn. Wie ein unvollendeter Steg ragte er aus dem Boden und wölbte sich über die Uferböschung. Ich berührte die Steinmulden und spürte, dass auch sie bereits eine kühlere Temperatur hatten. Dann kletterte ich hinauf und setzte mich im Schneidersitz auf den höchsten Punkt des Steins. Soweit das Auge reichte, bedeckte Wald das sanft an- und absteigende Hügelland.

Heute war mir bewusst geworden, dass wir schon bald den Weg zurück nach Hause antreten würden. Wenn ich an die vielen Zimmer und Möbel in Agnetas Haus dachte, an den Kirschbaum und den Garten, spürte ich eine tiefe Trauer in mir aufsteigen. Es würde alles hier bleiben und wir würden gehen. Muss man nicht bei etwas sein, um es bewahren und lieben zu können? Etwas in mir wollte bleiben, eine andere Stimme sagte mir, dass ich mich dabei schlicht vor etwas verstecken wollte.

Ich schloss die Augen und legte die Hände auf den Stein. Leises Nadelklappern schälte sich aus meiner Erinnerung. Der Geruch von frisch gemähtem Gras stieg auf. Ich blinzelte. Die Wiese mit ihrem welken Sommergras verwandelte sich in ein sattes Frühlingsgrün, in einen getupften Teppich voller Gänseblümchen. Eine Frau mit Strohhut saß auf einem Hocker neben einem Kirschbaum und strickte. Dunkelblaue Wolle wickelte sich um ihren Zeigefinger und floss in einem langen Strang zu Boden. Ein Mädchen saß neben dem Hocker, stützte den Kopf in die Hände und starrte misslaunig auf ihre Füße. Der Wind strich über die angrenzenden Felder, verwandelte das goldgrüne Ackerland in ein wogendes, wisperndes Meer.

Ich war aus der Schule gekommen, hatte meinen Rucksack in die Ecke geworfen und wollte nach einem kurz angebundenen, brummigen „Hallo“ in mein Zimmer. Doch meine Eltern und Agneta hatten bereits auf mich gewartet. Wir sollten meine Großeltern besuchen. Sie wohnten in einem alten Pfarrhaus in einer kleinen Gemeinde und hatten uns, um Agnetas Besuch aus Siebenbürgen zu feiern, zum Essen eingeladen. Noch bevor Mutter ein Wort sagen konnte, war ich, als wir ankamen, schon wieder zur Tür hinaus. Frieda-Oma warf mir einen tadelnden Blick zu. Ich ging mit langen Schritten in den Garten, um alleine zu sein. Der Kirschbaum im Garten meiner Großeltern war schnell zu meinem Lieblingsplatz geworden. Er war nur etwas größer als ein erwachsener Mensch und unter seinem Baldachin aus Ästen und Blättern lag man wie in einem Himmelbett.

Kurze Zeit später hörte ich das Zuschlagen der Haustür und sah, dass Agneta mit einem Hocker heraus trat. Sie setzte sich unweit von mir ins Gras und fing an zu stricken. So gut ich konnte, signalisierte ich ihr meine Gesprächsunwilligkeit und starrte mit zusammengekniffenen Augen und fest aufeinandergepressten Lippen auf meine Schuhe. Sie strickte unbeirrt in einem eigenwilligen und regelmäßigen Rhythmus weiter, als würde sie mich kaum bemerken. Nach einer Weile sah ich auf, gefesselt von den schnellen Bewegungen ihrer Finger und dem beruhigenden Klappern der Stricknadeln. Das Wollknäuel im Gras sprang auf und ab, als würde eine Katze danach jagen.

„Was strickst du da?" Das Schweigen war mir zu anstrengend geworden.

„Ein paar Socken", antwortete sie ohne aufzusehen.

Ich nickte verständig und rupfte das Gras zu beiden Seiten meines Platzes aus.

Aus dem Küchenfenster drang leise Musik in den Garten. Ich spürte, wie mein Ärger verflog und stattdessen ein unerbittliches Stechen im Hals einsetzte, das mir die Kehle zuschnürte.

„Magst du erzählen, Sine, was in der Schule passiert ist“, sagte Agneta, ohne mit dem Stricken aufzuhören.

Ich rupfte weiter Grashalme aus.

„Viola zieht weg.“

Ich legte den Kopf auf meine Knie und kämpfte gegen die Tränen an.

„Viola ist deine Freundin?“

„Meine beste“, sagte ich und schniefte.

„Zieht sie denn weit weg?“, fragte sie mitfühlend.

„Nicht so weit, aber doch weit genug. Wir werden am Morgen nicht mehr gemeinsam in die Schule gehen können und wir werden nicht mehr in derselben Klasse sein“, sagte ich stockend. „Und bestimmt wird sie schon bald eine neue beste Freundin haben.“

Bei diesen Worten fing ich an zu weinen. Agneta ließ die Stricknadeln sinken, rückte näher und streichelte meinen Kopf. Ihr Zeigefinger war von der Wolle gekerbt, die rote Vertiefung glich einem Ring. Das Wollknäuel ruhte im Gras. Ich hörte durchs Küchenfenster, wie Mutter und Frieda-Oma den Tisch deckten.

„Immer muss jemand gehen, nichts darf man behalten“, presste ich hervor, erstaunt, wie sich der Satz anhörte. Jedes einzelne Wort war vom anderen getrennt und klang wie mit einer fremden Stimme gesprochen. Ich befingerte verlegen meine Beine. Die dunklen Krusten der ständig aufgeschürften Knie lösten sich, und zurück blieb die erneuerte, rosafarbene Haut.

Agneta sah mich überrascht an und ich hörte ein leises: „Soso.“ Nachdem wir beide eine Weile über den Zaun auf die Kornfelder geschaut hatten und mein

Schluchzen endgültig verebbt war, hob sie erneut an: „Mein Sinchen ..."

Sie sah mir fest in die Augen. Ihre Stimme war warm und nahm sich gerade so viel Raum, dass sie für uns beide vernehmlich war.

„Manche Dinge erkennt man erst, wenn man alt geworden ist. Was wir dann mit gereiftem Verstand begreifen, wird uns zur unerschütterlichen Gewissheit. – Meine Gewissheit will ich dir heute mitteilen, auch wenn du sie vielleicht noch nicht ganz verstehst."

Meine Augen wurden groß. Sie hatte schon immer eine Art, mit mir zu sprechen, die sich von den anderen Erwachsenen unterschied. Sie sprach, als wäre ich ihre Freundin, und als traue sie mir zu, dass ich ihre mit bedacht gewählten Worte verstand.

„Unser Leben wird im Wesentlichen von den Menschen bestimmt, denen wir begegnen. Wenn wir sie sehr liebhaben, wollen wir sie festhalten. Schließlich ist es ganz natürlich, dass wir das behalten wollen, was uns glücklich macht, nicht wahr?"

Sie wickelte die blaue Wolle auf das Knäuel und legte sie zusammen mit den Stricknadeln zu ihren Füßen. Dann beugte sie sich nach vorn. Strähnen lösten sich aus dem Dutt, der ihr weißes, glattes Haar am Hinterkopf zusammenhielt. Ihre Augen sahen freudig und zugleich traurig aus.

„Als ich eine junge Frau war, verlor fast meine ganze Generation ihr Hab und Gut. Alles, was man nur liebgewinnen kann, die Zimmer, in denen man großgeworden ist, das geerbte Geschirr, die Tischdecken und Bettleinen der Mutter. Die Menschen hatten nichts zu essen, alle Vorräte wurden ihnen genommen, ja, die letzten Kühe aus dem Stall getrieben. Ich hatte das

Glück, in meinem Haus bleiben zu können, doch sollte ich etwas anderes verlieren: Meine Schwester Sigrun und Michael, deinen Opa, den du nie kennengelernt hast.“

Die Freude war unter diesen Worten aus ihren Augen verschwunden.

„Und nicht nur ihn, auch meine große Liebe sollte ich verlieren.“

Den letzten Satz sprach sie leise und wie zu sich selbst. Ich war mir zuletzt nicht einmal sicher, ob ich ihn tatsächlich richtig verstanden hatte. Ich zog die Augenbrauen zusammen und versuchte, mir alles zu merken, was sie sagte.

„Ich möchte deine Trauer nicht beschönigen, ich weiß wohl um das Heimweh, das du hast. Immer wieder Freunde zu verlieren und neue zu finden ist nicht leicht. Was ich dir jetzt sage, musste ich im Leben schmerzlich begreifen, und ich sage es dir in der Hoffnung, dass dir dieser Schmerz erspart bleibt. Vermutlich ein törichter Wunsch.“

„Sag es trotzdem.“

„Menschen und Dinge kann man nicht besitzen.“

Die Musik aus dem Küchenfenster verebbte mit dem Wind, und die ersten Flugschirme des verblühten Löwenzahns, die mit ihm über die Wiese gefächelt waren, sanken zu Boden.

„Besonders wenn wir jemanden sehr gernhaben, passiert es leicht, dass wir irgendwann – auch wenn wir mit größter Vorsicht darauf bedacht waren, es zu vermeiden – denken, er würde zu unserem Leben gehören, ja, sogar uns ganz allein gehören. Mitunter hütet man einen Menschen wie einen kostbaren Fund, den es vor der Welt zu verstecken gilt. Wir hören auf, den anderen als Geschenk zu begreifen, als Geschenk auf Zeit. Niemand kann im Voraus sagen, wie viele gemeinsame Tage wir haben werden. Zur Liebe gehört die Bereitschaft, immer wieder aufs Neue loszulassen. Und es ist so leicht“, sagte sie mit einem Lächeln und nahm meine Hand, „wenige glückliche Jahre an der Seite eines geliebten Menschen sind imstande, einen ein ganzes Leben zu tragen. Die Liebe, mein Sinchen, gehört uns. Sie wohnt in unserem Herzen und existiert unabhängig von anderen.“ Sie ließ meine Hand los, hob das dunkelblaue Wollknäuel auf, wickelte den Faden ein paar Mal um ihren Zeigefinger und fing wieder an zu stricken.

„Deine Freundin Viola wird immer zu dir gehören. Sie wird in deinen Gedanken sein, und ihr werdet einander besuchen können. Du kannst niemals im Leben etwas verlieren, wenn du es nicht möchtest, meine Kleine, verstehst du?“

Ich schreckte beim Geräusch eines vorbeirollenden Pferdewagens auf. Hufgeklapper verlor sich hinter einer Biegung. Ich bemerkte, dass sich das rote Tuch aus meinem Haar gelöst hatte. Es lag zusammengeknüllt in meiner Hand. Eine Wolke schob sich über den Himmel und gab die Kraft der Sonne wieder frei. Benommen richtete ich mich auf, kletterte hinunter und ging über die Wiese zum Silberbach. Das Wasser trug die Gerüche der Berge: Der Duft der Wälder und Höhenzüge, die Einsamkeit der Gebirgswege, das Aroma des schneekalten Laubs. Unberührt und klar schlängelte sich das Wasser im gewundenen Bachlauf, voller Erinnerungen und doch ohne sichtbaren Abdruck von allem, was sich darin spiegelte.

Silberne Steine lagen am Grund, viele von ihnen oval geformt, als habe der Wasserstrom sie kunstvoll ausgearbeitet. Ich tauchte die Hand ins Wasser, die von der Kälte rasch taub wurde, und ließ dabei aus Versehen Agnetas Tuch fallen. Die Wellen trugen es mit sich fort, wie ein Farbtupfer glitt es den Bachlauf entlang, an größeren Steinen vorbei, blieb kurz an einem Felsen hängen, wand sich wieder frei und verschwand in den Fluten.

Ich war erschrocken aufgesprungen, ein paar Schritte am Ufer entlanggelaufen und bald wieder stehen geblieben. Du kannst niemals im Leben etwas verlieren, hatte Agneta gesagt. Wie konnte sie so leichtfertig sprechen? In wenigen Tagen würden wir abreisen. Was würde mit dem Haus geschehen? Wann würde ich Julian wiedersehen? Welchen Weg sollte ich in Deutschland einschlagen? Ich hatte vorgehabt, nur einige Wochen bei meinen Eltern zu bleiben. Doch Monat um Monat war unter halbherzigen Bewerbungen vergangen und ich war immer mutloser geworden. Ich hatte versucht, meine Angst zu bezwingen. Doch die Schreckensbilder von Menschen, die sich in ihren Zimmern wegschlossen und vor ihrer Angst kapitulierten, verfolgten mich zunehmend.

Wie glücklich war ich, im Grünen Zimmer aufzuwachen, barfuß durch den Garten zu gehen und unter dem Kirschbaum zu liegen. Agnetas Spuren zu suchen – und meine. Es gab mir den Mut, meinen Erinnerungen zu begegnen, an das Mädchen unter den Tannen zu denken, an ihre Furcht vor den Zeiten des Stillstands und des Verlusts. Was würde passieren, wenn ich wieder fort war? Würde ich mich in eine Aufgabe stürzen, um den Fragen auszuweichen, die ich mir sonst stellen musste? Wünschte ich mir ein neues Ziel, weil ich hoffte, dadurch meine Angst nicht mehr zu spüren?

Unter diesen Gedanken ließ ich den Halben Stein zurück und ging den ganzen Weg ins Dorf, ohne aufzusehen. Am Schwimmbad vorbei, an den ersten Häusern, die sich undeutlich aneinanderreihten. Strommasten und Brücken eilten vorüber, die Straße verschwamm zu einem schachbrettartigen Bodenmuster. Eine Holzbrücke knarrte, als ich sie voller Ungeduld überquerte.

So durchschritt ich gut die Hälfte des Dorfes, bis ein Dutzend Gänse die Straßenseite wechselten und mir jäh den Weg versperrten. Ich blieb stehen und sah zum Bachlauf. Ein vertrautes rotes Tuch hatte sich an den Zweigen und Steinen verfangen, die an dieser Stelle das Wasser stauten.

Die Nabe

„Da hast du ja einen kleinen Schatz aus dem Wasser gerettet“, hörte ich eine Stimme hinter mir.

Balduin saß auf einer Bank vor einem ockerfarbenen Hoftor und rauchte Pfeife. Ich richtete mich auf und wrang das Tuch am Bachufer aus. Er wies zwischen mehreren Rauchwölkchen, die über seinem Sitzplatz schwebten, auf den freien Platz neben sich.

„Heute ist ein schöner Tag, nicht wahr?“, fragte er.

Ich murmelte eine halbherzige Zustimmung. Balduin lächelte unverwandt, als bekräftigte er seine Einladung, neben ihm Platz zu nehmen.

„Das Tuch gehörte Agneta“, sagte ich unvermittelt.

Er sah mich erstaunt an, sagte aber nichts, sondern nahm einen Zug aus seiner Pfeife. Erneut breitete sich graublauer Dunst über der Bank aus und wanderte über die Straße.

„Warum ist's dir schwer ums Herz?“

Jetzt sah ich ihn erstaunt an.

Er richtete sich mit einer gemächlichen Bewegung auf, strich die Hosen über den Knien glatt und ging zum Hoftor. Dann sagte er einladend: „Ich habe *Ciorbă de perişoare* zu Mittag gekocht.“

Auf mein Nicken öffnete er das Tor. In der Mitte des Innenhofs lag ein überdachter Brunnen mit einem seitlich befestigten Rad. Ein Magnolienbaum, dessen Äste sich fast waagerecht zur Seite wandten, beschattete den Brunnen. Das Haus bestand aus einem ockerfarbenen Hauptgebäude und einer Scheune, die sich im rechten Winkel anschloss und fast ebenso groß wie das Haus selbst war. Kastanienbäume fassten das Anwesen rückseitig ein. Der Hof war weitläufig und herrschaftlich, auch wenn man deutlich sah, dass er, wie viele andere Höfe des Dorfes, dem Verfall anheim gegeben war. Wein wuchs an der Hauswand, das Mauerwerk war unterhalb der Fenster an mehreren Stellen sichtbar. Dennoch war es einer der schönsten Höfe, den ich je gesehen hatte.

Balduin lachte, als er mein Staunen bemerkte.

„Ich habe den Hof von meiner Mutter geerbt. Im Grunde ist er viel zu groß für mich. Doch das Haus und ich, wir haben beschlossen, zusammen alt zu werden."

Wir betraten den Rasen, in den sich Fußwege eingegraben hatten, gingen am Brunnen vorbei und ins Haus hinein. Zwei Katzen lagen zu beiden Seiten des Vordachs, als würden sie die Tür bewachen. Den Flur dominierte eine hohe, dunkle Garderobe mit einem eingelassenen Spiegel. Ohne die Schuhe auszuziehen, gingen wir in einen weiteren Vorraum, in dem sich ein paar halb geöffnete Kartons mit Büchern stapelten, und anschließend in die Küche.

Eine Seite des Raums war vollständig mit einem deckenhohen Bücherregal ausgefüllt. Viele der Bücher waren in Zeitungspapier eingeschlagen. Ich war zunächst verwundert, doch wie ich später sehen würde, gab es in Balduins Haus kein Zimmer ohne Bücher: Abgegriffene Geschichtsbücher und etliche Reihen an Lexika, Gedichtbände und dicke Wälzer, alle eingewickelt in durchsichtige Folien oder verhüllt in Zeitungspapier, das im Laufe der Jahre vergilbt war. Gewebte Tücher zierten die Seite der Küche, an der Spüle und Herd untergebracht waren. Der Küchentisch stand an der gegenüberliegenden Wand unter

Schränken, die den Essplatz überschirmten und seitlich einfassten.

Balduin lud mich ein, Platz zu nehmen, und ging zum Herd, um die Suppe zu wärmen. Ich zwängte mich in den gemütlichen Schlupfwinkel. Es war, als säße man in einem ausgemusterten Zugabteil. An der Wand hingen Bilder und Postkarten, teilweise schief und nur noch an einem Nagel baumelnd, aber auch lose, kreuz und quer in Vorsprünge gesteckt. Auf einem Bild war Balduin zu sehen. Er sah eigentümlicherweise genauso aus wie am heutigen Tag, mit Brille und eindrucksvoller Bartfülle, er schien sogar dasselbe hellblaue Hemd unter der Strickweste zu tragen und denselben flachen, zerknautschten Hut. Am Tischrand lagen ein Handspiegel und etliche Briefe. Daneben einer jener Urlaubsgrüße hinter Glas, die irgendwann Ende der siebziger Jahre in Mode gekommen waren.

Ich sah mich weiter neugierig in der Küche um und entdeckte einen aufgeklappten Lederkoffer, der in seinem Inneren einen Plattenspieler beherbergte. Mit bleiernem, schepperndem Klang musste daraus die Musik durchs Zimmer lärmen, das mit all seinen verhüllten Büchern und Wandbehängen aussah, als gelte es, ein weiteres Jahrhundert zu überdauern. In meiner Phantasie sah ich Balduin lesend in einem der Sessel vor dem Fenster, die Füße zum Ofen ausgestreckt, während Musik aus dem Lederkoffer stieg und im Sommer Wein, im Winter Eisblumen die Fensterscheiben emporrankten.

Mit der kräftigen, leicht säuerlichen Suppe verschwand meine Niedergeschlagenheit. Ich ließ mir eine zweite Portion nachfüllen. Balduin hatte Hut und Brille abgenommen. An seiner Hand blitzte der Siegelring mit seinen Initialen. Ich hatte von Vater erfahren, dass Balduin Schriftsteller war. Seine Novellen waren über die Region hinaus bekannt geworden und hatten ihm einige literarische Auszeichnungen eingebracht. Seine Bücher standen auch in Agnetas Bibliothek. Die ersten Sätze, als Schwelle in die Buchwelt, offenbarten, dass er schrieb, wie er sprach, humorvoll, bedächtig und das Erzählen liebend.

Nach dem Essen gingen wir durch einen Türbogen in die Wohnstube, die nur durch einen Vorhang von der Küche getrennt war. Das Zimmer war mit blauen und roten Bauernmöbeln eingerichtet. An den Wänden hingen Krüge mit Tulpenmustern und Teller mit eingravierten Jahreszahlen. Darunter, ohne erkennbare Symmetrie, waren Kalender aufgehängt. Ich zählte sie stillschweigend und kam auf die Zahl sieben. Eine Holztruhe mit gewölbtem Deckel und Eisengriffen stand neben einer Pendeluhr.

„In diesen Truhen wurden die Sonntagskleider aufbewahrt. Die Trachtenröcke und -hemden, Schleiertücher, schweren Silbergürtel und bestickten Jacken“, sagte Balduin. „Ich habe diese Stube so belassen, wie sie von meiner Mutter eingerichtet wurde. – Schau dir diese Lampe an“, er wies auf die Leuchte, die über einem Tisch in der Ecke des Raumes hing. Die Glühbirne war umrundet von einem halben Dutzend Holzfiguren.

„Mein Vater hat die Figuren mit der Stichsäge ausgesägt, meine Mutter hat sie bemalt.“

„Sie sind schön“, sagte ich anerkennend.

„Wir können auch draußen sitzen, ich dachte mir nur, dass dir dieses Zimmer gefallen könnte.“

Ich sagte zögernd: „Es gefällt mir, aber irgendetwas irritiert mich.“

„Inwiefern?“, fragte er, doch es war deutlich, dass er wusste, worauf ich hinauswollte.

„Ich finde, das Zimmer passt nicht zum Haus. Die bäuerlichen Möbel wirken wie aus einer anderen Zeit.“

„Da trügt dich dein Gefühl nicht, Sine. Das Elternhaus meiner Mutter stammt aus der k.u.k.-Zeit und hat die städtischen Jahrhundertwendebauten zum Vorbild. Dieses Zimmer dagegen ist wie eine Bauernstube eingerichtet. Hinten im Haus sind die Räume ganz anders.“ Dann, nachdem er kurz innegehalten hatte, schob er nach: „Wir können sie uns gerne ansehen.“

Er führte mich wieder durch die Küche in den Vorraum und in einen breiten, getäfelten Gang. Mehrere Türen gingen seitlich ab, alle sahen aus, als wären sie lange nicht geöffnet worden. Wir blieben vor einer Kommode stehen, auf der eine Schatulle aus Porzellan stand. Balduin hob den Deckel, zog einen Schlüssel hervor und sperrte die mittlere Tür auf. Völlige Dunkelheit lag vor uns. Ich hörte, wie sich Balduins Schritte entfernten, dann, wie ein Fenster geöffnet wurde, Sekunden später flutete Nachmittagslicht das Zimmer.

Das erste, worauf mein Blick fiel, waren zwei ovale, gerahmte Fotografien. Ich schritt vorsichtig über den Teppich, als könnte ich den Staub, den er im Laufe der Jahre verschluckt hatte, zum Leben erwecken. Von der hohen, stuckverzierten Decke hing ein gusseiserner Leuchter. Ich trat auf die Fotografien zu. Die Gesichter zweier junger Frauen schwebten in den goldenen Rahmen. Sie sahen einander kaum ähnlich, und doch wusste ich gleich, dass es Schwestern waren.

„Rechts siehst du meine Mutter“, sagte Balduin und fing an, einige der weißen Tücher herunterzuziehen, mit denen die Möbel verhüllt waren.

Die Frau auf der rechten Schwarz-weiß-Fotografie hatte dunkles Haar, das zu kunstvollen Locken gezwirbelt und locker zusammengesteckt war. Sie sah keck, nahezu lächelnd auf einen unbestimmten Punkt außerhalb des Bildes. Die halb geöffneten Lippen waren ganz nah an den hellen Rosen, die sie vor ihre Brust mit dem hochgeschlossenen Kragen hielt. Das Schönste aber waren ihre Finger, die sich anmutig und verspielt um die Blumen legten, über die rispigen Blätter und geöffneten Blütenstände. Diese Geste ihrer Hände schwankte zwischen Scheu und Verwegenheit und schien das geheime Zentrum des Bildes zu sein.

Die jüngere Frau auf der linken Seite hatte ein mageres, ernstes Gesicht, tief liegende, dunkle Augen und sah direkt in die Kamera. Sie trug ein gestreiftes Kleid und war vor einem Spiegel mit eisernen Beschlägen abgebildet, der durch seine ausladenden Jugendstil-Spiralen einem Kirchenfenster ähnelte. Ihr Blick heftete sich fragend, fast stechend auf den Betrachter. Ich hatte den Eindruck, als folgten mir ihre Augen auf dem Weg durchs Zimmer.

„Auf dem Bild siehst du Elfriede, genannt Elfi, die Schwester meiner Mutter."

„Verstanden sich die beiden gut?"

„Sie hatten ein enges Verhältnis. Doch Elfi starb bereits vor meiner Geburt an Tuberkulose."

„Und wie hieß deine Mutter?", fragte ich, und sah erneut zu der Frau mit den Rosenhänden.

„Luise. Doch meine Großeltern riefen sie Lissy." Balduin ging auf das Bild seiner Mutter zu, während ich mich umwandte, um mir die Möbel genauer anzusehen, die über die Jahre durch Leintücher staubgeschützt, fast unberührt wirkten. Ich sah aus den

Augenwinkeln, wie er mit der Hand über das getrübte Glas strich. Balduin hatte zwei der vier Fensterläden aufgeklappt, und doch hatte ich das Gefühl, als ob etwas von der lang eingesperrten Dunkelheit zwischen den Möbeln zurückgeblieben war. Ein Kamin mit seitlich verzierten Borten und einer großen, verrußten Öffnung gähnte in den Raum. Davor standen, immer noch verhüllt, zwei Sessel. An der Seite entdeckte ich einen Sekretär. Die Schreibutensilien sahen aus, als habe jemand gerade einen Brief begonnen.

Ich war irritiert, als ich eine Glasvitrine entdeckte, die, ebenso wie die in Agnetas Haus, voller Porzellan war. Die Regalböden waren gefüllt mit glasierten Vasen, Kerzenleuchtern und Figuren.

„Alles Figuren aus der Porzellanmanufaktur meines Vaters." Balduin ging zu den Sesseln vor dem Kamin. Er legte die Hände auf eine Lehne und zog das Leintuch zurecht, das daraufhin einen feinen Staubnebel in die Lichtstreifen streute.

„Mein Vater hat ganz Siebenbürgen mit Porzellan versorgt. Ein ehrgeiziger und gewissenhafter Mann. Mit vierzig Jahren hatte er alles erreicht, was man sich wünschen kann. Geld, Ansehen, Familie ...", sagte er, mehr in die schwarze Öffnung des Kamins als in meine Richtung.

„Hat er die Porzellanfabrik selbst aufgebaut?"

„Nein, sein Vater hatte die Manufaktur um die Jahrhundertwende gegründet."

„Damals gehörte Siebenbürgen zu Österreich-Ungarn, nicht wahr?"

„Ja, vielleicht ist dir aufgefallen, wie viele siebenbürgische Wörter dem Österreichischen ähneln. Denke nur an die Mehlspeisen, etwa die Linzer Schnitten oder

Eclair. Doch der Krieg riss alles auseinander. Wie Dominosteine, die man, einmal angestoßen, nicht mehr aufhalten kann.“ Balduin ging, während er erzählte, von Möbelstück zu Möbelstück, zog die Überwürfe zurecht, als wolle er Falten glätten. „Als der Thronerbe Franz Ferdinand und seine Frau von einem serbischen Attentäter erschossen wurden, setzte sich alles in Gang: Österreich erhielt ein Treuebekenntnis Deutschlands, sie stellten Serbien ein Ultimatum und erklärten schließlich, am 28. Juli tausendneunhundertvierzehn, den Krieg. Das Russische Reich sah sich als Behüter der slawischen Völker, für Frankreich und England trat der Bündnisfall ein, und als Italien sich etwas später ebenfalls anschloss, herrschte in ganz Europa Krieg. Wenigen ist bewusst“, er ließ vom Kamin ab, vor dem er nach einer Runde durchs Zimmer wieder stehengeblieben war, und sah mich an, „dass Siebenbürgen erst nach dem ersten Weltkrieg Rumänien zugesprochen wurde. In seinen Auswirkungen ist diese Grenzziehung vergleichbar mit dem neunzehnten Jahrhundert, als Siebenbürgen zur ungarischen Reichshälfte gezählt, und die Selbstverwaltung aufgehoben wurde. Durch die Übernahme Siebenbürgens durch Rumänien mussten Ungarn und Sachsen für ihre Minderheitenrechte hart kämpfen. Das war der Anfang vom Ende, darüber haben wir ja bereits auf der Beerdigung gesprochen. Geblieben ist uns jedoch etwas von der Kultur der k.u.k-Zeit. Essen, Theater, Musik … auch die Handelsbeziehungen. Das Geschäft meines Vaters Laurentiu sollte erst mit dem zweiten Weltkrieg zugrunde gehen.“

„Ist dein Vater auch freiwillig in den Krieg gezogen?“

Balduin nickte.

Ich bückte mich, um das Porzellan in der Vitrine genauer anzusehen. In der zweiten Reihe von oben, zwischen einem Teeservice und einem Flötenspieler in Miniatur, stand die gleiche Tänzerin wie in Agnetas Roter Stube.

„Dein Vater hat, ebenso wie mein Großvater, Haus, Geschäft und Familie zurückgelassen." Es war mehr eine Feststellung denn eine Frage. Doch Balduin ließ sie nicht unbeantwortet.

„Weißt du, Sine, ich hatte genug Zeit, darüber nachzudenken. Es sah aus, als habe er sich, wie viele andere, von der Kriegspropaganda verblenden lassen. Inzwischen weiß ich: Er hatte eine schwere Krise. Er fühlte sich eingeengt von seinen gesellschaftlichen und familiären Pflichten, doch gleichzeitig meiner Mutter gegenüber in der Schuld. Ihn plagten seit Jahren Fluchtgedanken, und so fand er sich eines Tages am Bahnhof ein, wo ein Zug die freiwilligen Soldaten nach Deutschland brachte. Die Motive einer solchen Handlung nehmen sich selten so leicht aus, wie es zunächst scheint."

„Und deine Mutter?"

„Als uns ein Jahr vor Kriegsende die Nachricht erreichte, dass Vater an der Front gefallen war, verkaufte sie unser Haus in Hermannstadt und kehrte mit mir hierher zurück. Sie war eine bemerkenswerte Frau. Unbeschreiblich schön und couragiert, das sage ich nicht nur, weil sie meine Mutter ist. In den rohen Zeiten nach dem Krieg fuhr sie immer mit einer Pistole unterm Kutschbock aus. Als das Geld meines Vaters zur Neige ging, begann sie Blumen zu verkaufen, um den Lebensunterhalt zu verdienen. Sie zog sich zuletzt in die vorderen Zimmer zurück, und ich, ohne recht zu wissen warum, muss es ihr irgendwie gleichtun."

Er starrte wieder in den offenen Schlund des Kamins, der die Spuren der einstigen Flammen bis zu seinen Füßen goss.

„Wollen wir Kaffee trinken?", fragte er schließlich und ließ die Hand von der Stuhllehne sinken.

Wir bedeckten die Möbel mit ihren Leintüchern, und noch einmal begann das leichtfüßige Tanzen der Staubflocken in den Sonnenstreifen. Dann trat Balduin an die Fenster und schloss die Holzläden. Wir ließen das Zimmer erneut in jener Dunkelheit zurück, in der wir es vorgefunden hatten. Ich erhaschte noch einen flüchtigen Blick auf die hellen Rosenhände, bevor das Licht, das sich durch die Tür stahl, in der wir standen, mit einem letzten Aufflackern, als würde es den unabwendbaren Moment hinauszögern wollen, immer schmaler wurde und schließlich verschwand.

Der Schlüssel klirrte in der Porzellanschatulle, wir gingen den breiten, getäfelten Gang zurück in die Küche. Balduin kochte den Kaffee mit Zucker in einem Topf auf. Ich ging durch den Vorhang in die Wohnstube voraus, setzte mich in einen der Sessel, die ebenso wie in der Küche an der Fensterseite standen. Agnetas besticktes Tuch war inzwischen getrocknet. Ich band es mir wieder ins Haar, sah durch die Weinreben auf den Brunnen und ließ meine Gedanken wandern.

Ich dachte an die verschlossenen Räume dieses Hauses, an die beiden Frauenporträts, die mit ihren ernsten, schönen Gesichtern seit mehr als einem halben Jahrhundert in die Dunkelheit des Raums hineinlächelten, und daran, wie schonungslos ehrlich Balduin von seinen Eltern erzählt hatte. Ich dachte an Agnetas Grab und die letzten Tage, in denen der Herbst im Verborgenen seine Kräfte gesammelt hatte, an den Buleasee und den Halben Stein. – Die Zeit war so schnell vergangen. Ganz nah war die Erinnerung an die Fahrt, an das gedämpfte Motorengeräusch, an die sich stetig verändernde Landschaft vor den Wagenfenstern. Die österreichische, dann die ungarische und zuletzt die rumänische Grenze. Von den Autobahnen und den Serpentinen, über die langen, wie mit dem Lineal gezogenen Straßen Ungarns bis zu dem Zeitpunkt, als wir an der rumänischen Grenze hielten und unsere Papiere aus dem Handschuhfach holten.

Es war mitten in der Nacht gewesen, und doch waren überall Menschen zwischen den rollenden Wagen. Händler boten ihre handgefertigten oder billig erstandenen Waren an. Sie klopften an die Fensterscheiben, Vater musste einen nach dem anderen abweisen. Die Glieder schmerzten nach den vielen Stunden auf der Straße, und ich dachte immer wieder an das, was uns an unserem Ankunftsort erwarten würde. Ich klappte den Blendschutz herunter und betrachtete mich im Spiegel. Ich sah übernächtigt aus. Unter den Augen dunkle Schatten, die Haut von den Zimmermonaten blass und farblos. Ich verzog das Gesicht und klappte den Spiegel wieder zu. Vor uns lag die Grenze. Unruhig flackerten die Straßenlichter jenseits der bewachten Linie, als wären sie die Beleuchtung einer Start- und Landebahn. Die umliegenden Maisfelder wurden von einer undurchdringlichen Schwärze verschluckt. Wie vor einem Theatervorhang spielten sich die Szenen ab, grell beleuchtet von den Scheinwerfern des Grenzübergangs. Durch die offenen Fenster drang feuchte, warme Luft ins Innere des Wagens. Ein seltsames Beben lag in den Bewegungen der Grenzwache, ihr Atem und ihre Worte zitterten in der nächtlichen Schwüle.

Vater hatte beharrlich geschwiegen, und je weiter wir uns von zu Hause entfernten, umso mehr gelang es mir, mich auf die Landschaft zu konzentrieren. Das Grün der Wiesen war blasser als in Deutschland, die Sonne trug einen matten, zarten Goldton über die Felder. Der Himmel hatte sich über den langen Sommer etwas von diesem Gold einverleibt und fügte Felder und Hügel, Himmel und Erde wie aus einem Guss zusammen.

In jenem Moment, da die bebende Luft und rumänisches Stimmengewirr durch die Wagenfenster strömte, begann ich zu verstehen: Der wahre Grund unserer Reise lag irgendwo jenseits dieser erleuchteten Szenerie, auf den dunklen Straßen weit hinter den Maisfeldern. Ich ahnte etwas von dem Geheimnis dieser Tage und der Kraft meiner Erinnerungen, die noch verborgen und fern waren. Ich erkannte, warum ich mich auf diese Reise begeben hatte, und wähnte für einen kurzen, ungezähmten Augenblick, dass ich etwas ganz anderes finden würde.

Das Rascheln des Vorhangs riss mich aus meinen Gedanken. Balduin stellte das Tablett mit dem Kaffee ab, legte seine Brille auf das Beistelltischchen und schenkte uns ein. Bücherstapel ragten zwischen den Tischbeinen empor. Die Wandkalender mit ihrem abgelaufenen Datum und die vielen Bücher waren seine einzigen Spuren in diesem Zimmer, das von seiner Mutter Luise eingerichtet worden war. Die Holztruhe und die bemalten Tonkrüge sprachen inmitten dieses herrschaftlichen Anwesens von Heimweh.

Balduin bemerkte meinen Blick aus dem Fenster. Der überdachte Brunnen am Magnolienbaum beeindruckte mich. Er stand genau in der Mitte des weitläufigen Vorhofs und hatte an der Seite ein eisernes Rad, mit dem man den Eimer ins Wasser tauchen und wieder heraufkurbeln konnte.

„Wie das Rad der Fortuna sieht es aus, nicht wahr?"

Ich sah ihn fragend an und nahm vorsichtig einen Schluck des heißen Kaffees.

„Dieses Bild begegnet mir immer wieder. Man sollte sich einen Platz in der Nabe, im Zentrum, sichern, denn am Rand wird es immerfort aufwärts und abwärts gehen."

„Du nimmst das Rad als Sinnbild des Lebens?"

„Ja, man kann sagen, dass unser Leben, eigentlich alles, in einem Kreis eingeschlossen ist."

„Außer die Zeit", erwiderte ich.

„Auch das ist vermutlich nur eine Sache der Betrachtung. Man kann die Zeit – wie es zum Beispiel die ersten menschlichen Hochkulturen taten – genauso als Kreis begreifen."

„Du meinst, wenn man das Bild ändert, das man sich für eine Sache geschaffen hat, dann ändert man auch die Wirklichkeit?"

„Eigentlich macht es uns die Natur doch vor. Die Jahreszeiten vergehen und kehren immer wieder. Die Stunden des Tages, Dunkelheit und Licht, alles wechselt einander ab. Nietzsche ging sogar so weit, in buddhistischer Tradition von der Ewigen Wiederkehr zu sprechen. Eine radikale These. Müssen wir wieder und wieder, bis in alle Ewigkeit, dasselbe erleben? Das hätte für unsere Taten große Konsequenzen."

„Welche?"

„Daraus erwächst eine ungeheure Verantwortung. Die Verantwortung, dass man jede Entscheidung, die man trifft, für immer zu treffen bereit sein müsste."

Ich schwieg betroffen.

„Aber es gibt Dinge außerhalb des Kreises, die nicht wiederkehren können. Menschen kommen nicht zurück", sagte ich mit aufkommendem Starrsinn, fest entschlossen, seinen Worten nicht so schnell Glauben zu schenken.

Er setzte seine Tasse ab. Sein Blick ging über die bunt bemalten Töpfe mit ihren Tulpenranken und kehrte schließlich wieder zu meinem Sessel zurück.

„Aber du bist doch wieder hier", sagte er.

„Ich … spreche von Agneta", stotterte ich.

„Ach so", sagte er leichthin.

Eine Gesprächspause entstand, die ich vorsätzlich unterbrach, indem ich um ein Glas Wasser bat. Balduin kam mit einer Karaffe Wasser zurück und einer Flasche selbstgemachtem Weichsellikör, *Vişinată*.

„Möchtest du?", fragte er.

Ich nickte. Um ein leichteres Gesprächsthema bemüht, fragte ich Balduin nach seinem Alter.

Er legte die Fingerspitzen federnd zusammen, als würde ihn diese Frage außerordentlich freuen.

„Nun, so lass mich einmal überlegen", sagte er und fixierte die Zimmerdecke. „Ich bin tausendneunhundertdreißig geboren, somit müsste ich jetzt sechsundsiebzig Jahre alt sein."

Ein verschmitztes Lächeln flog über sein Gesicht.

„Sag nur, du weißt nicht auf Anhieb, wie alt du bist!"

„Ach, weißt du, liebe Sine, das ist etwas, womit ich mich nicht beschäftige. Es gibt so viele andere Dinge, mit denen man seine Zeit verbringen kann." Er wies auf den Bücherstapel neben dem Beistelltisch. Nahezu jedes Buch mit der eigentümlichen Schutzhülle aus Zeitungspapier versehen. Ganz oben auf dem Bücherstapel und ohne Einband lag ‚Der grüne Heinrich' von Gottfried Keller. Eine vergilbte, abgegriffene Ausgabe, in der so viele Zettel und Lesezeichen steckten, dass das Innere wie ein Fächer zwischen den Buchdeckeln hervorquoll.

„Agneta war ebenfalls eine leidenschaftliche Leserin. Und sie besaß ein großartiges Gespür für Details. Wir saßen oft zusammen vor dem Tor und beobachteten Passanten. Wir machten uns ein Spiel daraus, darüber zu spekulieren, ob jemand fröhlich oder bekümmert war, woher die Menschen kamen und wohin sie gingen. Manchmal verrät es der Gang, manchmal der Hut, die Tasche oder der Regenschirm."

Er beugte sich nach vorn und schenkte uns einen zweiten Weichsellikör ein. Ich nahm das Glas und trank es in einem Zug.

„Ist das deine Inspiration fürs Schreiben?", fragte ich neugierig.

„Ja. Ich denke, die Wahrnehmung für das Kleine, für Details, ist eine wesentliche Eigenschaft, die es fürs Schreiben braucht."

„Und was hat Agneta daran fasziniert, wie ein Detektiv auf der Parkbank zu sitzen?"

„Das ist eine kluge Frage", sagte Balduin lachend. „Und eine schwere zugleich", schob er nach. „Ich glaube, deine Großmutter war ein einsamer Mensch", er hob beschwichtigend die Hand, da er sah, dass ich ihn ungläubig anschaute, „damit meine ich nicht, dass sie keine Freunde hatte, sondern schlicht, dass sie etwas nicht zu teilen bereit war, so wie auch du und ich gewisse Dinge anderen nicht mitteilen. Und wenn wir auf der Bank saßen und Menschen beobachteten, dann war es, als tröste sie der Gedanke, dass man zuletzt wenig von dem weiß, was man sieht, und dass es immer so ist, dass wir das Geheimnis eines anderen nur erahnen können."

„Ein trauriger Gedanke."

„Vielleicht. Doch in Büchern und Geschichten kann man die Fähigkeit schulen, diese Rätsel wahrzunehmen, und Äußerlichkeiten zu hinterfragen. Wir können unmittelbar in die Gedanken eines anderen eintauchen und Zusammenhänge, Brüche und die vermeintliche Schicksalhaftigkeit eines Lebens erkennen."

Erneut füllte Balduin unsere Gläser auf.

„Kennst du die Sage von den Michelsberger Heiratssteinen?"

„Ja", antwortete ich, „Agneta hat sie mir als Kind erzählt."

„Besonders interessant ist die Variante, in der Hans von demselben Rundstein erschlagen wird, mit dem er Jahre zuvor seinen Konkurrenten getötet hat. Als hätte der Kreuzstein das Unrecht bewahrt, das durch ihn geschehen ist."

„Du meinst, als habe der Stein sich gerächt?"

„Ich denke, es ist immer der Mensch, der Verbindungen herstellt. Am Ende einer Geschichte sieht es so aus, als müsse es so sein, als würde etwas reif werden, und als wären die Geschehnisse unumgänglich."

„Aber …?", fragte ich nach.

„Aber ist es nicht so, dass *wir* es zuletzt immer sind, die bestimmen, um was unser Leben kreist? Durch unsere Gedanken, Sehnsüchte und Wünsche. Doch zumeist beschäftigen uns unsere Ängste statt unserer Wünsche. Eigentlich sind sie beide das Gleiche, nur einmal positiv, einmal negativ formuliert. Ich denke, dass wir unseren Ängsten Ausdruck verleihen müssen, damit sie ihre Kraft freisetzen können. Sei es, dass man künstlerisch tätig ist oder sich anderen oder einer Sache in den Dienst stellt. Agnetas Talent war die Handarbeit. Für mich sind ihre Stickereien kunstvolle Zeugnisse ihres Geheimnisses."

Ich nahm mir ein Herz und fragte: „Was würdest du zu jemandem sagen, der Angst vor den Pausen hat, die es immer wieder im Leben gibt …"

„Welche Angst würde denn mit diesen Pausen einhergehen?", fragte er, und ich konnte sehen, dass es um seine Augenfältchen herum ruhig geworden war.

„Ein Fallen, es wäre wie ein Fallen."

Er sah mich prüfend an.

„Und was wäre dabei die Sehnsucht, der Wunsch, der hinter dieser Angst liegt?"

„Irgendwo anzukommen."

Das Ticken der Pendeluhr aus der Küche schien anzuschwellen. Die Kastanienbäume reichten ihre Schatten übers Haus und verdunkelten den Hof.

„Könnte es nicht sein", sagte Balduin, „dass die Pausen, die Stille, notwendig ist, damit überhaupt etwas entstehen kann?"

Ich wiegte unentschlossen den Kopf.

„Denke an die Stille zwischen den Wörtern", sagte er „oder an die Pausen zwischen den Kapiteln in einem Buch. Der Leser kann die Lücken mit seiner Phantasie füllen." Er sah mir eindringlich in die Augen, als wolle er sich versichern, dass ich ihn verstanden hatte. „Gleichzeitig deuten die Unterbrechungen in einem Buch darauf hin, dass das Leben aus einer zu großen Fülle besteht, als das man es erzählen könnte."

Meine Wangen brannten von dem süßen Weichsellikör. Über den Mauern des Anwesens und den Straßen Michelsbergs erhob sich die Blaue Stunde.

„Es gibt kein Ziel, es gibt jenen Sehnsuchts-Ort nicht, auf den unser Leben zusteuert, auch wenn der Wunsch anzukommen noch so verlockend sein mag. Deswegen kommen wir immer wieder zu den Orten zurück, an denen wir einmal waren, so wie ich damals, so wie du jetzt hierher zurückgekommen bist. Weil diese Orte verlässlich sind, weil sie uns bleiben, weil wir dort etwas zu finden hoffen, das uns zeigt, wer wir sind."

Ich spürte, wie mir Tränen in die Augen schossen.

„Es sagt sich alles so leicht, doch meist ist es so, dass sich das, worüber man am besten sprechen kann, am schwersten verwirklichen lässt. Ich bin noch weit entfernt davon, die Nabe zu finden. Die verschlossenen und für sich belassenen Räume in diesem Haus geben davon ein Zeugnis." Balduins Augen fanden zu ihrem Lächeln zurück. „Ich denke, die ersehnten Naben und die gefürchteten Pausen wollen uns sagen, dass wir einmal mehr entscheiden dürfen, ob wir auf dem Weg bleiben oder abzweigen wollen."

Er lehnte sich nach vorn und sagte mit jener tiefen, dialektgefärbten Stimme: „Nichts weniger als unsere Freiheit, liebe Sine, liegt in den Pausen, die dir so schmerzlich scheinen. Sie zeigen uns, dass das Leben in der Stille erblüht, jenseits von Taten, vom Lärm der Welt."

„Und wenn man nie gelernt hat, diese Freiheit zu lieben?"

„Vielleicht kann man gar keine richtigen und falschen Entscheidungen treffen. Man folgt nur einem Weg, der einen wie alle anderen Wege wieder an den Anfang des Kreises zurückführt."

Als ich mich von Balduin verabschiedet hatte, war es schon Abend gewesen. Agnetas Garten lag in der Dämmerung. Ich füllte die Gießkanne am Brunnen und wässerte die Blumenbeete. Dann ging ich zu den Treppen im Hinterhof, an den Weinreben, wie gewohnt, die Stängel mit ihrem Aroma von Zitrone und Sellerie kostend. Die Hintertür war angelehnt, der Korridor gerade noch so hell, dass ich kein Licht brauchte. Es war fast nichts zu hören, nur das Knacken der Fensterrahmen, das wie das Platzen reifer Nussschalen klang.

Plötzlich hörte ich Schritte. Mit einem violetten Schal um die Schultern nahm Edda Zakel die Stufen zum Korridor. Vor dem Eingang zur Hauptwohnung fuhr sie sich durch die Haare und strich mit einer behutsamen Bewegung ihr Kleid glatt. Ich sah beunruhigt zu der Tür, durch die sie verschwunden war. Nach einer Viertelstunde trat sie wieder hinaus, diesmal rascher und ohne sich umzusehen. Sie verließ den Hof mit einem lauten Zuschlagen des Tors. Erst jetzt wagte ich mich hinein, unschlüssig, wohin ich gehen sollte.

Ich ließ die Hauptwohnung zurück und nahm den Weg zum vermauerten Eingang der Färberei. Eines der Zimmer, die vom Korridor abgingen, stand offen. Ich schob die Tür auf und trat hinein. Auch im Halbdunkel erkannte ich es wieder. Es war der Abstellraum, in dem ich mich als Kind versteckt hatte. Auf der rechten Seite stand noch immer der Schrank, dessen Türen ich von innen zugezogen hatte. Noch immer wurden Lampenschirme darin aufbewahrt. Jetzt wusste ich wieder, was ich damals in den Werkräumen gesucht hatte. Weder Langeweile noch Trübsal, wie Jinni mutmaßte, hatten mich in dieses Zimmer getrieben. Ich war auf der Suche nach dem Handarbeitsbuch meiner Großmutter gewesen. Sie notierte alles, was ihr an Ideen kam, in ein hellgrünes Leinenbuch, ein Blindband von Goethes ‚Dichtung und Wahrheit'. Anleitungen für Stickmuster, Zeichnungen künftiger Projekte, und bisweilen, das hatte ich beobachtet, schien sie etwas hineinzuschreiben. Agneta verweigerte es mir stets mit den Worten, dass sie es mir schenken würde, wenn ich erwachsen sei. Wie gerne würde ich heute einen Blick hinein werfen. Doch ich wusste nicht einmal, ob sie das Buch über all die Jahre aufbewahrt hatte. Vielleicht hatte sie es vergessen, vielleicht hatte sie es bereits verschenkt. Die Zeit der Übergabe hatten wir versäumt.

Ich wandte mich um, ging an der Mauer mit den drei Farbkreisen vorbei ins vorletzte Zimmer. Diesmal erschreckten mich die Spinnweben nicht, als ich nach dem Schalter tastete. Licht fiel über den gewebten Läufer, über Tuben, Pinsel und Wasserglas und über die Palette mit ihren Farbresten. Die Mulde aus Rot war feucht. Ich tauchte den Zeigefinger in die ölige Farbe, die nach Terpentin und Leinöl roch. Dann spürte ich einen Blick im Nacken und drehte mich um.

Das Bild war fast fertig. Die Rebstöcke standen voller Trauben. Die Herbstastern warfen sternförmige Muster auf den Weg zum Brunnen. Ein mit Bleistift umrissener Sonnenhut lag auf dem Brunnendeckel. Der zierliche Körper im blauen Kittel schien lebendig zu sein. Weißes Haar und sonnengebräunte Haut. Ein kluges, freundliches, nach innen gekehrtes Lächeln. Agneta saß am Brunnenrand und reichte beherzt und mit halb geschlossenen Augen, als würde sie träumen, einem unsichtbaren Gegenüber rote Wolle.

Es war Großvaters berühmtes Rot, das leuchtete wie Mohn, Granatapfelsamen und Kirschen. Der Anfang von allem, die erste namentliche Farbe, wie Vater sagte. Im Rumänischen hatte sie den Klang von getrockneten Rosenblättern, die man zwischen den Fingern zerreibt, *roşu*.

Ich hatte diese Wolle schon einmal gesehen. An jenem Tag, als der Wind mit blinder Wut durch die Zimmer ging und ich Agneta mit dem Hervorziehen der Spieluhr zum Weinen gebracht hatte. Als ich sie im ganzen Haus gesucht und auf dem Dachboden entdeckt hatte, ganz hinten im rechten Winkel des Hauses. Der Regen hatte die Straßen geflutet und war unbarmherzig durchs Dach getropft. Unter die lecken Stellen waren Schüsseln gestellt. Ein helles, rhythmisches Tropfgeräusch war zu hören. Ich hielt ein Taschentuch fest auf die rechte Hand gepresst. Mein Daumen blutete noch immer von den Scherben der Vase. Agneta stand auf, verschwand zwischen einer Pendeluhr und Kartons und kam mit einem Korb voller Wolle zurück. Wolle in den Farben von Lavendel und Pflaumen, wie Karamell, Himbeeren, Minze und Eidotter. Selbst im Halbdunkel konnte ich sehen, wie farbenprächtig Großvaters Wolle war. Doch am schönsten von allen war das Rot. Agneta zog an dem Knäuel, bis sich eine Faser löste, hielt das Taschentuch fest, und band die rote Wolle um meinen Daumen. Ein Bindezauber, der das Blut bannte.

Auf Vaters Bild lag die rote Wolle wie flüssiges Feuer in ihren Händen. Es leuchtete neben dem Grau des Brunnens, dem Grün der Weinreben und den weißen Stellen des Papiers. Sie überreichte die Wolle mit einer Geste, als wäre sie ein Andenken. Als verschenke sie ihre Liebe. Nur wenn man näherging, sah man, dass in dieser Geste auch noch etwas anderes lag, etwas, dass die Augen nicht aussprachen und der Mund nicht verriet. Als bäte sie um Verzeihung. Als entscheide diese Gabe über Recht und Unrecht. Über Vergebung und Buße. Ich berührte das Papier, ohne daran zu denken, dass mein Zeigefinger vom Rot der Palette farbig war.

Hermannstadt

Die Straßenbahn war leer, in unserem Abteil waren wir die einzigen Fahrgäste. Es roch nach altem Gummi, Leder und getrocknetem Schweiß. Orange leuchteten die zerschlissenen Sitze. Ich streckte meine Füße auf den gegenüberliegenden Zweisitzer.

Der Weg der Schienen verlief schon eine Weile schnurgerade, die Seiten waren flankiert von hohen Bäumen. Hinter ihnen lag der Wald, der vor langer Zeit einmal den Namen ‚Junger Wald' erhalten hatte. Fünfhundertjährige Eichenbäume schmückten sich jetzt damit.

Holpernd nahm die Tram ihren Weg durch diese Schneise, hinterließ ein Knistern auf den Stromleitungen. Es war Vormittag, und die Sonne schien durch die verschmutzten Scheiben, durch ein Mosaik aus Staub, Schlieren und Fingerabdrücken. Neben mir saß Julian. Sein Unterarm berührte meinen, als die Bahn an einer Haltestelle abbremste. Ich rührte mich nicht.

Am frühen Morgen hatte ich den Hof der Eminescus aufgesucht. Julians Mutter kehrte die Veranda. Als ich nach ihrem Sohn fragte, nickte sie, bat mich jedoch nicht herein. Kurze Zeit später stand Julian am Tor und sah mich fragend an.

„Ich möchte mit dir nach Hermannstadt", sagte ich.

Vater war vor der Beerdigung bereits in Hermannstadt gewesen. Der Gedanke, Agnetas Körper im Kühlhaus zu sehen, hatte mich davon abgehalten, ihn zu begleiten. Nun rückte unsere Abreise näher, und ich wollte nicht zurückfahren, ohne die Stadt wiederzusehen, in der ich geboren und aufgewachsen war.

Ein Nachbar der Eminescus nahm uns mit seinem Lieferwagen mit. Da er über Heltau fuhr und uns am südwestlichen Stadtrand absetzte, entschlossen wir uns, zuerst den Jungen Wald anzusehen. Mit der Tram waren es nur wenige Haltestellen bis zum Fischteich.

Ich sah durch die Fenster auf die Silhouette der Stadt, folgte den Straßenläufen und Häusern, studierte die vorbeiziehenden Geschäfte, Campingplätze und Restaurants, die auf Kreidetafeln ihr Mittagsmenü anpriesen. Ich hatte das Gefühl, meine Heimatstadt wie ein heimlicher Gast zu besuchen. Die Gerüche, das Licht und die Farben waren dieselben geblieben, und doch war etwas Fremdes dazu gekommen. Am Stadtrand erhoben sich große Einkaufshallen, durch die Straßen rollten neben den alten Dacias westliche Autos, und europäische Musik wechselte sich, als wäre es nie anders gewesen, mit rumänischer Volksmusik ab. In die Straßenläufe, unter die wohlbekannten Klänge mischte sich etwas Neues. Manchmal grell und unübersehbar, zuweilen kaum mehr als eine Ahnung, ein Vorgefühl dessen, was sich noch verändern würde.

Ich wandte den Kopf und sah, dass zwei ältere Herren einstiegen und zu einem Viersitzer einige Reihen weiter vorne gingen.

„Es sind Sachsen“, flüsterte Julian. Seine Haare hatte er heute zu einem Zopf gebunden. Er trug ein weißes T-Shirt und kurze Hosen.

„Woran erkennst du das?“

„An den gebügelten Hemden. Sie machen zwar nur einen Spaziergang, sehen aber aus, als gingen sie in die Kirche.“

Der eine wies seinen Begleiter an, zuerst Platz zu nehmen. Dieser bedankte sich mit den Worten:

„Gern – aber du weißt: So manch einer sitzt, weil er gestanden hat."

Julian ergänzte: „Und an ihrer Vorliebe, einander Witze zu erzählen."

Die Straßenbahn hielt am Fischteich. Warme Luft empfing uns und das raschelnde Geräusch aufgewirbelter Blätter. Wir gingen zu einem Holzhäuschen, Julian bezahlte den Eintritt und kaufte eine Flasche Wasser. Erst jetzt wurde mir bewusst, dass wir an eben jener Haltestelle ausgestiegen waren, von der mir Vater auf unserem Spaziergang durch die Obstfelder erzählt hatte, jener Ausgangspunkt, von dem er nach Michelsberg gewandert war und an dem früher die alte Kaisereiche stand.

Zahlreiche Waldwege führten ins dichte Unterholz. Baumkronen beschatteten die ausgedörrte Erde. Der Himmel schloss sich zwischen den Blättern in kleine, tellergroße Blasen ein, die wie Girlanden zwischen die Wipfel gespannt waren. Durch dieses dichte Blätterdach tropfte das Licht, wogte vor den Füßen und gab einem das Gefühl, als wäre der ganze Boden in flatterig-ruheloser Bewegung. Ich sah zwischen den Baumstämmen das undurchsichtige Grün eines Sees. Überglänzt von dem unruhigen Oktoberhimmel, der sich in launenhaften Farben zeigte, als könne er sich nicht zwischen Blau und Grau entscheiden, bettete er sich zwischen die Bäume des Jungen Waldes.

Wir gingen am Ufer entlang, bis wir zu einer Holzbarke kamen, die an einem Pflock vertäut war. An der Seite hingen Ruder ins Wasser. Julian schnellte mit einem Sprung hinauf und reichte mir die Hand. Ich raffte meinen Rock, setzte zum Sprung an, verfehlte jedoch knapp die Barke. Das Wasser sprudelte um mich herum in aufgewirbelten Erdtönen und reichte mir bis über die Knie. Durch die Sandalen sickerte Schlamm. Kleine Fische streiften meine Beine. Ich zog mich mit Julians Hilfe am Rand hinauf. Der Rock klebte in nassen Bahnen an meinen Beinen.

Julian grinste breit.

„Spotte ruhig", sagte ich lachend und ein wenig verlegen.

Julian machte das Seil los. Der Wind trieb uns auf den See und zeichnete ein feines Muster auf die Wasseroberfläche. Ich zog kurzentschlossen den Rock aus und legte ihn aufs warme Holz, um ihn von der Sonne trocknen zu lassen. Julian übernahm das Rudern und wies mich auf die Windmühlen und lehmgetünchten Häuser am Waldrand hin, ein Freilichtmuseum mit historischen Bauernhäusern und Mühlen. Auf der anderen Uferseite lag der Hermannstädter Zoo, von dem ich nichts weiter sehen konnte als den breiten, geteerten Weg, der neben einem jahrhundertealten Baum auf den Eingang zuführte. Unter all den Gehegen und mächtigen Vogelhäusern, hinter denen übergangslos der Wald anfing, waren mir als Kind die Bärenkäfige am vertrautesten gewesen. Rostige Käfige und rote Eisenstangen trennten die Tiere von den Besuchern. Der beißende Geruch von rohem Fleisch, nassem Fell und Kot quoll zwischen den Gitterstäben hervor.

Nur ein einziges Mal war ich einem Bären ohne den Schutz der Käfige begegnet. Bei einem Ausflug in die Berge hatten wir einen Mann gesehen, der ein zottiges, stolzes Tier an der Leine führte. Ich war bestürzt über die Gutmütigkeit des Bären, der sich von seinem Herren lieblos und grob bändigen ließ. Seine Augen hatten etwas Würdevolles, Freies. Nur das fahrige Scharren seiner Tatzen und sein abgemagerter Körper verrieten seine Gefangenschaft. Ich wünschte ihm augenblicklich und mit kindlich trotzigem Eigensinn seine Freiheit zurück. Mutter flüsterte mir zu, dass Touristen gegen Geld Fotos mit dem Bären machten und der Mann sich damit seinen Lebensunterhalt verdiene. Wir können ihm nicht helfen, so sehr er uns daure, sagte Vater.

Ein großer Hund lag neben dem Mann auf dem Boden. Als wir uns dem Bären näherten, sprang er auf, kam langsam auf uns zu und blieb vor mir stehen. Er beobachtete meine Hand, die sich ihm zögerlich näherte. Ich streichelte seinen Hinterkopf und das weiche Fell über dem knochigen Rücken. Er ließ sich meine Berührung gefallen. Mutter zog meine Hand vorsichtig, aber bestimmt zurück. Als wir weitergingen, folgte er uns. Vater gab ihm Zeichen umzukehren, aber er wich nicht von unserer Seite. Als der Besitzer das bemerkte, hob er unvermittelt einen Stein auf und zielte auf den Hund. Ein dunkler Laut drang aus der Kehle des Tieres, als der Stein ihn hart an der Seite traf. Doch er kehrte nicht um. Er folgte uns über die Straße, über mehrere Kreuzungen, durchs halbe Bergdorf. Er folgte uns in sicherem, gleichbleibendem Abstand. Leise waren seine Pfoten auf dem Asphalt zu hören.

Als wir bei unserem Auto ankamen, blieb er stehen. Vater schüttelte energisch den Kopf, als er meinen bittenden Blick sah. Wir sprachen alle kein Wort. Als die Türen zuschlugen, heulte der Hund einmal kurz auf, doch er bellte nicht und rannte uns nicht hinterher. Er sah uns die ganze Länge der Straße nach, bis wir hinter einer Biegung verschwanden.

Wir trieben mitten auf dem See. Ich ließ die Beine ins Wasser gleiten, löste mit einer raschen Bewegung meine Haare, und rieb mir verstohlen das Gesicht.

„Was ist los?“, fragte Julian.

„Es ist, als warte überall, wo ich hinkomme, eine Erinnerung.“

Er steckte die Ruder in die Halterung und setzte sich schräg hinter mich.

„Werde ich alles wieder vergessen, wenn ich fort bin?“, fragte ich, ohne mich umzudrehen.

Julians Antwort blieb aus.

„Als ich noch ein Kind war, ließen wir in einem Bergdorf den Hund eines Bärenbändigers zurück. Er folgte uns duldsam und bittend bis zu unserem Wagen …“

„Wahrscheinlich wurde er von seinem Besitzer nicht gut behandelt.“

„Und ich habe ihn im Stich gelassen.“

Wir blickten über den See, über den Jungen Wald bis zum Zibinsgebirge.

„Wirst du wiederkommen?“, fragte Julian.

Ich drehte mich um und sah ihm in die Augen. Wir drehten uns ganz langsam mitten auf dem See. Julians Stimme glitt in einem feinen, kaum hörbaren Übergang von ihrer gewohnten Bahn ab. Sie färbte sich in einen sachten, dunklen Ton.

„Wie schön du bist“, sagte er mit dieser Stimme.

Ich fixierte die Wasseroberfläche. Die Ruder hingen lose in ihrer Verankerung, verloren sich in der dunkelgrünen Tiefe des Sees. Gedämpft brandeten die Wellen an den Unterboden der Barke. Beständig und wie einen geheimen Takt schlagend, klackerten sie unter dem bemoosten Holz. Ich hielt mich und meine Gefühle mit meinem Blick gleichsam fest. Doch allmählich vermischte sich der Wald mit dem Hellgrau des Himmels, und das Ufer und die Lehmhütten verblassten wie Schattenrisse auf einer alten Fotografie.

Ich spürte Julians Berührung.

Eine unsichtbare Grenze hob sich auf. Lautlos umfingen sich unsere Arme. Die Berge mit ihren bläulichen Silhouetten rückten fort, an denen sich meine Augen zuletzt festgehalten hatten. Sie verschwanden mit der Nähe, die zwischen uns entstand. Julians Hände wanderten über meine Haut, absichtslos, zart und kräftig zugleich. Ich neigte mich nach vorn und suchte seinen Mund. Seine Lippen öffneten sich. Eine feuchte, süße Leichtigkeit breitete sich über meinen ganzen Körper aus. Immer verhaltener schlugen die Wellen gegen das Floß, bis sie schließlich unhörbar wurden und ebenso wie der Rest der Welt in eine geräusch- und zeitlose Stille eintauchten.

Wir fuhren mit der Straßenbahn zurück nach Hermannstadt und stiegen am Erlenpark aus. Eine dicht befahrene Straße führte uns nach einem längeren Fußmarsch zur Promenade der Stadt. Ströme von Menschen bevölkerten die Heltauergasse mit ihren zahlreichen Geschäften. Lieferwagen schoben sich im Schritt-Tempo durch die Menge. Eisverkäufer zogen ihre rollenden Läden übers Trottoir und klingelten zu ihrem Ruf: „*Îngheţată*“.

Ich sah in die Auslagen der Geschäfte, beobachtete den Andrang vor den Losständen und die Bettler am Straßenrand. Dann bogen wir in eine Nebenstraße ab. Nur wenige Passanten spazierten über das Trottoir, traten aus klingelnden Ladentüren oder wechselten ohne Eile die Straßenseiten. Beschnittene Akazienbäume säumten den Gehweg. Ich blieb stehen und atmete das Aroma der Stadt: Akazien- und Lindenlaub, aufgeplatzte Nüsse und die Gerüche von Abgasen und Rauch. Durch die Hauptstraßen pulsierte der Verkehr. Irgendwo war der Fluss. Und in der Unterstadt stand unser altes Haus. Ich sah Julian glücklich an. Wie sehr ich mich freute, alles wiederzusehen.

Wir spazierten durch verwinkelte Seitenstraßen, die gegensätzlicher nicht hätten sein können: Bescheidene, fast ärmliche Häuser neben stuckverzierten Fassaden, Kioske und Krämerläden neben Einkaufsmärkten. Eingefasst vom dunklen, fleckigen Ocker einer mehrmals gestrichenen Mauer, thronte eine Schillerbüste auf einem niedrigen Steinsockel. Fast auf Augenhöhe mit dem Abbild des Dichters, konnte man die einstmalige Pracht des Schillerplatzes erahnen.

Unvermittelt fand ich mich auf dem Großen Ring wieder. Mir stockte der Atem bei seinem Anblick. Die katholische Kirche, das grün-gelbe Brukenthalpalais mit seiner Kunstsammlung, barocke und klassizistische Häuserfassaden, in denen Wohnungen und Geschäfte untergebracht waren, begrenzten den weitläufigen, quadratischen Platz. Schlanke schwarze Laternen mit doppelten Ampeln erhoben sich in den Himmel. Dachgauben blickten mit ihren mandelförmigen Augen auf Taubenschwärme, die weite Teile des Rings belegten.

Von zwei Säulen getragen, überdachte ein zierlicher Balkon den Eingang zur Theologischen Fakultät. Ein steinernes Gesicht diente dem Balkon als Stütze. Geschnitzte Gesichter umrahmten den Türknauf. Wir betrachteten die Holztür mit den eingekerbten Köpfen, die mit ernstem Antlitz den Eintretenden entgegensahen. Ihre Kopfform ähnelte Säuglingen, doch ihre Augen waren die von Greisen. Ihre Lider waren schwer und hoben sich müde über das Holz, als wollten sie sich nach den vielen Jahren endlich schließen.

Durch einen Gang, der mitten durch ein Haus führte, gelangten wir zum Kleinen Ring, dem eigentlichen Herzstück der Stadt. Er war der Haupthandelsplatz gewesen, zu dem aus den umliegenden Dörfern wie Großau, Heltau oder Michelsberg Bauern anreisten, um ihre Ernte zu verkaufen. Um das geschäftliche Leben und die Waren zu schützen, wurde er durch einen Mauerring und Arkaden umschlossen. Bei Regen konnte man früher fast den ganzen Platz unter den gewölbten Bogengängen im Trockenen umgehen, erfuhr ich von Julian.

„Die Architektur eines Hauses oder einer Stadt ist wie ein Gesicht. Man kann mit etwas Übung fast alles daraus ablesen", sagte er. „Sie repräsentiert und offenbart und verrät gleichzeitig, was verborgen und geschützt werden soll."

Julian sah mich nachdenklich an. Ich spürte, wie mir das Blut in den Kopf schoss. „Siehst du die vier schmalen Türme? Jeder Reisende konnte an ihnen sehen, dass diese Stadt über eigene Gerichtsbarkeit verfügte."

Ich schirmte meine Augen gegen die Sonne ab und sah zur evangelischen Kirche mit den hohen, bunt gedeckten Ziegeltürmen – die Kirche, in der ich getauft wurde. Die goldenen Zeiger der Uhr gingen auf die sechste Ziffer zu. Mit einem dumpfen Schlag begannen die Glocken zu läuten. Die bronzene Statue des Bischofs Teutsch empfing uns im Kirchhof. Gegenüber, vor dem Lyzeum, verkaufte eine Frau geschnitzte Holzlöffel. Wir holten uns bei einem der rollenden Händler ein Eis, und Julian erzählte von der Zeit, als einige der wichtigsten Handelsrouten Osteuropas in diesem Gebiet zusammentrafen. Klingende Namen, wie der Rote-Turm-Pass, der den Weg in die Walachei öffnete, machten mir einmal mehr bewusst, in welchem entlegenen Landstrich meine Heimatstadt errichtet worden war. Hermannstadt wurde zu einem wichtigen Handelszentrum und dadurch zum begehrten Angriffsziel. Als wir auf unserem Rundweg an den Harteneckürmen vorbei gekommen waren, hatte ich mir nicht vorstellen können, dass früher fast vierzig Wehrtürme die Stadt befestigt hatten. Jetzt setzte sich Stück für Stück ein Bild zusammen – voller Ehrfurcht hörte ich, dass der damalige Papst die Stadt ‚Bollwerk der Christenheit' genannt hatte, da sie von den Türken nie eingenommen werden konnte.

Julian machte es sichtlich Freude, mir Hermannstadt zu zeigen. Ich konnte mir niemanden denken, der für ein Geschichtsstudium besser geeignet war, und dachte voller Verwunderung daran, dass er mir auf dem Weg zurück in die Stadt erzählt hatte, dass er nächste Woche zu einem Vorstellungsgespräch eingeladen war. Auf Agnetas Beerdigung hatte er jemanden kennengelernt, der in Hermannstadt einen Verlag gegründet hatte, und Verstärkung für seine Redaktion suchte, die eine Buchreihe über die Sehenswürdigkeiten der Region aufbauen würde. Mir fiel unser Gespräch in den Bergen wieder ein, ich dachte an seine Verpflichtungen gegenüber seiner Familie, und wusste mit einem Mal, dass er die richtige Entscheidung treffen würde. Eine feste Anstellung würde ihm finanzielle Unabhängigkeit verschaffen und die Möglichkeit eröffnen, vielleicht eines Tages sein Studium nachzuholen.

Julian war stehen geblieben, um eine Gedenktafel zu lesen. Der Rucksack hing lose über einer Schulter, Haarsträhnen hatten sich aus seinem Zopf gelöst. Mit unverhohlener Neugierde betrachtete ich seine Schultern und kräftigen Arme. An seinem Hals leuchtete die dünne Silberkette auf, dessen blattförmigen Anhänger ich auf der Barke mit den Fingern erkundet hatte. Gedankenversunken, und ohne von der Tafel abzulassen, zog er den Tabak aus seiner Hosentasche und fing an, sich eine Zigarette zu drehen. Dann wandte er sich um und sah mich lächelnd an. Ich wusste, dass ich ihn erneut küssen wollte, und wünschte mir, inmitten der Geschäftigkeit der Stadt, etwas von der Stille und Abgeschiedenheit des Sees zurück.

Wir erreichten den ältesten Stadtteil. Die Häuser hatten weit aufgeklappte Fensterläden, fast ebenerdig zur Straße. Wäsche trocknete vor den Fenstern, verströmte den Geruch von nasser Wolle. An den Holztüren blätterte die Farbe schon so lange ab, dass daraus ein Mosaik aus Krusten entstanden war. Kabel führten die Häuserwände entlang, stoben in alle Richtungen zu langen Holzmasten an den Straßenecken. Von dort wurden sie weitergeführt, zerteilten wie Spinnennetze den Himmel.

Die Farben der Häuser schienen sich aneinander zu orientieren. Von einer maigrünen Straße kamen wir zu einer lachsrosa Häuserzeile, die zu einer Ecke führte, an der sich Sonnen- mit Kastanienbraun abwechselte. Dort liefen alle Kabel sternförmig auf einen Mast in der Mitte des Platzes zu. Auch die typischen Hoftore waren zu sehen. Mit ihren gewölbten Holztüren schützten sie die Hinterhöfe vor neugierigen Blicken. Wellig und krumm schlängelten sich die Mauern an beiden Straßenseiten entlang, als wären sie im Laufe der Zeit ineinander verwachsen.

Während in Deutschland die ältesten Teile einer Stadt zu Fußgängerzonen hergerichtet, die Fachwerkhäuser renoviert und mit Cafés und Läden bestückt waren, war hier die Vergangenheit sichtbar geblieben, der Zeit ergeben. Es war, als bahnte sich die Natur ihren Weg zurück in die schmalen, gewundenen Gassen. Langsam, fast gleichmütig riss sie tiefe Spalten in den Asphalt, wühlte mit unsichtbaren Riesenhänden in der Erde und lockerte die eingelassenen Pflastersteine. Unter den Krusten der Häuseranstriche und Bodenbeläge brachen die Jahrhunderte aus ihrem Gewahrsam, als begehrten sie das schroffe Land zurück, auf dem diese Straßen errichtet wurden.

„In Zeiten der Belagerung gab es hier viele unterirdische Kornspeicher. Ausgebrannt wie Tonkrüge und mit Brettern verschlossen, konnte das Getreide darin viele Jahre gelagert werden. Ihre Besitzer bewahrten ein Seil mit einem Knoten irgendwo in der Mitte auf. Wurde dieses Seil von zwei geheimen Punkten aufgespannt, zeigte der Knoten die Lage der Korngrube an."

„Bewundernswert", sagte ich leise.

Julian schüttelte fragend den Kopf.

„Der Erfindungsreichtum der Sachsen. Nahezu unendlich lang haben sie hier ausgeharrt."

„Aber eben nur beinahe …"

„Beinahe", wiederholte ich nachdenklich.

Allmählich wurden die Straßen breiter. Arkadenartige Bögen überdachten die Wege, und offene Tore gaben hier und da den Blick frei auf die prächtigen

Hinterhöfe des jüngeren Stadtkerns. Ich blieb stehen. Honiggelb gerahmt vom Torbogen, saß eine Frau inmitten eines solchen Paradieses. Sie umarmte einen Jungen, der eben aus dem Eingang gestürmt war. Er weinte und hielt sich am Ellenbogen. Wein wuchs an der Hausfassade und überschirmte ihren Sitzplatz. In der Mitte des Hofes blühten orangefarbene Dahlien in einem Blumenbeet. Um das erste Obergeschoss wand sich eine Balustrade. Geschirr klapperte, Frauen riefen einander aus den Gängen etwas zu, Türen knallten, und von irgendwoher raunte ein Radio. Die Geräusche sammelten sich in dem rechteckigen Hof wie in einem Schwimmbecken, schwappten in hohen Wellen über die Mauern und quollen durchs offene Tor auf die Straße.

„Wenn dir dieser Hof gefällt, möchte ich dir etwas zeigen", sagte Julian.

Wir bogen an der nächsten Kreuzung ab und blieben schon bald vor einer Hofeinfahrt stehen. Ein breiter, niedriger Torbogen führte in einen dunklen Gang. Der Geruch von feuchter Erde hatte sich darin eingeschlossen. Zu den Seiten stapelten sich schemenhaft große Steinquader. Blendend weißes Tageslicht fiel am Ende des Ganges wie ein Vorhang aus der eingeschlossenen Nacht herab. Als wir hinaustraten, sahen wir in einen Lichthof, behängt mit Schleiern aus Grün. Der Hinterhof war vollständig von einem Weindach überschattet, an dem einzelne Windlichter baumelten. Der Wein wuchs aus vier an den Ecken angelegten Beeten, wand sich an breiten Säulen hoch und wälzte sich über den Innenhof. In der Mitte floss durch ein rundes Loch die Sonne wie aus Eimern in den Hof.

Rundherum lagen die Eingangstüren zu den Wohnungen, durch blau gemusterten Fliesenboden vom Kopfsteinpflaster des Hofs abgegrenzt. Links, hinter einer der Säulen, lag eine breite Steintreppe, die zu den Postkästen und dem ersten Stock führte. An den Seiten waren Blumenbeete angelegt. Eingefasst von einem niedrigen Holzzaun, wuchs ein See aus Farben.

Ich ging einige Schritte in den Hof hinein. Es war, als würde man unter Wasser hinauf zu den Wellen schauen, so flutete das Dach aus Weinranken den Innenhof. Die Windlichter schwebten in diesem Grün wie dahintreibende Boote. Nur das Rascheln der Blätter war zu hören und das rhythmische Teppichklopfen aus einem Nachbarhof.

Eine junge Frau trat auf die Balustrade des ersten Stockwerks und ging zu den Briefkästen. Als sie wieder verschwunden war, streifte ich die Schuhe ab. Das Kopfsteinpflaster war glatt und kühl wie ein ausgetrocknetes Flussbett. Ich streckte mich, pflückte eine Traube und ließ sie mit geschlossenen Augen im Mund zergehen.

Als ich die Augen wieder öffnete, stand Julian vor mir. In einer Hand meine Schuhe und in der anderen eine orange Ringelblume. Er strahlte über das ganze Gesicht.

„Hier zu wohnen muss ein Traum sein", sagte ich und küsste ihn.

Es war kühler geworden. Ich umfing fröstelnd meine Schultern. Julian zog einen Pullover aus seinem Rucksack und reichte ihn mir. Wir waren an dem Abstieg zur Unterstadt angelangt. Eine gusseiserne Brücke tauchte vor uns auf. Julian fragte mich, ob ich wüsste, wie sie hieße.

„Lügenbrücke. Es heißt, wenn man auf ihr lügt, stürzt sie ein“, sagte ich prompt.

Die Brücke überdachte die Burgergasse, die Ober- und Unterstadt miteinander verband. Unter der Brücke waren Schießscharten zu sehen. Eine Häuserfront schloss sich direkt an und was ich dann sah, ließ mich lachend anhalten. Ein braun-weiß gefleckter Hund schaute aus einem der oberen Fenster. Die Vorderpfoten lagen auf dem Fenstersims und es schien, als beobachtete er in aller Seelenruhe die Straße. Er erinnerte mich an den Hund des Bärenhüters.

Kurz darauf sahen wir in die Pempflingergasse, die überdacht von rötlichen Ziegelkaskaden in gestreckten Treppenstufen den Höhenunterschied zwischen Ober- und Unterstadt überwand. Meine Großeltern besaßen einen Holzschnitt dieses Motivs. Das Bild stammte von Otto Fuchs, einem Künstler aus Hermannstadt. In ihrem Schlafzimmer hing auch eine Ikone, die er gemalt hatte. Eine Madonna mit blauer Robe, deren Glorienschein so kunstvoll gearbeitet war, dass es aussah, als schimmerte er durch die Leinwand. Frieda-Oma mochte das Bild nicht. Es war ihr zu ‚katholisch‘.

Am Zibinsmarkt nahm der Lärm der vorbeifahrenden Autos zu. Sobald wir in die überdachten Reihen traten, waren nur noch die Stimmen der Frauen und Männer zu hören, die lautstark ihre Waren feilboten. Bündelweise Gladiolen waren in Eimern aufgestellt, Käselaibe schwammen in Salzlake, eine reiche Auswahl an *Burduf, Telemea, Brânză* und *Caş* wurde angeboten, Speck hing von den Überdachungen, hunderte von reifen Zucker- und Wassermelonen stapelten sich an den Ecken. Ich sah Männer, die Kisten voller Schafsfelle durch die Reihen trugen, Kinder, die zwischen zusammengerollten Teppichen Fangen spielten. Vor einem Stand mit Gewürzen und offenen Säcken Maismehl lehnte ein Mädchen. Ihre langen schwarzen Haare waren zu Zöpfen geflochten. An den Ohren baumelten goldene Kreolen. Ihre Röcke, übereinandergeschichtet, jeder in einer anderen Farbe, warfen raschelnd Wellen um ihre Beine. Selbstbewusst hielt sie die Hände vor dem Oberkörper verschränkt und schaukelte ihre Hüfte. Eine Zigeunerin. Auf unserer Anreise hatte ich Vater nach den Häusern gefragt, die, eins dem anderen in ihrer Bauart gleichend, die Straßenfronten der Dörfer eroberten. Es waren Häuser von Roma, antwortete er, die es in den letzten Jahren zu Wohlstand gebracht hatten, und sesshaft geworden waren.

Julian bahnte sich einen Weg durch das Gewühl der Marktbesucher, als habe er es plötzlich eilig. Ich schaute mich immer wieder nach dem schönen Mädchen um, die mein Starren bemerkte. Ich lächelte ihr zu, dann wandte ich mich um. Julian war schon fast außer Sichtweite. Der Geruch von gebratenem Mais und Honig lag in der Luft, Küken schilpten in Holzkisten und Vögel flatterten hinter Volieren. Zögernd wurde dieses Durcheinander aus Geräuschen und Stimmen leiser. Julian ging zu einem der letzten Stände und kaufte uns eine kleine Wassermelone, die er zuvor gründlich beklopft und befühlt hatte.

Wir hatten den Zibin erreicht. Ich lief zur Brücke und sah aufs Wasser. Für mich trug er den schönsten aller Flussnamen. Es war kein klarer Fluss und auch kein rasch fließender, er war schlammig und ruhig, doch er hatte etwas Stolzes und Altes, etwas, das schon vor aller Zeit dagewesen sein musste. Seinen Lauf begleiteten Trauerweiden. Sie standen am Ufer, als bildeten sie eine Ehrenreihe für seinen Weg.

Der Zibin stammte aus zwei Quellflüssen, dem *Râul Mare* und dem *Râul Mic*, dem großen und dem kleinen Fluss, und mündete in den Alt. Im Sommer wirkte er jung und grün und führte wie eine Promenade durch die Stadt, auf der nur er allein gehen konnte. Im Winter war er schlammig und in sich gekehrt, doch wenn das Eis dick genug war, bevölkerten ihn Schlittschuhläufer und Spaziergänger. Ich nahm die Ringelblume, die mir Julian geschenkt hatte, und warf sie ins Wasser. Der Fluss hatte mich wieder.

In meiner Erinnerung sah ich, wie Vater einen Schlitten über die Brücke zog. Seine Schritte klangen gedämpft auf der Schneedecke. Ich nahm Anlauf und hüpfte auf die Sitzfläche aus kreuzweise geschlungenen Bändern. So hatten wir den Marktplatz passiert und die Saggasse, hatten den Großen Ring überquert, bis zur Galerie, in der Vaters Landschaftsbilder ausgestellt waren. Er hatte den Schnee von seinen Schuhen geklopft, den Schlitten an die Hauswand gelehnt und die Galerie betreten. Während er sich mit dem Besitzer unterhielt, zeichnete ich Strichlandschaften auf das Glas des Schaufensters. Kurz darauf entließ die Ladentüre Vater mit einem leisen Klingeln. Er schob einen Umschlag in die Innenseite seines Mantels.

Auf dem Kleinen Ring war ein Weihnachtsbaum aufgestellt. Die Läden waren festlich beleuchtet, und durch die Straßen flanierten dick angezogen Passanten. Die Frauen mit Mützen aus Fuchshaar, die Männer mit Pelzhüten aus schwarzem Schafsfell. Zwischen einem Wald aus Füßen beobachtete ich ihre Schritte, ließ ab und zu eine Hand auf dem Boden schleifen, um Schnee darin zu sammeln. Zurück am Zibin kamen aus Vaters Rucksack zwei Paar Schlittschuhe zum Vorschein – ein schwarzes Paar für ihn und ein weißes für mich. Laternen beleuchteten das nächtliche Ufer. Die Äste der Weiden waren im Flusslauf festgefroren. Auf dem Eis drehten Schlittschuhläufer ihre Runden. Ihr Atem kondensierte und verdunstete von Augenblick zu Augenblick. Ich saß auf dem Schlitten, Vater band die Schlittschuhe zu, indem er die langen Schnüre so fest raffte, dass meine Beine nach oben gezogen wurden. Wir betraten vorsichtig das Eis. Ich liebte das dumpfe Knacken, das die Kufen auf der spiegelglatten Fläche hinterließen, den Puls der Stadt, der die nächtlichen Straßen mit Leben füllte und die schneebedeckten Karpaten, die man an solch klaren Wintertagen sehen konnte …

Julian tippte mir auf die Schulter und sagte: „Komm, hier entlang."

Wir gingen den Zibin flussabwärts bis zu einer steinernen Brücke, dann einen abschüssigen Weg zum Ufer. Julian schob die Äste einer Trauerweide zur Seite. Durch den Vorhang aus silbergrünen Blättern erkannte man schemenhaft das Geländer der steinernen Brücke und die Pfeiler, die wie Speere aus dem Fluss aufragten. Wir setzten uns auf eine dicke Wurzel, die sich aus der Erde wand und zum Fluss strebte. Julian zerteilte die Wassermelone mit einem Messer und gab mir ein Stück. Ich spuckte die Kerne der süßen Melone auf den Boden, wischte mir den Mund und sah mich um. Die Äste waren ein perlender Reigen, spielten mit dem Licht, das wie Quecksilber zwischen ihren Blättern hin und her rollte. Unter diesen Blätterdächern war ich schon als Schulmädchen gewesen. Ich ging nach dem Unterricht oft mit einer Freundin zum Zibin, manchmal auch allein. An manchen Tagen war es, als säße ich unter einem Wasserfall in einer Höhle. An anderen Tagen wie in einer schaukelnden Sänfte. Aber immer hatte ich das Gefühl, als hätte ich einen Ort gefunden, der mir allein gehörte. Niemand besaß den Schlüssel für diese Welt, und was hier geschah, würde für immer hier bleiben. Jetzt, als erwachsene Frau, stellte ich erstaunt fest, dass ich immer noch dasselbe empfand. Die Trauerweiden versteckten unter ihren Blättern kleine Inseln aus eingeschlossener Zeit.

Ich nahm Julians Hand. Sie war warm und von elektrisierender Zärtlichkeit. Es war die Kinderhand, die ich aus unserem Versteck im Schuppen kannte und die mich zum verbotenen Glockenschlag aus der Kirche gezogen hatte. Sie fühlte sich kräftiger an, und doch war es dieselbe Hand. Die Vergangenheit war hier geblieben. Sie würde immer hier bleiben, egal, welchen Weg ich einschlagen würde.

Äste trieben vorüber, an einem Strudel in Ufernähe fingen sie an zu kreisen. Ich hielt Julians Hand und schaute auf den Zibin, auf die Abendsonne, und die Wolken, deren orangerote Töne sich unendlich langsam im Wasser aufzulösen begannen.

Taubenfedern

Den Schlüssel hatten wir von Pfarrer Roth geholt. Er saß an einem massiven Schreibtisch, hinter Bergen aus Papieren, Ordnern und aufgeschlagenen Büchern. Das Parkett knarrte behaglich, als wir von seiner Sekretärin, einer Frau mit hellen, aufgetürmten Haaren, die wie Zuckerwatte jeder Bewegung standhielten, in ein Zimmer voller antiker Möbel eingelassen wurden. Der Raum war, ebenso wie Großvaters Arbeitszimmer, eine abenteuerliche Fundgrube. Jede Stellfläche, selbst die Fenstersimse, waren von religiösen Figuren, Kerzen und Erinnerungsstücken eingenommen. Auf den wuchtigen Regalen aus dunklem Holz waren ohne erkennbare Ordnung Bücher verteilt. Rücken an Rücken oder übereinandergestapelt, manch eines halb hervorgezogen, ein anderes schon fast in die zweite Reihe abgedrängt. An den Wänden hingen zahlreiche, in prunkvolle Rahmen eingefasste Bilder. Ich entdeckte eine verblüffend echte Kopie der Mona Lisa. Das zarte, irritierende Lächeln der Mundwinkel, der durchsichtige, fast gläserne Schleier über ihrem Haar, die bläulich schimmernden Berge im Hintergrund, alles war so kunstfertig auf die Leinwand gebracht, dass sich kein Pinselstrich ausmachen ließ. Ein wenig ernster als das Original schien sie auf uns hinabzuschauen. Erstaunt las ich die Signatur. Es stammte von Otto Fuchs, dem Hermannstädter Künstler und Ikonenmaler, dessen Bilder auch bei meinen Großeltern hingen.

Unter Mona Lisas Silberblick nahmen wir Platz, und warteten in Ohrensesseln, die nach Staub und Lavendel rochen, auf den Kaffee, den Pfarrer Roth bei seiner

Sekretärin bestellt hatte. Er durchsuchte die Schublade seines Schreibtischs nach dem Kirchenschlüssel, überreichte ihn uns mit einer feierlichen Geste und fragte, ob wir Wasser zum Kaffee haben mochten.

„Gern“, antworteten Julian und ich wie aus einem Mund.

„Ich werde uns frisches Brunnenwasser holen“, sagte er und folgte seiner Sekretärin, die mit sorgfältig manikürten Händen das Kaffeegeschirr in unserer Sitzecke abgestellt hatte. Seine Schritte hallten auf dem Flur, hinter der geschlossenen Tür hörte man den metallenen Anschlag einer Schreibmaschine.

Julian blätterte durch die Lektüre auf dem Tisch. Ich spielte versonnen mit den Kordeln meines rumänischen Trachtenhemdes, das ich heute zum ersten Mal trug, und dachte an unseren Tag in den Bergen, an dem ich es gekauft hatte, an die Passstraße und den Buleasee. Das eisblaue Wasser des Gletschersees färbte sich grün, wurde zum Fischteich unter den Bäumen des Jungen Walds und zum lehmigen Braun des Zibins. Meine Augen fielen zu. Das Lavendelaroma des Sessels wiegte mich in einen dämmrigen Zustand.

Es war spät geworden, als wir mit dem Nachtbus aus Hermannstadt zurückgekommen waren. Ich hatte vorgeschlagen, unser ehemaliges Haus in der Unterstadt aufzusuchen. Julian half mir in meiner Orientierung, und so gingen wir von der steinernen Brücke bis zur Freundschaftsgasse und weiter, bis wir in jene Straße einbogen, in der das Haus mit dem grünen Tor stand.

Ein warmes, vertrautes Gefühl breitete sich in mir aus. Auf dem Trottoir klafften Löcher, die Wurzeln der

Bäume wälzten sich aus der Erde und krochen an anderer Stelle wieder in den Boden. Die Straße wölbte sich in der Mitte, als überbrücke sie einen unterirdischen Bachlauf. Kinder spielten zwischen Dacias, die am Straßenrand parkten, doch jetzt begann die Stunde, zu der sie hineingerufen wurden. In den Küchen klapperte Geschirr. Auf den Straßen verebbten die Stimmen und Schritte. Ein Ball rollte auf die Straße und blieb unbeachtet liegen.

Unser Haus sah noch genauso aus, wie ich es in Erinnerung hatte, nur bedeutend kleiner. Einstöckig reihte es sich zwischen die Fassaden der anderen Häuser ein, mit seinem grünen schmiedeeisernen Tor, den zwei großen Fenstern und der lidförmigen Dachluke, die dem Haus einen schläfrigen, gutmütigen Charakter verlieh. Steintreppen mit einem Geländer führten zur Eingangstür. Zur Straße lagen zwei Zimmer: Das Wohnzimmer, das wir nur selten nutzten und das so lange Staub ansetzen durfte, bis wir Besuch erwarteten und Mutter es reinigte. Und das Schlafzimmer, das für mich ein dunkler Ort blieb, da auch tagsüber die Fensterläden geschlossen waren.

Unser Familienleben hatte sich rückseitig abgespielt. Durch die Zaunbretter spähte ich in den Hinterhof. Dort lag die Küche, unser eigentliches Wohnzimmer, durch dessen Fenster man auf das Dach von Vaters Atelier klettern konnte. Mutter hatte Blumentöpfe herausgestellt und Weinstöcke als Sichtschutz gepflanzt. An warmen Tagen sonnte sie sich auf einer Decke. Nur nicht im August, wenn das Dach so heiß wurde, dass sich auf dem schroffen Material Teerflecken bildeten – ich kletterte trotzdem hinaus und musste mir am Abend die Füße bürsten, bis sie rot wurden.

Wie lange hatte ich nicht mehr an dieses Bild gedacht: Die offenen Fenster der Küche, ein Handtuch, das achtlos auf der Fensterbank lag, und die Silhouette einer Frau im Badeanzug, auf einer Sommerdecke, umgeben von Weinranken. Olivbraune, goldschimmernde Haut und der Geruch von Nivea-Creme an Hals und Schlüsselbein. Mutter konnte stundenlang mit geschlossenen Augen auf dem Dach liegen, ohne Buch und ohne Beschäftigung. Und wenn Vater sie fragte, ob ihr nicht langweilig sei, schüttelte sie übermütig den Kopf, als müsse sie ein Geheimnis bewahren.

Vaters Atelier war eine ehemalige Uhrglasmanufaktur. Sie war hinten ans Haus angebaut und konnte nur über den Garten erreicht werden. Ich verbrachte viele Stunden in dem hellen, kargen Raum, in dem außer der Staffelei und einem Holzregal noch ein Tisch und ein Sofa standen. Es geschah oft, dass ich dort einschlief, auf dem alten Sofa, inmitten von Malgeräuschen und dem Geruch von Ölfarben und Terpentin. Ich schlief oder träumte mit offenen Augen, Vater malte, und Mutter lag wie eine Katze auf dem Dach.

Ich ließ dieses Bild los, und augenblicklich tauchte ein neues auf. Vom Tau benetzt hingen die ersten Blütenkelche im Garten. Narzissen blühten auf der Wiese und Hyazinthen im Blumenbeet vor dem Haus. Ich trug ein Frühlingskleid, hatte es beim morgendlichen Anziehen standhaft gegen die Befürchtungen meiner Mutter ertrotzt, es sei noch zu kühl. Ungeduldig saß ich auf den Stufen zum Vorraum und konnte es kaum erwarten, das Versteck meines Osternests ausfindig zu machen. Am Vortag hatte ich wie jedes Jahr beim Eierfärben geholfen. Blätter und Blumen wurden auf die Eier gelegt und zerteilte Nylonstrümpfe darübergespannt. Rote Eier bekamen ihre Farbe von eingekochter roter Bete, grüne von Spinat, aber am schönsten gelangen sie mit Zwiebelschalen – dann wurden sie rostbraun, und dort, wo das Blatt, der Halm oder die Blüte war, blieben sie weiß oder färbten sich nur ganz leicht in jenem Grundton mit.

Endlich hörte ich Schritte auf dem Flur und sprang auf das Nicken meiner Eltern hin auf und hinaus in den Garten. Die morgendliche Nässe des Grases kühlte meine Beine, als ich zuerst die Wiese absuchte. Ich lief zum Schuppen, schob die Tür auf, um nachzusehen, ob das Nest zwischen den Gartengeräten versteckt war, schob sogar den schweren Holzdeckel des Brunnens zur Seite, um zu prüfen, ob es vielleicht in dem Eimer über dem Wasser schwebte, und wurde schließlich im Blumenbeet fündig. Mein Nest war weich von Moos und Gräsern, und darin lagen die gefärbten Ostereier, Eier aus Zucker und ein kunstvoll bemaltes aus Porzellan. Andächtig nahm ich eines der Zuckereier in den Mund. Das Porzellanei aber wurde in die mit grünem Stoff ausgeschlagene Kiste gelegt, in der ich zu jener Zeit alle meine Kostbarkeiten sammelte.

Die Feiertage verstrichen wie im Flug. Am Samstag wurden die Eier gefärbt, am Sonntag hatte ich schon vor dem Kirchgang mein Nest suchen dürfen, und am Ostermontag war unsere Küche gefüllt mit männlichem Besuch. Jeder Eintretende fragte an der Tür: ‚Darf ich die Rose des Hauses bespritzen?‘ und träufelte eine Mischung aus Parfüm und Wasser auf den Kopf meiner Mutter. Belohnt wurden sie mit Gebäck und Schnaps, Wein und selbstgemachtem Eierlikör. Durch diesen Brauch hatten am Ostermontag alle siebenbürgischen Frauen parfümierte Kopfhaut und viele Männer reichlich Alkohol im Blut.

Freunde und Bekannte meiner Eltern kamen und gingen und mit ihnen der neueste Tratsch der Stadt. Ein Freund erzählte, dass er mit seiner Frau nach Salzburg, nahe bei Hermannstadt, gezogen war, diese aber große Angst habe, in den ehemaligen Salzstollen zu schwimmen, da sie fürchte, dass immer noch einer der Toten aus dem ersten Weltkrieg daraus auftauchen könne. Mutters Cousin lallte schon, als er die Stufen zu unserem Haus hinaufkam, verteilte sein Rosenwasser überall, nur nicht auf dem Kopf meiner Mutter, und setzte sich dann zu uns auf die Eckbank, um einen Witz nach dem anderen zu erzählen. Er zog unter dem Tisch an meinen Beinen, nannte mich „Foff“, was mich, wie immer, rasend machte, und begleitete seine Witze mit einem grollenden Lachen, das aus den Untiefen seines Bauches drang. Ein Lachen, das seinen ganzen massigen Körper schüttelte und irgendwann erstickt wurde durch einen Hustenanfall, da er sich an einer Brezel verschluckt hatte. Als er sich beruhigt hatte, machte er sich, nicht ohne noch einen Schnaps zu trinken, auf den Weg zu den anderen Rosen der Stadt.

Julian lehnte neben mir am Zaun. Gerade, als ich ihm von meinen Erinnerungen erzählen wollte, trat eine Frau aus dem Nachbarhaus. Sie trug eine Kittelschürze, die feste Oberarme entblößte, hatte kurzes dauergewelltes Haar, rote Wangen und einen freundlichen, vollen Mund. Sie spritzte mit einem Schlauch den Boden ab und sang dazu selbstvergessen ein Lied.

„*Lume, lume, soră lume …*“

„Sie singt von der Welt als Schwester …", begann Julian.

Die Frau hielt inne, musterte uns neugierig und fragte: „*Din Germania?*"

Julian antwortete auf Rumänisch. Ich hörte meinen Familiennamen und sah, dass er auf unser ehemaliges Haus zeigte.

„*Extraordinar!*" Sie ließ den Schlauch fallen und klatschte wie vom Donner gerührt die Hände zusammen. Kurz darauf versank ich in einer Duftwolke aus Kölnisch Wasser und ihrer weichen, gepunkteten Kittelschürze. Unterdessen strömte das Wasser ungehindert aus dem Schlauch. Erst als die Pfütze bis zu unseren Füßen reichte, ließ sie mich los und drehte den Wasserhahn zu. Sie zog mich am Ellenbogen durch die Einfahrt in den Hof. Neben den Weinstöcken waren Bretterverschläge, aus denen sich nach einer Weile ein Mann zwängte. Unter den Worten seiner Frau erhellte sich sein Gesicht.

Er umarmte mich ebenso stürmisch und erkundigte sich, wie es mir ginge: „*Ce mai faci, drăguţă?*"

Rodica und Sandu Florescu, die ehemaligen Nachbarn meiner Eltern, waren außer sich vor Freude, mich wiederzusehen. Sie bestürmten mich mit Fragen, erkundigten sich nach meinen Eltern und Großeltern und waren voller Anteilnahme, als Julian übersetzte, dass Agneta gestorben war. Es stand für sie außer Zweifel, dass wir zum Abendessen bleiben würden. Ich rief zu Hause an, damit Vater sich nicht sorgte. Herr Florescu brachte Bier der Marke *Ursus* aus dem Keller, sowie eine Speckschwarte mitsamt Schnur und Haken. Rodica kochte *Palåkes* mit Käse, den sie mit zerlassenem Rahm und gebratenem Speck servierte. Schon vor dem Essen wurde die erste Flasche Wein geleert. Das Obstmuster des Tischtuchs, paarweise rote Kirschen, fing langsam an zu verschwimmen.

Wir saßen unter einer Laube, die mit einfachem, durchsichtigen Wellblech bedeckt war. Mir gelang ein Blick ins Innere des Hauses, auf einen Wandbehang mit einer überfrachteten silbernen Waldszenerie mit zwei stolzen Hirschen. Da tauchte eine junge Frau im Eingang auf. Sie sah mich mit klaren, ruhigen Augen an. In meiner Erinnerung gehörten diese Augen einem Mädchen, das mit mir durch die Straßen des Viertels getobt war. Mit dem ich auf Teppichstangen geturnt hatte, die Handflächen zuvor sorgfältig mit Mehl eingestäubt. Mit dem ich die pastellfarbenen, gerüschten Unterröcke ihrer Mutter aus den Schubladen gezogen hatte, um verkleidet auf dem Bettkasten zu posieren, und im Sommer unter den Weiden des Zibins saß, die länglichen Blätter zwischen die Lippen zu einem Schnabelmund gesteckt.

Sie trat auf mich zu und nahm beherzt meine Hand. Meine Schweigsamkeit kam mir unbeholfen vor. Doch sie schüttelte lachend den Kopf, als habe sie verstanden. Wir gingen miteinander um, als wären wir alte Vertraute, als hätte die Zeit still gestanden, und als wären Freundschaften, die man so früh geschlossen hatte, dazu bestimmt, nie zu verblassen.

Später stieß auch der Sohn der Nachbarn, der nur ein paar Straßen weiter wohnte, zu unserer Runde. Er brachte eine Stereoanlage mit, legte Musik auf und entfachte ein Lagerfeuer im Garten. Auf meine Frage wegen der Nachtruhe sagte er schlicht, das sei das Problem der Nachbarn, nicht seins. Zu fortgeschrittener Stunde forderte Herr Florescu seine Frau zum

Tanz auf. Sie gingen zu dem gepflasterten Weg zwischen Garage und Hoftor und fingen an, sich im Kreis zu drehen – er die Arme an ihrer Hüfte, sie die Hände auf seinen Schultern. Nach einer Weile hielten sie inne, tanzten ein paar Schritte nach links, dann nach rechts und fingen wieder an zu kreisen, diesmal in die andere Richtung. Julian sah mich auffordernd an, doch ich lehnte ab. Ich betrachtete hingerissen den Tanz, sah über den reich gedeckten Tisch und ahnte, dass es genau diese Eigenschaft war, die die rumänische Gastfreundschaft ausmachte. Das Bedürfnis, die Gäste mit dem Besten zu bewirten, und die Fähigkeit, von einem Moment auf den anderen alles andere stehen und liegen zu lassen und das Leben zu feiern, wann immer sich dazu eine Gelegenheit bot.

Das nächste, woran ich mich erinnerte, war, dass ich lautstark rumänische Volkslieder in einem leeren Bus sang. Ich versuchte, einige der Liedzeilen zu singen, die mir der *Vecin* beigebracht hatte, und der Busfahrer hatte lachend erlaubt, dass ich das Mikrophon benutzte. Julian saß in der zweiten Sitzreihe und gab mir Stichworte, wenn ich den Text nicht mehr wusste. Der Fahrer stimmte bei einigen Liedern mit seinem tiefen Bariton mit ein und lenkte dabei den Bus auf der Landstraße nach Michelsberg. An einer Haltestelle stieg schließlich eine Frau dazu. Der Fahrer beobachtete sie im Rückspiegel und stieß einen leisen Pfiff aus. Als ich ihn stirnrunzelnd ansah, sagte er: „*Ce-i frumos, îi place şi la dumnezeu!*“ und schnalzte mit der Zunge.

Erschöpft setzte ich mich neben Julian und lehnte den Kopf an seine Schultern.

„Was hat er gesagt?“

„Nun ja", antwortete Julian mit einem Zucken um den Mund. „Das heißt übersetzt: Was schön ist, gefällt auch dem lieben Gott."

„Oha", sagte ich „so ist das also …"

Die Unverblümtheit der rumänischen Sprichwörter war entwaffnend. Meine Eltern pflegten auch heute noch, wenngleich sie untereinander nur deutsch sprachen, ein großes Repertoire an rumänischen Redewendungen.

„Du singst gut, Sine."

„Ja?", sagte ich gedehnt und schloss dabei die Augen.

„Wirklich", sagte er mit Nachdruck. „Und du kannst besser Rumänisch, als du zugibst."

„Vielleicht kann ich nur Rumänisch, wenn ich getrunken habe", sagte ich.

„Dann solltest du vielleicht öfter trinken", antwortete er spöttisch.

Ich lachte und sah zum Horizont. Ein dünner Streifen Morgengrau schälte sich bereits aus dem Himmel. Ich hielt die Hand in den Fahrtwind, der sich anfühlte wie kühles, weiches Mehl. Die Sonne ging gerade auf, als wir in Michelsberg ankamen. Das Dorf war verwaist, ein paar Hühner liefen über die Straße, nahmen Zuflucht in einer ausrangierten Telefonzelle. Genau vor einer Woche waren wir in Michelsberg angekommen. Damals stieg ein leichter Nebel über den Bergen auf, und zarte Pastelltöne umfingen die Felder. Damals war ich ängstlich gewesen und voller banger Gedanken. Heute begann ein klarer, durchsichtiger Morgen. Heute war ich glücklich.

Pfarrer Roths Schritte hallten auf dem Korridor, mit einem langgezogenen Knarren öffnete und schloss sich die Tür zu seinem Büro. Er trat mit einem Krug Brunnenwasser zu unseren Sesseln. Ich setzte mich auf und verbarg ein Gähnen. Julian zwinkerte mir zu. Mona Lisa lächelte ihr samtiges, rätselhaftes Lächeln.

Dem Pfarrer schien das Chaos in seinem Zimmer nicht unangenehm zu sein. Er schob nachlässig die Zeitschriften und einige Holzfiguren auf dem Couchtisch zur Seite, klappte ein Gesangbuch zu und legte es auf den Vorsprung zwischen Bücherregalen und geschlossenen Schränken. Auch auf diesem schmalen Sims war alles vollgestellt. Videokassetten und ein kleiner Fernseher, Körbchen voller Feuerzeuge, Kristalle, und ein Gerät, das aussah wie ein Projektor, und dessen Kabel hoffnungslos ineinander verwickelt zu Boden fielen.

Der Pfarrer rückte einen Stuhl heran und setzte sich zu uns.

„Dein Vater hat erwähnt, dass ihr gestern in Hermannstadt gewesen seid?"

Ich erzählte von dem Rundgang durch die Altstadt, von unserem ehemaligen Haus und der Einladung der Nachbarn. Noch immer begleitete mich das schöne und zugleich traurige Gefühl, Hermannstadt wiedergesehen zu haben. Doch als ich versuchte, dies in Worte zu fassen, kam ich ins Stocken.

Der Pfarrer hakte interessiert nach: „Ein Gefühl der Trauer?"

„Ja." Ich richtete mich auf. Der starke Kaffee weckte meine Lebensgeister. „Auch wenn ich mich freue, dass es die Orte meiner Kindheit noch gibt, so ist immer auch das Gefühl präsent, dass eine jahrhundertealte Geschichte zu Ende geht."

„Das ähnelt den Gefühlen vieler Hiergebliebener."

„Inwiefern?“, fragte ich.

Er griff nach seiner Tasse, ließ sie jedoch wieder sinken und erhob sich von seinem Stuhl: „Kommt mit.“

Julian stand auf, nicht ohne die Wolldecke über dem Sessel glatt zu ziehen, und folgte dem Pfarrer. Ich nahm noch einen Schluck Wasser und schloss mich an. Wir gingen in den Hausflur, am Zimmer der Sekretärin vorbei – der Takt der Schreibmaschine setzte kurz aus – und durch eine Flügeltür, deren Sprossenfenster bereits an mehreren Stellen gesprungen waren.

Neben einem Treppenaufgang ruhten, groß und seltsam unbewegt, als hätten sie sich verirrt, zwei ausrangierte Kirchenglocken. Die Doppelfenster zum Innenhof standen offen, in ihrem Zwischenraum rankte sich welkes Efeu.

„Dort oben hinter dem *Plafond*“, der Pfarrer wies mit ausgestreckter Hand zur Decke, „liegen die kirchlichen Akten auf dem Aufboden.“

Er ging die Treppe hinauf und blieb schließlich stehen, um eine Tür aufzuschließen. Wir betraten einen dämmrigen Raum voller Spinnweben. Achtlos wischte der Pfarrer sie zur Seite. Die Kammer war nur schwach beleuchtet, die Gauben bündelten das Licht auf dem Holzfußboden. Balken stützten die Decke, das Dach war mangelhaft isoliert, an mehreren Stellen blitzten die Dachschindeln hervor. Ich sah Aktenschränke, in denen sich Unterlagen stapelten, Regale mit zugezogenen Vorhängen, alte Truhen und Koffer. Die Luft war stickig. Es roch nach Schimmel und Nässe, fauligem Holz und modrigem Papier.

„Was ihr hier seht“, sagte der Pfarrer, „sind Taufbücher, Geburtsscheine, Hochzeitsformulare und Sterbeurkunden. Sie erzählen von den vielen Generationen, die dieses Dorf erhalten und verteidigt haben."

Er faltete seine Hände über dem Schoß, seine Daumen kreisten umeinander, als würden sie die langen Jahrhunderte aufspulen, derer er sich in diesem Moment erinnerte. Sein Gesicht hatte plötzlich einen sanften, demütigen Ausdruck, den ich noch nie an ihm gesehen hatte.

„Ich muss eine immer größer werdende Anzahl an Dörfern betreuen und erlebe tagtäglich das Schicksal derer, die hier geblieben sind. Für sie ist das, was in den letzten Jahrzehnten geschehen ist, ein Rätsel. Etwas, was sie nie ganz bereifen werden. Was du hier in Michelsberg erlebst, Sine, ist die Ausnahme. Wenn du ein bisschen weiter hinaus fährst, so wirst du sehen, in welcher Einsamkeit, teilweise Verbitterung die handvoll Deutschen leben, die noch übrig sind."

„Aber kann man das wirklich so sagen?", bemerkte Julian, „ich kenne viele, die ihren Frieden mit den geschichtlichen Ereignissen geschlossen haben."

„Ich spreche von der alten Dorfbevölkerung", sagte der Pfarrer, „in den Städten oder unter den Jüngeren mag es anders sein. Sie leben inmitten einer untergegangenen Geschichte, in ihrer Erinnerung, in den Liedern und Gedichten ihrer Vorfahren. Sie haben dem Land die Treue gehalten. Aber: Sie sind verlassen worden von ihren Landsleuten. Und es ist ihnen, als hätte auch Gott sie dabei vergessen. ‚Siehe, was ich gebaut habe, reiße ich ein, und was ich gepflanzt habe, reiße ich aus' – Das ist ein treffendes und, wie ich finde, tröstliches Wort aus dem Alten Testament. Warum er die Menschen einen Leidensweg gehen lässt, können wir mit unserer Vernunft nicht ergründen. Doch auch in Verlust und Zerstörung ist Gott am Werk."

Eine Libelle kreiste vor einer Dachluke, stieß immer wieder mit sanftem Aufprall gegen die Fensterscheibe. Der Pfarrer ging einige Schritte, trat in eines der Lichtvierecke auf dem Boden. Er betrachtete die vollgestellten Regale, als läge dort die Antwort auf seine Fragen. Ich sah auf die blank geputzten Schuhe des Pfarrers in dem staubdurchwirkten Sonnenstreifen, und dachte, dass das Pfarrhaus, mit dem eindrucksvollen gepflasterten Innenhof, den überfrachteten Zimmern und vollgestellten Korridoren, dem Dachboden, mit seinen Akten und Urkunden, wie ein verwunschenes Archiv war. Niemand störte seinen jahrhundertealten Dornröschenschlaf.

Vom Treppenaufgang war ein Klingeln zu hören. Der Pfarrer wurde ans Telefon verlangt. Er entschuldigte sich und nahm mit federnden Schritten die Treppe. Julian sah aus, als wolle er ihm folgen, dann trat er auf eines der Regale zu und betrachtete einige Fotografien. Er zeigte mir das Bild einer Konfirmation aus dem Jahr 1952. Mädchen mit weißen, spitzenbesetzten Röcken, schwarzen Leibchen und steilen Hüten waren darauf zu sehen, alle mit einer Bibel in den Händen. Hinter ihnen waren die Jungen aufgereiht, mit runden Hüten und weißen Mänteln, mitten unter ihnen ein Pfarrer im Talar mit silbernen Schnallen an der Brust. Alle sahen ehrfürchtig und andächtig aus, keiner von ihnen lächelte.

Ich schritt die Regalreihen ab, pustete den Staub von einem Abendmahlskelch, musterte ein Taufbecken, in dem Regenwasser schwamm, und blieb schließlich vor einem Karteikasten stehen. Einem Impuls folgend, suchte ich nach dem Namen Seraphin. Ich zog einige Kärtchen heraus, entzifferte die Namen in deutscher

Schreibschrift und fand schließlich, wonach ich gesucht hatte. Hastig, mit einem Seitenblick auf Julian, steckte ich die Karte ein.

„Jetzt wollt ihr aber los, ich sehe es an euren Gesichtern“, sagte der Pfarrer, als wir wieder in sein Büro traten.

Er begleitete uns hinaus und stellte eine Schale Mais für seine Hühner auf die unterste Treppenstufe. An der Mauer zur Straße erhob sich eine Kastanie, zwei Hagebuttensträucher fassten die Pforte ein. Der Pfarrer pflückte eine dunkelrote Frucht mit dem melodischen sächsischen Namen *Hätschenpätsch*, und fragte Julian nach dem schönsten siebenbürgischen Dorfnamen, den er kenne. Sie konnten sich, nach einer raschen Folge an Vorschlägen, nicht zwischen Honigberg und Wolkendorf entscheiden. Da ich kaum andere Namen kannte, plädierte ich für Michelsberg. Lächelnd und ein wenig nachsichtig, stimmten sie mir zu.

Die restlichen Stunden des Abends verbrachten wir im Glockenturm der Kirche. Nachdem wir uns den Innenraum mit den Holzbänken und den flachen, bunten Kissen angesehen hatten, den barocken Altar, die Empore mit ihren gemauerten Rundbögen und den aufgemalten schwarzen Sternenhimmel, stiegen wir in den Turm. Warme, dunstige Luft strömte uns entgegen. Oben in der Turmspitze, auf eisernen Querstreben, nisteten Tauben. An den Seiten trocknete ihr Kot. Graue und weiße Federn rieselten wie Schnee durch die Sonne. Vor uns hingen zwei Seile, die bis zu den Glocken führten. Inzwischen konnten sie maschinell angetrieben werden. Früher wurde der Glöckner bis zu einem Meter in die Höhe gezogen, wenn er läutete.

Die Federn und hellen Holzpaneele, die teilweise nur noch lose auf dem Boden lagen, waren mir sofort vertraut. Durch die Luken flogen Tauben ins Innere des Glockenturms und wieder hinaus. Schmal wie Schießscharten brachen die Fenster die Turmmauern auf. Ein gleichmäßiges Orange war über den Dächern des Dorfes. Am Horizont sammelten sich Wolken. Unter uns kreiste die große Uhr mit ihren goldenen Zeigern.

Die Worte von Pfarrer Roth kamen mir in den Sinn. Und als würde sich mein Blick innerlich weiten, konnte ich die alten Menschen in den Dörfern sehen. Sie saßen mit aufgebrauchten Träumen vor ihren Häusern. Eine neue Zeit war angebrochen, und das gleichmäßige Ticken der Uhren überstülpte die verbleibenden Stunden mit ihrem Ebenmaß. Meine Gedanken wanderten durch die Straßen, über die Hügel und Berge und klopften an ferne, vertraute Türen. Ich dachte an Großvater und seine rückwärtsgewandte Sammelwut, die Stapel an Papieren und Landkarten, die Ordner voller Bilder und Fotografien in seinem Arbeitszimmer. An meine Großmutter, an ihren sturen, eigensinnigen Tick, altertümliche Redewendungen zu verwenden, und ihre Jagd nach passenden, besonderen Wörtern. Ich dachte an Vater und seine Liebe zur siebenbürgischen Landschaft und an Onkel Georg und Karin, die in Deutschland ein Leben fernab jeglicher Verbindung zu ihren Familien führten. Ich sah über das Dorf, strich über das verwitterte Holz der Luke und dachte an meine Trauer. – Wie sehr hatte ich mich in unserem neuen Leben nach diesen Straßen zurückgesehnt. Nach dem Gefühl, die Welt zu kennen, ihre Geheimverstecke und Gesetze. Nach dem Läuten der Glocken, dem sprudelnden Silberbach und dem ruhigen Zibin. Nach Agneta und dem Haus mit dem rätselhaften rechten Winkel. Nach meinem Elternhaus mit dem grünen Tor und der lidförmigen, immer ein wenig schläfrig aussehenden Dachluke. Wie hoffnungslos waren alle Versuche, diese Welt zu vergessen. Mir kam zum ersten Mal der Gedanke, dass es allein Mutter gelungen war, die Vergangenheit hinter sich zu lassen. Darum war sie mir lange Zeit so weit weg erschienen, da alle, die nicht von jener Trauer ergriffen waren, durch eine unsichtbare, fast unüberwindliche Linie von den anderen getrennt waren. Wenn etwas vergeht, für immer vergeht, das sagte mir diese Stunde, das sagte mir die vergangene Woche, davon erzählte Vaters Bild, davon sprachen die verhüllten Möbel in Balduins Haus und die Dokumente auf dem Aufboden des Pfarrhauses, wenn etwas so rasch vergeht, wird eine ganze Generation diesen Verlust in ihren Herzen bewahren. Jeder anders, jeder auf seine Weise. Und nur wenigen kann es gelingen, in einem Leben gleichsam zwei zu leben.

Wir setzten uns unter einen Mauervorsprung. Federn schwebten sachte herab, ein Lichtstreifen fiel durch die Luke und wanderte zu unserem Platz.

„Wie oft wir als Kinder hier gewesen sind …“

„Ja, das waren wir“, sagte Julian. „Hier oben konnte man ungestört sein, und sich einander seine Geheimnisse erzählen.“

„So wie jetzt.“

„Ja, so wie jetzt“, wiederholte er fest und sah mir in die Augen.

Ich wusste, dass er an unseren Abschied dachte.

„Julian, ich kann mir nicht vorstellen, nie wieder hierher zurück zu kommen.“

Er legte die Finger abwartend an den Mund. Ich konnte sehen, dass er mir nicht glaubte.

„In Hermannstadt steht ein Haus", sagte ich langsam, „die Zimmer haben hohe Decken, gemütlich knarrendes Parkett und überdachte Balkone, von denen man die Berge sehen kann. Das schönste aber ist der Hinterhof mit Kopfsteinpflaster und einem Dach aus Wein. Ein Mann lebt in der Wohnung im obersten Stock, er ist Dozent für Geschichte. Im Sommer trinkt er seinen Kaffee gerne auf dem Balkon. Eines Nachmittags hört er Schritte und beugt sich zum Hinterhof. Da sieht er eine Frau. Sie steht an der Treppe mit einem Koffer in der Hand. Siehst du, wie er sie herauf winkt?"

Der Streifen Abendsonne berührte bereits Julians Schultern. Er nickte.

„Immer wenn sie ihn besuchen kommt, erkunden sie die Stadt, und manchmal fahren sie aufs Land, leihen sich den Schlüssel vom Pfarrer und steigen in den Glockenturm der Kirche. Es ist der Ort, den sie schon als Kinder geliebt hatten, denn von dort kann man übers Land schauen und sich seine Geheimnisse erzählen."

In Julians Pupillen brach sich der Flug der Tauben. Angelockt vom Sonnenuntergang zwängten sie sich durch die Luke ins Freie.

„Am Tag unserer Ankunft hat Vater mir Agnetas Nähzimmer gezeigt. Als ich heute aufgewacht bin, habe ich es erneut aufgesucht. Dort steht, als einziges Möbelstück, ein Tisch. An der Wand ist eine Zeichnung, die ich als kleines Mädchen im Mörtel hinterlassen habe. Vor einer Woche waren die Linien mir ein Rätsel, doch heute erkannte ich mit einem Mal ein schiefes, wackliges Haus, drei Vögel, die über den Wolken kreisen, und einen vierten in den Ästen eines Baums."

Ich merkte, wie mein Herz schneller schlug, und hielt inne. Es gibt wenige Spuren, die man hinterlässt und die einen nicht seltsam berühren, wenn man sie nach langer Zeit wiederfindet. Es sind andere Spuren als die, die sich in unser tägliches Leben graben und die man Tag für Tag nachzieht, bis man sich kaum noch vorstellen kann, dass die Wege auch anders aussehen und die Dinge auch ohne uns bestehen könnten. Manchmal findet sich ein ganzes Buchstabenmeer aus Namen, wenn man an einem Ausflugsziel Bänke oder Steinfassaden ansieht. Man ritzt den eigenen Namen in dem Bewusstsein ein, vermutlich nie wiederzukommen. Vielleicht kommen aber andere, die einen kennen, oder der Zufall verschlägt einen doch wieder dorthin, und dann kann man jenes Prickeln genießen, das man empfindet, weil sich die Gegenwart zugleich mit der Vergangenheit in einem Bild, in einigen Zeichen zeigt.

„Der Tisch in Agnetas Nähzimmer hat eine Schublade. Ich hatte sie, als ich das erste Mal dort war, nicht einmal bemerkt. Heute habe ich sie aufgemacht und etwas gefunden, nach dem ich mich schon lange Zeit gesehnt hatte: ihr Handarbeitsbuch. Sie wollte es mir schenken, wenn der richtige Zeitpunkt gekommen war."

Ich zeichnete einen Stern auf den von Federn bedeckten Boden.

„Sie hat darin Muster für Decken, Kissen und Wandbehänge festgehalten. Ornamente und Girlanden in ihrem liebsten Motiv, den Sternen, Rosen in allen erdenklichen Formen, als Rosetten, Rosenbordüren oder

Rosenstöcke. Aber auch Tiere und Fabelwesen, oder Symbole wie Sonnenräder und den Lebensbaum. Und alles in den schönsten Farben kombiniert. Königsblau mit Silberweiß, Perlgrau mit Flieder, Karamellbraun mit Apricot – Julian, du kannst dir nicht vorstellen, wie schön ihre Entwürfe sind."

„Sie hat sie für dich hinterlassen."

Ich wartete, dass sich die Enge in meinem Hals auflöste.

„Ich habe die Zimmer der Hauptwohnung durchstöbert, bis ich gefunden hatte, nach was ich suchte. Die Vitrine mit den Porzellanfiguren im Roten Zimmer hat zwei Schubladen. Dort hat sie ihr Stickzeug aufbewahrt."

„Du hast gestickt?", fragte Julian neugierig.

Ich nickte.

Das Abendlicht hatte Julian erreicht. Ein leuchtender Streifen wanderte über sein Haar. Er schien für einen Moment zu zögern, dann beugte er sich zu mir, löste die Kordel meines Hemdes, schob den Stoff zur Seite, und küsste meine Schultern.

So oft war mir dieser Turm in meinen Träumen erschienen, ohne dass ich wusste, woran ich mich erinnerte. Die gewundene Holztreppe, die zerfransten, herabbaumelnden Seile und die Querstreben mit dem Taubenschlag. Der Geruch feuchten Staubs und wurmzerfressenen Holzes. Der Klang des Uhrwerks. Es war, als würde sich mein Schwerpunkt verlagern und als hielte mich etwas gerade dort fest, wo ich saß. Ich gab jedes Zögern auf. Wie fest sich der Körper anfühlte und wie weich er werden konnte. Wie durchlässig die Haut. Aus der Mitte des Leibs öffnete und schloss sich jeder Herzschlag. Jede Bewegung brach aus dieser Mitte heraus. Sie nahm den Raum für sich ein und unsere Körper, als könne es nicht anders sein. Als gäbe es nichts, das wichtiger wäre und wahrer, und als nähme alles vorstellbare Glück hierin seinen Anfang.

Epische Seite

Ein grauer, nebliger Morgen hatte sich aus den Wolken geschält. Ich trank meinen Tee in der Küche, angelehnt an eines der Fenster zum Marktplatz. Im Haus war es still, nur das regelmäßige Klappern der Eier im sprudelnden Topfwasser war zu hören. Ich schnitt etwas von dem Schafskäse ab, den mir die Familie Florescu mitgegeben hatte, pflückte im Garten ein paar Tomaten und frühstückte auf den Treppen zum Hinterhof.

Als der Nebel der Sonne gewichen war, beschloss ich, Jinni zu besuchen.

Ihr Hof war überwachsen von wilder Kamille. Ein Nussbaum beschattete den weichen, duftenden Boden zwischen Haus und Schuppen. Jinni trug ein dunkles Kopftuch, das locker unter ihrem Kinn verknotet war, und eine schwarze Kittelschürze. Ihre Schwester saß in schwarzer Kluft auf der Bank vor der Sommerküche. Ich half, Klappstühle und einen Tisch in den Garten zu tragen, packte mein Stickzeug aus und ließ mir von Jinni Stiche aus Agnetas Handarbeitsbuch erklären. Im Stickrahmen entstand ein violettes Blumenmotiv mit zarten Stielen und voluminösen Blütenköpfen. Ich nahm neues Garn auf und begann die Blüten zu füllen, jeden Stich von der Mitte nach außen fächernd.

„Wann haben sich Agneta und Großvater eigentlich kennengelernt?“, fragte ich Jinni.

Auf der Karteikarte, die ich auf dem Dachboden des Pfarrhauses eingesteckt hatte, stand, dass meine Großeltern 1938 geheiratet hatten. Der Stammbaum war voller Namen, die ich nicht kannte: Friederike und Josef, Peter und Katharina, Matthias und Sofia.

Manche Äste waren weit verzweigt, andere, wie der von Agnetas Schwester, endeten für sich allein. Ich hatte die Namen wieder und wieder gelesen, die einzelnen Äste betrachtet, die bis zur Generation meiner Eltern reichten, und hatte darüber nachgedacht, welche Begegnungen und Zufälle eine Familie und letztlich das eigene Leben bedingen.

„Auf dem Kronenfest im Juni tausendneunhundert…", überlegte Jinni mit geschlossenen Augen, „… siebenunddreißig."

Sie lehnte sich in ihrem Stuhl zurück und wippte leicht, als würde sie sich ihre Erinnerungen dadurch besser ins Gedächtnis rufen können.

Ich erfuhr, dass Großvaters Liebeswerbung mit einem Maibaum begonnen hatte. Am Abend waren die Männer des Dorfes ausgefahren, um Birken zu fällen. Bei hereinbrechender Nacht setzten sie einige Birken vor der Kirche ab, und jeder lehnte eine junge Birke ans Hoftor der Freundin oder Geliebten. Ein lautes Rascheln ging am nächsten Morgen durch die Straßen, als Agneta entdeckte, dass am Tor der Segedins, mit roten und blauen Bändern geschmückt, ebenfalls ein Maibaum stand.

„Wie hat Agneta erfahren, dass die Birke von Großvater war?"

„Im Gottesdienst am Sonntag. Als wir eintraten, spielte der Organist schon sein Eingangslied. Die Stearinkerzen beleuchteten festlich den Altar. Wir gingen durch den Mittelgang zu den vorderen Reihen, und da sah Aggi Michael. Er saß neben seinem Vater und sah ihr fragend in die Augen. Aggi zögerte – erstaunt und doch ruhig, als wär sie nicht wirklich überrascht, dann folgte sie ihrer Familie ins vordere Kirchenschiff.

Den ganzen Gottesdienst über schien sie von innen heraus zu strahlen, denn sie wusste jetzt, von wem die Birke war, und sie wusste, dass er sich in sie verliebt hatte."

„Was passierte dann?" Voller Neugier war ich an den Rand der Stuhlkante gerückt.

„Nun ... erst einmal gar nichts. Erst ein paar Wochen später, am Kronenfest, sind sie ein Paar geworden. Es war ein heißer Tag, der Sommer war fast so lang und heiß wie heuer. Ich sehe Aggi noch genau vor mir: Sie trug ein dunkelblaues Kleid und ein rotes Tuch im Gürtel. Das Leibchen schmückten Blumenranken aus hellem Garn, gar nicht unähnlich denen, die du grad stickst."

Sie hob ihre Kaffeetasse zum Mund und dachte nach. Das Muttermal schwebte ruhig auf ihrer Wange. Jinni hatte eine auffallend geformte Nase. Vor der Kuppe erhob sie sich zu einem Bogen und verlieh ihrem Gesicht etwas Spitzbübisches. Plötzlich stand sie auf und ging ins Haus. Mit geschlossenen Augen versuchte ich, mir meinen Großvater als jungen Mann vorzustellen – er war siebzehn Jahre vor meiner Geburt gestorben, und ich kannte ihn nur von den Fotos, die Vater von ihm besaß, und dem Hochzeitsbild auf der Blauen Kommode.

Jinni kam mit einer Schale Nüsse und einem Bilderrahmen zurück. Sie trat hinter meinen Stuhl und zeigte mir ein Foto: Zwei Mädchen neben einem Bauernstuhl, die Hände auf der kunstvoll verzierten Lehne. Beide hatten geflochtene Zöpfe, die zu Kränzen auf dem Kopf festgesteckt waren, und Bänder im Haar, die bis zur Hüfte reichten. Die Gürtel waren, wie die Broschen an den Leibchen, mit bunten Perlen verziert.

Eine trug eben jene Tracht, die Jinni gerade beschrieben hatte. Es war Agneta. Sie sah jung aus und unbeschreiblich schön. Ich griff nach dem Bild und versuchte herauszufinden, was mich an ihrem Gesicht fesselte. – Es waren ihre Augen. Iris und Pupille lagen etwas oberhalb der Augenmitte. Dieses Schweben der Augen verlieh ihr etwas Geheimnisvolles und zugleich Stolzes.

„Das sind wir beide“, sagte Jinni leise.

„Wie alt ist Agneta auf dem Foto?“

„Sechzehn Jahre. Das Bild ist am Tag des Kronenfests aufgenommen.“

Jinni sah auf dem Foto ebenso feierlich aus wie Agneta. Etwas Ernsthaftes, Beherrschtes wohnte in ihren jungen Gesichtern.

„Das Kronenfest war ein großer Festtag, musst du wissen. Der Stamm einer Buche erhob sich fast zehn Meter über den Marktplatz“, nahm Jinni ihre Erzählung wieder auf. „Reife Johannisbeeren und Kirschzweige wurden aus den Gärten gebracht, aus dem Wald Efeu und Immergrün und von den Feldern Margeriten. Die Buche wurde entrindet, auf der Spitze ein Gestell befestigt und mit Blumen geschmückt. Der Festakt bestand aus einem Wettkampf. Mehrere Männer versuchten erfolglos ohne Hilfsmittel hinaufzuklettern, bis dein Großvater an die Reihe kam. Fast mühelos erklomm er die Buche, zog sich an den Speichen hinauf, und setzte sich in die Blumenkrone. Dort hatten die Mädchen für den Gewinner Wein und Gebäck versteckt. Unter Jubel und Applaus ließ er Kirschen und *Kippelcher* auf die Menge regnen.“

Jinni knackte Nüsse, indem sie immer zwei über ihrem Schoß zusammendrückte.

Ich sah auf das Foto und versuchte, mir die Szene genau vorzustellen. Die Lindenallee, bevölkert von zahlreichen in Tracht gekleideten Menschen. Die Frauen mit geflochtenen Zöpfen und bestickten Bändern, die Männer mit schwarzglänzenden Stiefeln und runden Bauernhüten. An den beiden Brunnen vor dem Wirtshaus spielende Kinder. Die Häuser leer, die Gärten verwaist und Jinni und Agneta als junge Mädchen unter einem Kronenbaum.

„Im Tanzsaal gab es *Tokane* und *Krumpirnsupp*, dazu selbstgemachten Wein, Weichsel- und Kaffeelikör. Die Älteren hatten sich ihre eigenen Stühle mitgebracht, saßen rund um die Tanzfläche und beobachteten das Geschehen. Die Musikanten spielten, doch ein um der andere Tanz verging, ohne dass dein Großvater Aggi aufforderte. Sie wiederum verriet mit keiner Geste, dass sie auf ihn hoffte. Doch wenn du mich fragst, so waren ihre Augen verräterisch. Erst weit nach Mitternacht kam Misch auf sie zu und bat um den nächsten Tanz. Sie tanzten bis in die Morgenstunden und versprachen sich noch in jener Nacht, dass sie zueinandergehörten. Niemand hätte je daran gezweifelt“, ergänzte sie kaum vernehmlich.

Ich sah sie fragend an, doch Jinni erkundigte sich nachdrücklich und wie um das Gespräch zu beenden, wann wir unsere Abreise geplant hätten.

„Jinni, was ist passiert, als Großvater in Kriegsgefangenschaft war?“

Ich wusste, dass Jinni zur selben Zeit wie mein Großvater aus Russland zurückgekommen war, doch als Agnetas Freundin musste sie wissen, was in jenen Jahren passiert war. Erstaunen flog über ihr Gesicht. Das Mädchen mit den Blumenranken sah direkt in die

Kamera. Ihr Ausdruck war teilnahmslos, als habe sie lange auf diesen Moment gewartet, und als würde sie jede Regung ausliefern. Ihre Lippen waren aufeinandergepresst, das Weiß ihrer Augen undurchdringlich.

„Die Kehrseite einer Stickerei", sagte Jinni, „nennt man im Sächsischen ‚Epische Seite'. Die Herausforderung besteht darin, so zu sticken, dass sich die Vorderseite nicht von der Rückseite unterscheidet. Bei manchen Menschen entsteht auf der Schauseite eine prächtige Landschaft, wirft man aber einmal einen Blick nach hinten, sieht man ein Gewirr aus kreuz und quer gespannten Fäden, aus mehrmals verschnürten Knoten, aus Strängen, die losgelassen wurden und schlaff herabhängen und in denen man sich unweigerlich nach einiger Zeit verhaken wird, wenn man am Bild weiterarbeiten möchte."

Sie sah mich an, als müsse sie mich um Nachsicht bitten: „Selbst in schweren Zeiten kann man seine Prinzipien so bewahren, dass man auch auf der Epischen Seite ansehnlich bleibt. Das zeichnete deine Oma aus."

„Du und Vater, ihr habt Angst, dass etwas ihr Andenken zerstören könnte. Doch Großmutters Liebe ist kein Geheimnis, Jinni. Gerade das nicht. Aus ihrer Liebe heraus hat sie gelebt."

Jinni sah auf ihre Hände.

„Sie sprach oft davon, dass ich die Liebe, wenn ich ihr begegne, nicht loslassen soll", sagte ich und legte den Stickrahmen neben das Foto. „Ich war noch jung, doch sie wusste, dass ich ihre Worte nicht vergessen würde. Ich habe sie nicht vergessen, auch wenn ich lange fort war. Jetzt möchte ich wissen, warum sie ihr so viel bedeuteten."

Sie zögerte, fegte die Nussschalen von ihrem Schoß, so lange, bis sie gedankenlos über den Stoff ihrer Kittelschürze strich.

„Du hast mich auf den Feldern erkannt, als du mit der Kutsche an Julian und mir vorbeifuhrst, nicht wahr? Und du warst es, die in einer der ersten Nächte mit Vater in der Küche saß. Ihr habt darüber gesprochen, was passiert, wenn ein Mann namens Andrei auch zur Beerdigung kommt."

Sie nickte.

Ich setzte an, um weitere Fragen zu stellen, doch sie schüttelte erneut den Kopf und stand auf. Ihre Schwester trat aus der Sommerküche und lockte die Hühner mit getrocknetem Mais an. Sie streute ihn in weitem Bogen in den Hof und versuchte, auch den Hahn anzulocken, indem sie *Kockosch* rief, die erste Silbe in einer Art Singsang wiederholend. Die wenige Tage alten Küken in der Apfelkiste bekamen eine Schale nasses Maismehl vorgesetzt.

Jinni nahm das Bild und brachte es wieder ins Haus. Als sie an meinem Stuhl vorbei kam, strich sie mir sanft, als bäte sie mich um Verzeihung, über das Haar.

Am Nachmittag ging ich in Agnetas Garten, öffnete den Schuppen und fand nach einigem Suchen das Holzkreuz, das ich als Kind dazu benutzt hatte, auf die Mauer zu klettern. Ich lehnte es an die gelb verputzte Wand, stieg hinauf und setzte mich im Schneidersitz auf die gemauerten Steine. Die goldene Uhr am Kirchturm zeigte drei. Aus der Allee stiegen Vögel auf. Die Blätter der Bäume färbten sich langsam, doch unaufhörlich in herbstliche Farben.

Eine Gestalt kam die Straße entlang. Der alte Medu. Er trug wie immer ein helles Hemd, ein blaues Halstuch und seine Matrosenmütze. Er hob grüßend die Hand, als er mich auf der Mauer sitzen sah, und blieb auf der Höhe der Kreuzung stehen, um einen Pferdewagen vorbeizulassen.

Der Wagen rollte über die Straße und hinterließ eine lange Staubwolke, die er wie einen Schweif hinter sich her schleppte. Vorne saß ein Ehepaar, hinten auf vollen Leinensäcken drei Kinder. Als diese den Mann sahen, begannen sie laut zu rufen und wühlten in den halboffenen Säcken. Kurz darauf flogen Kartoffeln über die Straßenkreuzung.

Der alte Medu duckte sich mit einer ungelenken Bewegung, hob die Hände vors Gesicht und konnte doch einem Geschoss nicht ausweichen, das ihn an der Schulter traf. Die blaue Mütze fiel zu Boden. Auf das Lachen der Kinder folgte die Schelte der Frau. Der Wagen rollte weiter, sein lehmfarbener Schweif schaukelte noch einige Augenblicke träge in der Luft.

Der alte Medu stand wie erstarrt da, rührte sich auch nicht, als ein leichter Wind begann, seine Mütze über die Straße zu rollen. Da öffnete sich die Tür des Gemeindewirtshauses. Balduin trat hinaus, bückte sich nach der Mütze, staubte sie ab und reichte sie seinem Freund. Gemeinsam gingen sie zurück ins Wirtshaus.

Ich sprang von der Mauer auf den unbefestigten Gehweg und überquerte die Straßenkreuzung. Der kühle Türgriff schmiegte sich für einen kurzen, zögerlichen Moment in meine Handmulde. Ich drückte ihn beherzt nach unten. Rauchschwaden hingen wie Baldachine über den Tischen. Einige Gäste sahen auf, als ich zur Tür hereintrat, und begleiteten mit neugierigen

Blicken meinen Weg. Balduin, der mit dem alten Medu an einem der hinteren Tische saß, lächelte erfreut. Medu hielt den Kopf in beide Hände gestützt, die Augenbrauen waren zerzaust, als habe er sich unsanft übers Gesicht gestrichen.

Es war Julian gewesen, der mir auf der Beerdigung die Geschichte des alten Medu erzählt hatte.

Medardus Fialla war in Michelsberg aufgewachsen. Seine Mutter bewirtschaftete den Hof, der Vater hatte einen Fiaker in Hermannstadt. Die Ehe war beständig von Streit geprägt, mehr als einmal waren die Liebschaften des Vaters an die Öffentlichkeit gedrungen. Mit sechzehn Jahren lief Medardus von zu Hause fort. Hinter Kohlensäcken versteckt, überquerte er auf einem Güterschiff den Atlantik. Seine Mutter erhielt einen Brief aus New York. Er hatte Arbeit in einer Werft gefunden und wollte nicht eher nach Hause kommen, bis er genug Geld hatte. Als er zwölf Jahre später zurückkam, eröffnete er in Hermannstadt ein Strohhutgeschäft und wurde binnen kurzer Zeit zu einem wohlhabenden Mann. Seine Erfolgsgeschichte wurde zur Sensation und zum Vorbild vieler junger Männer, die ihr Glück am anderen Ende der Welt versuchen wollten. Medardus hatte es gewagt. Er hatte den Schoß Siebenbürgens verlassen, diese sichere und zugleich zerbrechliche Welt, die nichts anderes zusammenhielt als der Wille ihrer Bewohner.

Medardus' ganze Leidenschaft galt dem Theater. Er verliebte sich in eine Bühnenkünstlerin aus Wien, Josefine Sybille Hausmann, die in dem Stück „Kabale und Liebe“ von Schiller debütierte und das Hermannstädter Publikum im Sturm für sich einnahm. Er warb voller Tatkraft und Einfallsreichtum um die stolze, kapriziöse Schauspielerin. Nach einem Jahr willigte sie ein, ihn zu heiraten. Eine große Hochzeit wurde gehalten, mit Ball und Musik im ‚Römischen Kaiser', doch schon nach zwei Jahren brannte sie mit einem jüngeren Mann nach Österreich durch. Medu fing an zu trinken, verspielte sein Geld und verlor nach und nach sein gesamtes Vermögen. Als das Theater einem Feuer zum Opfer fiel, zog er wieder nach Michelsberg in das ehemalige Haus seiner Mutter. – Das alles wussten die Leute. Solche Geschichten verloren auch über die Jahre nicht ihren Reiz und wurden weitergegeben wie ein offenes Geheimnis.

„Medu", sagte ich, nachdem ich meinen Mut zusammengenommen hatte, „welches waren die Jahre, in denen meine Großmutter am glücklichsten war?"

Balduin sah mich voller Verwunderung an. Ich dachte zuerst, der alte Medu hätte meine Frage nicht gehört, doch dann bemerkte ich einen Anflug von Erregtheit in seinem Gesicht. Er atmete tief ein und blies die Luft durch den Mund wieder aus, sodass seine Wangen sich wölbten. Wie bei unserer ersten Begegnung bemerkte ich, dass sein zerstreutes, nachlässiges Aussehen täuschte: er war frisch rasiert, und auch das Hemd, das er trug, war gebügelt.

„Man schimpft mich einen Narr, doch ich weiß mehr als alle zusammen", sagte er im sächsischen Dialekt. „Aggi hat mich nie wie die anderen verspottet. Sie wusste: Manchmal darf man etwas nicht behalten, weil man es zu sehr liebt. Sie hat Andrei weggeschickt und mit ihm die Hälfte ihres Herzens. Aber das ist besser", ergänzte er langsam, als würde er einer Erinnerung folgen, „als es ganz zu verlieren."

Eine Weile sprach niemand ein Wort. Balduin nahm seine Pfeife vom Tisch und fing an, sie zu stopfen, Medu sah aus dem Fenster zu den Wolken, die sich über der Basilika wie ein großer dunkler Schirm zu sammeln begannen. Ausgelassenes Lachen und einzelne Wortfetzen schwappten an unseren Tisch. Zwei rumänische Schafhirten nahmen mit ihren Hunden die Theke ein. Einige Fenster waren gekippt, durch die jedoch nur spärlich frische Luft herein drang. Die Bedienung trat an den Tisch, fragte nach unserer Bestellung, und kam nach kurzer Zeit mit den Getränken zurück. Das *Apă minerală* besprühte mein Gesicht, als ich es zum Mund hob. Der alte Medu starrte in sein volles Weinglas. Ich sah Balduin an, und wusste, dass nun er es war, der etwas sagen wollte.

„Ich weiß nicht, wie viel du schon in Erfahrung gebracht hast. Wahrscheinlich wäre es richtiger, wenn du es von deinem Vater erfährst …“

„Vater will Agnetas Andenken nicht zerstören, niemand begreift, dass die Erinnerung an sie nicht vollständig ist, ohne das Wissen um ihre Liebe. Ich weiß, dass er Andrei hieß, und dass sie ihn liebte und noch heute lieben würde, wäre sie noch hier.“ Ich zögerte. „Und ich weiß, dass er sie nicht vergessen hat bis zum heutigen Tag.“

Balduin zog nachdenklich an seiner Pfeife und hüllte unseren Tisch in graublauen Rauch.

„In der Zeit, als dein Großvater in Russland inhaftiert war, lernte Agneta ihn kennen. Als Freund würde ich sagen, dass er sie in die schwierigste Situation brachte, die man sich vorstellen kann. Was sollte sie tun, als die Nachricht eintraf, dass ihr Mann noch lebte und zurückkommen würde? Sie machte sich ihre Entscheidung nicht leicht. Doch zuletzt“, er machte eine längere Pause, „schickte sie Andrei weg. Sie trennte sich in aller Konsequenz. Aus Pflichtgefühl, oder weil sie ihren Mann noch liebte, und da er ihre erste Liebe war, verbindlicher.“

Der alte Medu sah aus, als würde er unserem Gespräch aus weiter Entfernung folgen. Doch plötzlich sagte er: „Am wohlsten fühlte sich der Misch hier im Wirtshaus. In Russland hatte er gelernt, einen fünfzig Zentimeter langen Degen zu schlucken.“ Er veranschaulichte die Länge mit einer Bewegung seiner Arme. „Bis er's konnte, hat er geblutet wie ein Schwein. Einer, der beim Zirkus war, hat ihm das in Leningrad beigebracht. Du musst mit Gefühl arbeiten, hat er immer zu mir gesagt. Du musst es reiben, bis es die richtige Körpertemperatur hat ...“ Medu hielt inne und wechselte ins Hochdeutsche. „Drei Jahre war er in Leningrad, bis ihm und seinen Kameraden versprochen wurd', dass sie nach Haus dürften. Mit Güterwägen ging's nach Odessa. Doch dort wurden sie wieder für zwei Jahre ins Lager gesteckt.“

Die beiden Hunde der Schafhirten fingen an zu bellen, und kurz darauf tönte ein Grollen aus den Bergen. Einige Männer traten ans Fenster und sahen abschätzend zu dem verdunkelten Himmel.

„Für die beiden Eheleute war es schwer, einen neuen Anfang zu finden“, sagte Balduin. „Nur Haut und Knochen war dein Großvater, als er zurückkam. Seine Seele krankte an den Erfahrungen, die er in Russland gemacht hatte. Er zog sich zurück, verschlang jedes Essen, als müsse er immer noch gegen den Hunger ankämpfen, und er spielte nie wieder Musik.“

„Wusste Großvater von Andrei?“

„Ja."

„Wie nahm er es auf?"

„Gefasst, beinahe gleichgültig. Doch wie es in ihm aussah, kann ich dir nicht sagen."

„Was passierte nach Großvaters Tod? Hat Agneta versucht, Kontakt zu Andrei aufzunehmen?"

„Soweit ich weiß, nein", antwortete Balduin, und wischte langsam über den Tisch, als wolle er Brotkrumen entfernen.

„Das verstehe ich nicht."

Erneut klang ein Donnern aus den Bergen. Die tief hängenden Lampen fingen an zu zittern. Der Wirt trat aus einer Tür hinter dem Tresen, ging zu den Fenstern und schloss sie geräuschvoll. Der Rauch, der sich auf jene Luftschächte zubewegt hatte, erstarrte in seinem Lauf.

„Medardus hat recht", antwortete Balduin, „wenige Menschen können so eine Entscheidung treffen, können lieben und das Geliebte frei lassen."

„Was gab meiner Großmutter diese Stärke?"

Balduin paffte ein paar Züge aus seiner Pfeife. Dann sagte er:

„Im Rumänischen gibt es ein Sprichwort: *‚Să-ţi dea Dumnezeu numai cât poţi să duci.'* Der liebe Gott möge dir nur so viel geben, wie du tragen kannst."

Frau Piringer war längst gegangen, das Abendbrot stand auf der Anrichte in der Küche. Weder Vater noch ich hatten an diesem Abend gegessen. Versunken auf sein Bild starrend, fand ich ihn im Garten. Das Grollen aus den Bergen war verstummt, nur die Wolken waren geblieben, verteilten sich von der Basilika bis zum Horizont.

Agnetas Bild war fertig. Sie saß am Brunnenrand, barfuß und mit erhobenem Gesicht. In ihren Händen Großvaters rote Wolle. Stürmische Wolken, die ins Ockerfarbene gingen, dominierten die linke obere Bildhälfte. Sie glichen zedernbraunem Waldboden, bedeckt von welken Blättern. Die Farben des Bildes gingen ineinander über, der Himmel glich in seiner Farbigkeit der Erde, das Grau ihrer Haare fand sich am Horizont wieder. Als wäre der Herbst in die Wolken gezogen und ihr Körper in den rastlosen Himmel.

„Wieso hast du mir nie von Andrei und Agneta erzählt?“, sagte ich und bemühte mich nicht, den Ärger in meiner Stimme zu verbergen.

Er sah auf, ließ den Pinsel sinken und wies auf den Platz neben dem Hocker. Ich wartete auf seine Antwort.

„Ach, Sine“, sagte er langsam, kaum überrascht von meiner Frage, „es tut mir so leid.“

Ich setzte mich neben die Staffelei ins Gras. Meine Anspannung war einer tiefen Müdigkeit gewichen. Vater rieb sich mit seinen farbbekleckerten Händen übers Gesicht. Ein Streifen Blau blieb auf der Wange.

„Es muss dir gar nichts leid tun. Die Erinnerung an sie wird dadurch nicht zerstört. Genau das Gegenteil ist der Fall. Diese eine Sache nicht von ihr zu wissen bedeutet, sie nicht zu kennen.“

„Das kannst du so nicht sagen …“

„Sie hat sich, als Großvater zurückkam, für die Familie entschieden. Was sagt das nicht alles aus über ihre Vorstellung von Glück? Über ihre Prinzipientreue? Ganz zu schweigen von ihrer Fähigkeit, das Geschwätz der Leute zu ertragen und die Verantwortung für diesen Schritt zu übernehmen. Dass es jemanden gab, den sie so geliebt hat, dass sie ihn bis zu ihrem Tod nicht vergessen konnte, macht das Bild von ihr erst vollständig."

Vater legte den Pinsel auf eine ausgebreitete Zeitung, wo er anfing, die einzelnen Spalten und Überschriften mit Farbe zu durchtränken.

„Onkel Georg hat ihr das nie verziehen, nicht wahr?"

„Ich konnte ihr auch lange nicht verzeihen. Wie sollte es da erst meinem Bruder gehen? Georg lastet Andrei an, dass die Ehe unserer Eltern nicht mehr gelang. Ich denke, dass er ihm sogar für Vaters frühen Tod die Schuld gibt. Ich war vier Jahre alt, als Vater in den Krieg ging. Er liebte seine Familie, er liebte Mutter. Doch etwas rief ihn von uns fort, ein Pflichtgefühl, für das Land einzustehen, das unserer Minderheit viele Rechte unter der Bukarester Regierung gesichert hatte. Plötzlich blieben seine Briefe aus, niemand wusste etwas über seinen Verbleib. Ein halbes Jahr verging. Dann, eines Morgens, wurde ein junger Mann in der Färberei vorstellig."

Er erzählte immer schneller, als wollte er diesen Teil der Geschichte möglichst rasch hinter sich bringen.

„Andrei hat hier in der Färberei gearbeitet?"

„Er kam aus Heltau und hatte gehört, dass es in Michelsberg eine Färberei gab, die trotz der Kriegswirren florierte. Mutter litt gerade Not am Mann, da sie am Vortag einen Arbeiter entlassen hatte. So stellte sie Andrei, trotz seiner mangelnden Fachkenntnisse, ein, und es erwies sich schnell, dass er Talent besaß. Er war der fleißigste, gewissenhafteste Färber, den sie je hatte."

„Haben sie sich gleich ineinander verliebt?"

„Nein, das passierte über die Zeit. Irgendwann stellte sie fest, dass er sich kaum etwas zu essen mitbrachte, und fand heraus, dass er jeden *Leu* sparte. Mutter fing an, ihn zum Mittagessen einzuladen – und sie machte das schlau. Sie rief ihn unter dem Vorwand ins Haus, ihr bei der Hausarbeit zur Hand zu gehen, damit die anderen nicht neidisch wurden. Außerdem", ergänzte er, „wusste sie, dass es Gerede geben würde. Er war schließlich ein Rumäne."

Vater nahm den Pinsel und die Palette, beugte sich zur Leinwand und gab dem Faltenwurf des Kittels noch ein wenig Kontur. Ich wunderte mich, dass er überhaupt etwas sehen konnte. Um mich herum fing alles an zu verschwimmen, versank in Tönen aus Grau und bettete sich in der hereinbrechenden Nacht. Der Schuppen wirkte steinern, silbergrau die Fenster. Die Bäume und Wege waren wie aus dunklem Sand. Der Feldhocker, die Palette, selbst Vater wurde Teil des dämmergrauen Lichts.

„Zuerst waren es diese gemeinsamen Mittagessen, dann gab sie ihm Kleidung von Vater, und schließlich blieb er öfter auch abends bei uns. Sie saßen im Roten Zimmer und unterhielten sich, häufig las er ihr vor, während sie stickte. Eines Tages, es war Frühling und Vater schon ein Jahr verschollen, kam er gegen Mittag ins Haus, um sie zu suchen. Er rief ihren Namen, klopfte an, und ging ins Blaue Zimmer. Ich war ihm gefolgt und hatte mich zwischen den Mänteln der Garderobe versteckt. Er sah sich suchend um und blieb vor dem Stuhl, auf dem Vaters Gitarre lag, stehen. Dann sah er verstohlen zur Tür, hob sie auf und fing an zu spielen."

„Hast du es ihr verraten?", fragte ich.

„Nein, sie hat ihn selbst entdeckt. Ich zitterte und bebte vor Wut in den Mänteln der Garderobe und war gerade mit geballten Fäusten hervorgetreten. Da kam sie in den Flur, schüttelte fragend den Kopf und hörte verwundert auf die Musik. Sie hob einen Finger mahnend zum Mund, legte die Hand auf meinem Kopf und blieb regungslos vor der Türe stehen. Ich wusste, sie war ziemlich verärgert, denn Vaters Musikinstrumente waren ihr ein ernstes Andenken. Doch ich glaube inzwischen, das war der Moment, in dem sie sich in ihn verliebt hat, jener Moment, als sie zu mir trat und durch den Türspalt zuhörte, wie er Gitarre spielte."

Aus dem Garten erhoben sich die allabendlichen Klänge, es summte und zirpte aus den Büschen, den hohen ungemähten Gräsern und den Obstbäumen mit dem Fallobst im welken Laub.

„Ich weiß, dass Agneta sich von ihm getrennt hat, als Großvater unverhofft zurückkam. Aber hat Andrei nach dessen Tod nie versucht, wieder mit ihr zusammenzukommen? Und hat sie ihre Entscheidung nie bereut?" Diese Frage ließ mir keine Ruhe.

„Soweit ich weiß, erhielt sie Briefe von ihm – doch sie wollte ihn nicht zurück und er kämpfte nicht um sie, wenn du das meinst."

„Aber …"

„Es war schwer, ihr nicht nach dem Willen zu tun. Sie gehörte einer Generation an, die die Erfahrung gemacht hatte, dass das Leben einen immer wieder aus dem Nest werfen konnte. Mutter sagte, man dürfe nichts, aber auch gar nichts, als Geschenk für die Ewigkeit betrachten."

„Und Andrei hat das akzeptiert?"

„Er hat seinen Weg gefunden, damit umzugehen. Soweit ich weiß, hat er sich für das Institut für Auslandsbeziehungen engagiert, das Bücher aus dem Westen für die deutschsprachige Bevölkerung nach Rumänien gebracht hat."

„Er schickte ihr Bücher?", fragte ich wie elektrisiert.

Vater nickte.

„Julian hat die ‚Berliner Kindheit' von Großmutter bekommen, mit einem Aufkleber vom Institut für Auslandsbeziehungen und darunter eine Widmung: ‚Agneta Maria in Liebe von A.'"

„Sie hat Julian das Buch geschenkt?", fragte Vater verwundert.

„Inzwischen glaube ich, dass sie zuletzt auch dieses Geheimnis loslassen wollte."

Ich nahm die Strickweste, die über dem Hocker hing, und legte den Kopf auf die Knie.

„Du hättest es mir erzählen können."

„In Wirklichkeit fange ich erst jetzt an, Mutter zu verstehen", sagte er mit gesenkter Stimme, als wollte er sicher gehen, dass uns niemand hören konnte. „Und wenn man erst anfängt, etwas zu verstehen, will man es noch eine Weile mit sich herumtragen. Wie wenn du einen Stein da in diesen Brunnen wirfst. Du willst erst einmal horchen, was für ein Geräusch er macht, wenn er unten ankommt. – Ich war mit meiner Trauer beschäftigt …"

„Und damit, wie es sein wird, wenn Andrei zur Beerdigung kommt."

„Woher weißt du …?"

„Ich sah ihn am Friedhof. Er stand abseits unter einem Baum in einem Pelzmantel. Hast du dich deswegen an der Beerdigung mit deinem Bruder gestritten? Kamt ihr deswegen zu spät in den Garten?"

„Wir stritten ums Erbe. Georg verbindet nichts mit diesem Haus. Im Gegenteil. Er möchte es los sein."

Mein Herz begann stürmisch zu schlagen.

„Habt ihr eine Entscheidung getroffen?"

„Was würdest du dir wünschen?"

„Ich möchte das Haus behalten", sagte ich schnell.

„Dann habe ich gute Nachrichten für dich."

Ich sprang auf.

„Wir werden ihn ausbezahlen. Wir behalten das Haus, Sine."

„Hast du mit Mutter gesprochen?"

„Sie ist einverstanden. Und sie hat erzählt, dass es deinem Großvater besser geht. Er wird nächste Woche aus dem Krankenhaus entlassen."

Erleichtert legte ich eine Hand auf Vaters Schulter. Eine Katze huschte vor der Eingangstür vorbei und verschwand mit einem eleganten Satz im angrenzenden Garten.

„Weißt du noch, wie gut wir es hier hatten? Die Sommermonate waren uns immer zu kurz. Hermines Lieblingsplatz war die Liege neben der Freidusche, ich malte im Garten, und du warst viel mit Julian unterwegs. Mutter hat dir jeden Tag ein rohes Ei mit Zucker und Kakao verquirlt, damit du stark wirst und wächst."

Ich lächelte. Inzwischen war es Nacht geworden, nur der Schein einer Straßenlaterne erhellte den Garten.

„Agneta hat etwas Wesentliches gekonnt, Sine. Sie konnte die Frage nach der Schuld loslassen. Wie leicht ist es, sich immer wieder zu fragen, ob man etwas am Lauf der Dinge hätte ändern können?" Er zögerte. „Ich hatte während meines Studiums ein Jahres-Stipendium in Berlin. Die Mode, die Musik, das Leben in dieser großen Stadt … ich hätte bleiben können, doch ich kam zurück. Hermine und ich heirateten, zogen in die Unterstadt und träumten von einem Haus in den Karpaten. Ein Atelier unterm Dach sollte es haben und eine Veranda mit Blick auf die Berge. Ich habe viel über Schuld nachgedacht in der letzten Woche und darüber, wie unser Leben hätte aussehen können, wenn ich einige Dinge anders entschieden hätte."

Ich schaute auf die laternenbeschienene Leinwand, auf Agnetas Gesicht, und dachte mit einem Mal an den alten Medu. War es die Frage nach der Schuld, die er nicht loslassen konnte? Die Frage nach dem eigenen Unvermögen in der immerwährenden Sehnsucht nach Liebe?

„Dann ist das der Klang des Steins, von dem du gesprochen hast, und der inzwischen auf dem Grund des Brunnens angekommen ist?"

„Ja, das ist der Klang des Steins. – Wie verzweifelt war ich in der ersten Zeit in Deutschland. Hermine war stärker als ich. Sie fand sofort Arbeit und hat sich nicht beklagt, obwohl sie es auch nicht leicht hatte. Ich weiß noch, wie groß ihre Angst war, Auto zu fahren. Sie ging zuerst den ganzen Weg zum Kindergarten zu Fuß. Vierzig Minuten hin und am Nachmittag wieder zurück, nur damit sie nicht fahren musste."

„Und schließlich hat sie sich überwunden. Genau wie du."

„Ich habe viel länger gebraucht. Erst nach zwei Jahren, im ersten Sommer als ich wieder hier war, habe ich erneut angefangen zu malen."

„Weil du diese Edda Zakel wieder gesehen hast?", fragte ich scharf.

„Nein", sagte er, „es hat überhaupt nichts mit Edda zu tun."

„Was möchte sie von dir?"

„Sie will, dass ich zurückkomme. Sie sagt, hier gebe es für deutsche Künstler einen wachsenden Markt. Wir hatten früher einen Künstlerkreis, den sie wiederbeleben möchte."

„Was hast du ihr gesagt?"

Er betrachtete eingehend sein Bild.

„Dass ich dort am besten male, wo meine Familie ist."

Agnetas Porträt inmitten des Gartens, der unterdessen gänzlich dunkel geworden war, sah eigenwillig schön und anziehend aus. Ihre weiß gescheitelten Haare leuchteten. Die Rebstöcke waren pechschwarz. Die Schemen der Herbstastern schienen sich zu bewegen. Die rote Wolle in ihren Händen, die wie eine Waagschale Anrecht und Schuld wog, hatte sich entschieden.

Vater drückte kurz meine Hand. Wir sahen auf Agnetas Bild und hörten auf die Geräusche der Nacht, die so laut anhoben, als gelte es in einem letzten Aufbegehren, den Spätsommer zu halten.

„Ich wusste, dass du ihre Geschichte verfolgst", sagte Vater.

Erst jetzt bemerkte ich, dass er meinen roten Fingerabdruck nicht übermalt hatte.

Reigen

Wir gingen den Silberbach entlang. Es war ein trüber, schwüler Tag, der Himmel über dem Dorf von Wolken überzogen. Der Klang des Bachlaufs drang gedämpft zur Straße, die nun in den Forstweg mündete. Julian legte den Arm um meine Hüfte.

Gestern Abend waren Steinchen an mein Fenster geflogen. Ich hatte die Vorhänge zur Seite geschoben und Julian im Schein einer Straßenlaterne entdeckt. Wir waren durch die nächtlichen Straßen spaziert und vor dem Hof in der Konradgasse stehengeblieben. Summend ging eine Außenleuchte an. Augenblicklich sammelten sich Nachtfalter und Käfer um die Lichtquelle. Wir betraten den kargen Vorhof. Zwei Treppenstufen führten auf eine Holzveranda und schließlich in die Küche, in der wir Frau Eminescu beschäftigt fanden.

Der Küchenboden war mit fleckigem Linoleum ausgelegt, die Tapete mit ihrem Rautenmuster ausgebleicht. In der Mitte standen ein Tisch und zwei Stühle, neben dem Herd ein Weidenkorb mit Holzscheiten, die Kacheln der Spüle waren mit Klebebildern verziert. Eine Fliege umkreiste die Küchenlampe und sank zuletzt auf die Tischdecke. Erst als ich Frau Eminescu einen Guten Abend wünschte, sah sie auf.

„Guten Abend, Friedesine“, sagte sie mit einem verhaltenen Lächeln.

Sie bot uns Tee an, doch Julian wartete bereits im Türrahmen.

Sein Zimmer war einfach eingerichtet, was aber bestach, war das Chaos, das in ihm herrschte. Bücher und Unmengen an Papier lagen kreuz und quer über Boden, Tisch und Stühle verteilt. Die Stühle waren nicht zum Sitzen da, sie waren kleine Schreibtische. Der Tisch war ein Antiquariat, der Boden ein Mosaik aus Büchern. Ich setzte mich aufs Bett, den einzig zugänglichen Platz in diesem Zimmer. Julian blieb unschlüssig stehen und begann Papiere zusammen zu legen.

Ich beobachtete, wie sich einige Haare aus dem Zopf lösten, als er an den Tisch trat, sah, wie seine Augen einen zögernden, grübelnden Ausdruck annahmen, sah auf seine Hände, die versuchten, das Bücher- und Papiermeer wegzuräumen. Ich wollte, dass er damit aufhörte, denn was zurückblieb, war ein blanker, glatter Fußboden, waren abgenutzte Stühle, war nichts weiter als Boden, Stühle und ein schäbiger Tisch, der genauso gut in einem fremden Zimmer hätte stehen können. Vielleicht hatte es Zeiten gegeben, in denen diese Räume voller Leben waren – als Julians Vater noch hier lebte oder seine Schwester. Inzwischen, das konnten die Bewohner nicht verbergen, waren die guten Jahre dieses Hauses vorbei.

„Hier wohnst du also“, sagte ich und sah zu dem Fenster, das zur Rückseite zeigte.

„Es ist nicht besonders …“, er unterbrach sich, „tagsüber kann man den Garten sehen.“

Ich begann zu begreifen, dass er sich für die Ärmlichkeit des Hauses schämte.

„Es ist dein Zuhause“, sagte ich.

„Vielleicht nicht mehr lange.“

„Wie meinst du das?“

„Wenn der Verlag mich einstellt, werde ich nach Hermannstadt ziehen.“

Lächelnd streifte ich meine Jacke ab und legte sie über den Bettpfosten.

„Versprichst du mir etwas?"

Er nahm einen Stapel Papier vom Tisch und sah mich an.

„Dass du die Häuser mit den Hinterhöfen in deine Wohnungssuche miteinbeziehst."

„Versprichst du mir etwas im Gegenzug?"

Ich nickte.

„Dass du mich besuchen kommst, so oft du kannst."

Er sagte das, ohne aufzusehen, nahm den Papierstapel und ging zum Schrank. Ich hörte auf das Rascheln der Blätter und das Klappern der Schranktür, schloss die Augen, bis alles still war und ich spürte, dass er sich neben mich gesetzt hatte.

Gewitterwolken sammelten sich über den Bergen. Durch die Tannen ging ein Wind, als näherten wir uns einem tosenden Wasserfall. Der Wall zu beiden Seiten der Straße wurde flacher, das Bett des Silberbachs weit. Der Weg war mir inzwischen so vertraut, dass ich wusste, was hinter der nächsten Biegung auf uns wartete.

Der Halbe Stein wand sich aus der Erde und wälzte sich wie eine unvollendete Brücke zum Ufer des Silberbachs. Ich spürte wieder die Unruhe und Erregung, die mich erfasst hatte, als ich ihn zum ersten Mal entdeckte. Ich sah, dass Julian zum Bachlauf ging und kletterte hinauf. Die Wolken rissen auf, Lichtpfeile berührten die Berge. Ich zog die Schuhe aus und legte mich auf den Bauch. Mein Herz pochte gegen die nahende Kälte, die sich im Stein sammelte, trommelte und schlug eine Weile in unregelmäßigem Takt, bis sich ein langsamerer Puls aus dem Bauch über den ganzen Körper ausbreitete.

Ich hörte gebannt hin. Als würde der Stein antworten, mit demselben Rhythmus, mit demselben Klang. Dann spürte ich ein Ziehen in den Händen. Als würde der Stein anfangen zu schrumpfen, oder als würden meine Arme weit werden und ihn umfassen. Die Karpaten, das silbrige Wasser des Bachs – alles fing an klein zu werden, während mein Körper wuchs und es immer weiter umfangen konnte. Alles war in mir eingeschlossen: Die Berge waren meine Haut, die Ströme meine Adern … Licht fiel durch die Luken eines Glockenturms. Federn rieselten von den Querstreben, wurden kleiner, fielen dichter und wurden zu Schnee. Frost überzog die Brücken am Zibin. Die schwingenden Rockschöße der Trauerweiden waren festgefroren im Eis. Der Schnee wirbelte auf, wurde zu weichen, duftenden Kamillenblüten, kleine Anker im Strom der Erinnerungen. Kreuz- und Schlingstiche lösten sich aus einem Blindband, formten sich unter meinen Händen zu Rosetten. Sterngirlanden schmückten ein rotes Baumwolltuch, das vom Wasser fortgetragen wurde. Eine Barke drehte sich langsam auf dem See im Jungen Wald. Das Wasser wurde milchig und ruhig, wurde zum blinden Spiegel neben der Tür, zur verlorenen Zeit, die darin schwamm. Ein sachtes, stolzes Schweben der Augen, eine ruhige, feierliche Hand auf einem Bauernstuhl. Schwarze Kohlenstriche auf Papier. Die Kohle formte Arme und Hände, scheitelte das Haar, und schloss die Augen. Rote Astern am Grab. Vier Jahre flüchtiges Glück. Großvater, der einen Säbel schlucken kann. Ein Akkordeon, das in der Erde versteckt ist. Der Acker spuckt es wieder aus. Er behält nichts, nur die Toten.

Ich öffnete die Augen. Der Silberbach war angeschwollen. Irgendwo musste es bereits regnen. Julian sammelte Steine und warf sie stromabwärts. Ich strich über den Halben Stein. Die Wärme des Steins war meine Wärme. Seine Kühle war meine Kühle. Wie konnte es anders sein? Das, was man liebte, war nicht getrennt von einem. Der Stein aus der Kreidezeit wurzelte all die Jahre an diesem Bachlauf, blickte stumm und fragend zur andren Uferseite. Er hatte seine Hälfte verloren. Sein Gegenstück, ein großes Ungetüm aus Stein, war spurlos verschwunden. Wie mochte es gekommen sein, dass viele Jahrhunderte hindurch, unvorstellbar viele Menschenleben lang, die eine Hälfte erhalten geblieben war?

Ich spürte den Puls an meinem Bauch und begriff mit einem Mal, dass die andere Hälfte niemals weg gewesen war. Wo fängt die Vergangenheit an? Wo ist die Naht, die Geschichte und Gegenwart in ein Damals und ein Heute scheidet? Durch die Präsenz, durch die Sichtbarkeit der zurückgebliebenen Hälfte war auch ihr Gegenstück immer anwesend. Der Stein ragte stolz und unbeirrt auf und spiegelte durch seine standhafte, fast trotzige Anwesenheit immer auch die andere, unsichtbare, vergangene Hälfte.

Ich dachte daran, dass wir uns zurückhalten, weil wir Angst haben, etwas zu verlieren. Doch was konnte man verlieren, das man in Wirklichkeit nie besaß? Wir glauben, wenn wir uns für einen Weg entscheiden, dann lassen wir auf der anderen Seite etwas unwiederbringlich zurück. Wir denken, wenn wir lieben, müssten wir uns gleichzeitig schützen, denn das Geliebte könnte einem genommen werden. Und wenn wir nicht mit ganzem Herzen lieben, so deshalb. Es gab nichts, das wir für immer verlieren konnten, das sagte mir dieser Stein.

Ich dachte an die Kleider in Agnetas Schrank, an das Blaue Zimmer mit den Familienbildern, die gewebten Läufer, tickenden Uhren und verwunschenen Dachböden, an die Bücher, die sorgsam eingewickelt waren, als gelte es, sie für die Ewigkeit zu bewahren. Ich dachte an alle Menschen, die ich in diesen Tagen kennengelernt hatte. An den melodischen, schleppenden Klang ihres Dialekts, an ihre Erinnerungen und Erzählungen, die sich ebenso wie dieser Stein trotzig und unbeirrt zwischen Vergangenheit und Zukunft spannten. Das Zuhause, das sie sich in Transsilvanien schufen, hatte ihnen vielleicht niemals wirklich gehört. Aber auch jetzt noch vermochte das Glockenläuten der Kirchenburgen von ihrer Hingabe an diese Welt zu erzählen.

„Komm“, rief Julian, „das Gewitter lässt nicht mehr lange auf sich warten.“

Wir liefen am Ufer des Silberbachs entlang zurück ins Dorf. Die Luft vibrierte. Seit Wochen hatte es nicht geregnet. Über dem Michaelsberg löste sich ein Blitz aus den Wolken.

Wir erreichten Agnetas Haus. Julian begleitete mich in den Korridor bis zum rechtwinkligen Knick, von dem die Tür zur Hauptwohnung abging. Da flog die Haustüre mit lautem Krachen auf und das Laub unter dem überdachten Eingang wirbelte herein. Julian legte meine Arme auf seine Schultern und umfasste meine Taille. Ich schloss die Augen. Blätter fegten wie knisterndes Papier über die Gartenwege, Blumentöpfe gingen zu Bruch, und der Wind wurde, durch Türen und Fensterschlitze, in hohe pfeifende Töne verwandelt. Wir wiegten uns in diesen Takt. Langsam befreite sich daraus eine Drehung, ein wiegendes, immer schneller werdendes Kreisen. Wir tanzten über den Korridor auf die offene Haustür zu und sprangen über die Treppenstufen in den Garten. Regentropfen lösten sich aus den Wolken. Mit klatschendem Echo schlugen sie auf den Wegen auf. Wir hielten lachend und außer Atem inne. Der Regen tropfte auf die Haut und durchnässte unsere Kleider. Wir ließen uns los, standen uns gegenüber, und dann kam doch der unvermeidliche Augenblick, in dem Worte über den Abschied hinweghelfen sollten.

„Sine?“

Er flüsterte mir etwas ins Ohr.

Ich hob das Gesicht in den Regen und lachte.

Wir küssten uns, Julian ging zum Hoftor, drehte sich noch einmal um und sah mich an, mit jenem ruhigen, ein wenig spöttischen, aufmerksamen Blick. Dann zog er das Tor hinter sich zu und war fort. Es dauerte eine Weile, bis ich mich vom Anblick des Hoftors lösen konnte. Dann rannte ich, ohne mich umzusehen, über den Korridor und durch den Hausflur, in mein Zimmer.

Die Häuser des Dorfes hoben sich gegen den blaugrauen Himmel ab.

Ich saß auf dem Dachboden vor einer Luke und beobachtete, wie der Regen die Scheibe flutete. Ich liebte es, wenn in der Dunkelheit der Nacht die Fenster der Nachbarhäuser erleuchtet waren. Überall waren Menschen. Sie kochten vielleicht gerade, saßen am Küchentisch, lachten oder stritten, waren nachdenklich, unglücklich oder zuversichtlich. Die Lichter in den Fenstern schwebten, für alle sichtbar, wie eine Schiffsbeleuchtung durch die Nacht.

Mit ohrenbetäubendem Lärm hatte das Gewitter eingesetzt. Jetzt war es still, der Regenguss ließ die Welt vor den Fenstern versinken. Die Dachrinnen liefen über, auf dem Trottoir sammelten sich Pfützen. Der Silberbach nahm einen schlammigen Farbton an. Die Luft auf dem Dachboden war stickig, es roch nach alten Möbeln und Erinnerungsstücken. Gelebtes Leben, das nutzlos geworden, aber nicht ausrangiert worden war. Ein langgestreckter Raum dehnte sich über den Grundriss des Hauses. Vorne, neben einigen alten Postkisten, waren Feldbetten aufgeklappt, auf denen Tee und Kräuter zum Trocknen ausgebreitet waren. Grüne durchsichtige Flaschen, in zwei Reihen übereinandergeschichtet, lagen wie vergessene Flaschenpost auf einem Mauervorsprung.

Ganz hinten, im rechten Winkel des Hauses, war nichts abgestellt, so schien es zunächst. Doch als ich weiter in den Dachboden gedrungen war, sah ich Kartons, Möbel und ein Dutzend Uhren. Tischuhren, Wanduhren und eine Schwarzwälder Uhr mit beweglichen Figuren. Die Schönste aber war eine Standuhr aus dunklem Holz mit einem Pendel aus rotem Stein. Ich hatte ihren Bauch geöffnet und sie erwartungsvoll angestoßen. Ein schläfriges Ticken erwachte.

„Anders rinnt hier die Zeit. Zögernd nur schlagen die Uhren, zögernd bröckelt der Stein.“ Zeilen der Siebenbürgischen Elegie, die ich in diesen Tagen gelesen hatte, kamen mir in den Sinn. „Anders rinnt hier die Zeit …“ Das Pendel wurde langsamer und blieb schließlich mit einem letzten Ticken stehen.

Ich sah zu den Uhren und übereinander gestapelten Kartons, zur Dachluke mit der lidförmigen Gaube, und dachte an den Tag, an dem ich meine Großmutter hier gefunden hatte. Damals wie heute tobte der Wind ums Haus. Damals wie heute tropfte der Regen aus undichten Stellen durchs Dach. Ich erinnerte mich an die Töne der Spieluhr, die sie zum Weinen gebracht hatte und begann, einige Kartons hinter den Uhren hervorzuziehen. Werkzeug, Kleidung und Geschirr, angetrocknete Farbeimer und verkrustete Malpinsel kamen zum Vorschein. Und zuletzt, in einem Korb mit Mottenpapier geschützt, Großvaters Wolle. Sie fiel geräuschlos auf den Boden und blieb vor dem Dachfenster liegen. Ich nahm eine Farbe nach der anderen in meine Hände – Honigbraun, Pfirsich- und Mohnblumenrot –, presste die Bündel zusammen und fühlte, wie sie in ihre ursprüngliche Form zurückfanden.

Ich rang mit dem Gefühl, Julian schon jetzt zu vermissen. Morgen früh würden wir aufbrechen. Ein Tag und eine Nacht würde vergehen, bis wir zu Hause waren. Wie lange mochte es dauern, bis ich wieder hierher zurück kommen konnte? Was erwartete mich in Deutschland?

Ich sah auf meine Hände und dachte an meine Liebe zu Geschichten. Ich dachte an Mutters Tatkraft und an Vaters Bilder. An Großvaters Farben und Agnetas Stickereien. Mein beruflicher Werdegang würde nicht außerhalb liegen, abseits und unberührt von dem, was als Wegstrecke bereits hinter mir lag. Die Entscheidung würde nicht von außen kommen, sie war eingewoben in die Stränge, die Vergangenheit, Interessen und Talent vorgezeichnet hatten, war verbunden mit meiner Herkunft und konnte nie losgelöst davon existieren. Ich würde zurückkommen, das Land meiner Vorfahren bereisen, und die Fäden wieder aufnehmen.

Ein Rascheln aus einer Ecke des Dachbodens riss mich aus meinen Gedanken. Ich drehte mich um und sah mit Erstaunen Frau Piringer, eben im Begriff, die Postkisten neben den Feldbetten zu durchstöbern. Eilig öffnete sie eine nach der anderen, als habe sie wenig Zeit, und als wisse sie genau, nach was sie suchte.

„Keinen Respekt vor den Sachen meiner Großmutter", sagte ich laut, als ich hinter ihr stand.

Sie fuhr zusammen, die eben herausgezogene Schachtel fiel zu Boden und ging auf. Briefe verteilten sich auf dem Speicher: weiße Umschläge, die sich an den Rändern gelb verfärbt hatten, graue Umschläge, an der Längsseite aufgebrochen. Zerlesene, verschlissene, auch ungeöffnete Briefe. Auf allen stand in sorgfältiger Schreibschrift: „An Agneta Maria Seraphin" – Ich erkannte die Handschrift sofort. Allein das „A" ihres Namens war mit solch einer Sorgfalt zu Papier gebracht, dass kein Zweifel bestand, wer der Absender der Briefe gewesen sein musste.

„Ich wollte nicht ..."

„Erwischt werden", beendete ich ihren Satz.

Ich konnte sehen, dass sie um ihre Fassung rang. Widerworte sammelten sich hinter den dünnen Lippen. Ich sagte mit ruhiger Stimme, dass sie beim Gehen ihren Schlüssel für unser Haus auf dem Küchentisch hinterlegen und sich nie wieder hier sehen lassen sollte. Ihr Gesicht nahm einen ungläubigen Ausdruck an. Ihr Mund faltete sich auf, als wollte sie etwas erwidern, doch dann drehte sie sich um und ging wortlos zu den Treppenstufen. Wie missgestimmte Klangstäbe begleiteten die Dielen ihre Schritte. Dann sah sie zurück und sagte scharf: „Du bist ein ebenso versponnener, selbstbezogener Mensch wie deine Großmutter."

Ich konnte nicht umhin, das als Kompliment aufzufassen, sammelte die Briefumschläge ein, nahm den Korb mit Großvaters Wolle, und folgte ihr.

Es war Vater, der später den Verdacht äußerte, dass Frau Piringer zeitlebens neidisch auf Agneta gewesen war. Sie war unverheiratet geblieben, ihre Eltern hatten ihr nicht viel hinterlassen, und so war sie ein Leben lang auf die Gutmütigkeit und Unterstützung anderer angewiesen. Er habe ihr eine Chance gegeben, als sie ihm ihre Hilfe im Haushalt aufdrängte, obwohl er wusste, dass das Verhältnis zu Agneta angespannt gewesen war.

„Mutter hatte ihr oft beigestanden, sei es bei Reparaturen am Haus oder bei der Beschaffung von Lebensmitteln, als es in den Läden fast nichts mehr zu kaufen gab. Jemandem sein Leben lang zu Dankbarkeit verpflichtet sein kann eine schwere Bürde werden."

Eine andere Deutung wusste Balduin, als er am späten Abend kam, um sich zu verabschieden. Er brachte uns Abschiedsgeschenke von Jinni: Nuss- und Mohnstriezel, frische Grammeln und selbstgebrannten Schnaps in den charakteristischen Plastikflaschen.

„Als Andrei in der Färberei angestellt wurde, verliebte sich die Piringer in ihn. Er war fleißig und bescheiden und dazu ein schöner Mann – und es gab nur wenige junge Männer auf dem Dorf in jener Zeit. Um in seiner Nähe zu sein, war ihr jeder Grund recht. Sie fing an, sich um Agnetas Freundschaft zu bemühen und half ihr, da sie keine Arbeit hatte, mit der Wirtschaft. Ihr könnt euch vorstellen, welcher Schock es für sie war, als Agneta ihn schließlich wegschickte."

Ein schelmisches Lächeln breitete sich auf Balduins Gesicht aus. „Sie muss Agnetas Verhalten als persönliche Kränkung aufgefasst und den Kummer in sich reingefressen haben. Sie war vom Naturell nicht wie die Frau im Unterwald, die sich ganz närrisch in den Pfarrvikar verliebte", seine Stimme hatte wieder diesen tiefen Klang, der seine Lust am Erzählen unterstrich. „Um in seiner Nähe zu sein, ließ sie sich als Haushälterin einstellen, und als eine andere Frau ihr Glück bei ihm versuchte, bestückte sie demonstrativ die Wäscheleine vor dem Haus: eine Unterhose vom Vikar, eine Unterhose von ihr…" Er lachte, und Vater und ich konnten nicht anders, als in dieses ansteckende Lachen einzustimmen.

„Doch wieso hat Agneta ihr nicht die Freundschaft gekündigt?"

„Aber Sine", sagte er bedächtig, und dabei dehnte er die Silben, bis die einzelnen Buchstaben in ihrem Klang verschwammen. „Die Nachbarn sind den Siebenbürgern heilig. Sie sind einem von Gott gegeben und die Gemeinschaft, in die alles Leben einlogiert ist."

Ich nickte, als wüsste ich schon lange, was das zu bedeuten hatte.

Unser Gepäck war bereits im Wagen verstaut. Darunter Agnetas Handarbeitsbuch und die Briefschatulle. Vater hatte die Briefe der Reihe nach durchgesehen und mir mit den Worten gegeben, dass er sie nicht lesen werde. Die Briefstempel umrissen einen Zeitraum von über vierzig Jahren. Er wusste nicht, ob Agneta geantwortet hatte. Ich konnte sehen, dass es ihm immer noch schwer fiel, über Andrei zu sprechen. Auch ich hatte Bedenken, die Briefe zu lesen, nahm sie aber in dem Bewusstsein mit, dass ich sie vielleicht eines Tages demjenigen zurückgeben konnte, der sie geschrieben hatte.

Wir suchten am frühen Morgen noch einmal alle Zimmer des Hauses auf, durch die das milde, vom Regen gewaschene Herbstlicht schwamm. Küche und Speisekammer waren ausgeräumt. Im Bad hing noch immer der gesteppte, blaue Morgenmantel. Ich nahm Abschied vom Kachelofen im Grünen Zimmer, sah noch einmal hinaus auf die Lindenallee und zog die schweren Vorhänge zu. Schritt durchs Blaue Zimmer, besah alle Möbel und nahm, diesmal ohne Scheu, Agnetas Erinnerungsstücke in die Hände. Das Rote Zimmer mit den Polstermöbeln und gewebten Decken gab sich seinen Tagträumen hin. In der Vitrine die Tänzerin aus Balduins Familienmanufaktur, in Agnetas Bücherregal die Bände, die er und Andrei ihr schenkte. Ich hatte Julian drei meiner Bücher überlassen, zwei nahm ich wieder mit nach Hause. Lächelnd erinnerte ich mich an unser Gespräch auf den Feldern. Vielleicht kann man tatsächlich nicht alle Bücher teilen, weiterreichen, von anderen lesen lassen, egal, wie nahe man einander ist. Vielleicht sind Bücher geheime Zettelkästen, untereinander vernetzt, eine Art Landkarte unserer Gedanken. Und manche Bücher, vor allem jene, bei denen das Lesen eigentlich ein Wiedererkennen ist, müssen einem immer erreichbar sein.

Ich ging durch den Hausflur zum Hinterhof und sah ein letztes Mal in den Garten. Auf die Weinreben mit ihren würzigen Muskattrauben, den Brunnen und die Freidusche. Auf die Quittenbäume und den Schuppen. Und die Wiese mit dem Kirschbaum.

Nur noch ein wenig Licht fiel in den Nähraum, goss ein wenig Helligkeit auf Wände und Möbel, als ich die Jalousien zuklappte. Ich strich über den Nähtisch mit den Spuren von Agnetas Handarbeit und berührte meine Kinderzeichnung. Mörtel rieselte über das Haus, die drei Vögel in der Luft und den vierten in den Ästen des Baums. Agnetas vollendetes Bild stand im letzten Zimmer des Korridors. Am unteren Rand ein verräterischer roter Fingerabdruck.

Vor der Mauer mit den drei Farbkreisen blieb ich stehen. Ich wusste jetzt, wie der merkwürdige Knick des Hauses entstanden war. Großvater hatte nach seiner Rückkehr aus der Gefangenschaft angebaut, hatte seiner Geburtsstätte, ein einfaches Haus an der Straßenecke, durch den Anbau eine andere Richtung gegeben. Der eine Teil war nun immer vor dem anderen verborgen, nur aus dem rechten Winkel des Korridors waren beide Seiten einsehbar. Als wären es zwei Häuser in einem, zwei Richtungen, in die es strebte, schwer beladen mit all dem, was sich diese beiden Menschen vom Leben wünschten, und was sie davon umzusetzen vermochten. Die Zimmer des Hauses zeigten die Hoffnungen meiner Großeltern, ihre Absichten und Entschlüsse. Sie zeigten woran sie sich erinnern, und was sie vergessen wollten.

Julian hatte recht, als er in Hermannstadt von den Geheimnissen der Architektur sprach. Alles war voller Zeichen, man musste sie nur lesen lernen.

Mit einem Knarren fiel die Haustüre ins Schloss. Den Schlüssel warfen wir in den Briefkasten des Pfarrhauses. Der Pfarrer würde zusammen mit Jinni und Balduin nach dem Rechten sehen, bis wir wiederkamen. Ich kurbelte die Fensterscheibe hinunter und hielt mein Gesicht in die feuchte Oktoberluft. Über Bäume und Sträucher zog sich eine tropfende, perlende Wasserschicht. Der Silberbach, unter dem Gewitter angestiegen, rauschte mit großer Geschwindigkeit durchs Dorf und schwemmte Laub und Äste aus den Bergen an. Die Fenster auf der Allee standen offen. Bettlaken, von der Nacht zerwühlt, waren zum Lüften hinaus gehängt. Der Duft von welken, feuchten Blättern und Tannennadeln strich um die Häuser mit ihren lidförmigen Dachluken und runden Hoftoren, über Hügel und abgeerntete Felder. Die Basilika tauchte auf, dann, weit oben, der Friedhofshügel.

Als das letzte Haus hinter uns lag und wir an den endlosen Reihen an Kirschbäumen vorbeifuhren, fing ich leise an zu singen.

Orte und Menschen sind – auch wenn sie authentischen Orten und lebenden Menschen ähneln – als Fiktion, im Sinne einer eigenen, erdichteten Welt, zu betrachten.